Stadtgeflüster

Kommissar Klebers zweiter Fall in Greven

Greven, eine idyllische Kleinstadt an der Ems. Nicht so ländlich, dass Vieh durch die Gassen zu den Weiden getrieben würde. Aber auch nicht so städtisch, dass man keinen Parkplatz mehr findet. Als zwei Frauen zeitgleich tot aufgefunden werden, erhält Hauptkommissar Kleber Einblicke in das dunkle Seelenleben einer ländlichen Gemeinde, die nicht so friedlich ist, wie es scheint. Eine zurückgezogen lebende Künstlerin und eine kommunale Mitarbeiterin werden brutal ermordet. Was verbindet die beiden Opfer? Oder sind es voneinander unabhängige Morde, die das Schicksal willkürlich zusammenführte? Machtgier, Gewinnsucht, üble Nachrede, verschmähte Liebe, Untreue und Selbstgefälligkeit verbinden sich zu einem undurchsichtigen Netz. Durch den Fund einer wilden Deponie droht eine Umweltkatastrophe und ein großes Neubauprojekt gerät ins Stocken. Seine Ermittlungen führen Kleber bis in die oberste Etage des Rathauses. Als er erfährt, dass ein Familienmitglied von ihm in den Umweltskandal verwickelt ist, wird es kompliziert...

Johannes Reisenberg

Stadtgeflüster

Kommissar Klebers zweiter Fall in Greven

Roman

Impressum

Bibliografische Information der Deutschen Nationalbibliothek:
Die Deutsche Nationalbibliothek verzeichnet diese Publikation in der Deutschen Nationalbibliografie, detaillierte bibliografische Daten sind im Internet über http://dnb.dnb.de abrufbar.

2019 Johannes Reisenberg
Herstellung und Verlag:
BoD - Books on Demand, Norderstedt
ISBN: 978-3-7494-8008-1

Johannes Reisenberg, geboren 1954, lebt seit einigen Jahren mit seiner Frau in Greven.
Er hat drei Kinder und zwei Enkelkinder.
Nach dem Studium der Betriebswirtschaft war er bis zur Pensionierung in der Immobilienbranche tätig.

Bisher vom Autor erschienen: Eiszeit (2018)
BoD - Books on Demand, Norderstedt
ISBN: 978-3-7528-1489-7

Personen und Handlungen sind frei erfunden.

Ähnlichkeiten mit lebenden oder toten Personen sind rein zufällig und nicht beabsichtigt.

1980er-Jahre

Blut tropfte wie klebriger Brei aus den Nasenlöchern. Dicker, zähfließender Lebenssaft, der sich in einer schwarz schimmernden Blutlache am Boden sammelt. Glasige Augen, die bis gestern Wiesen und Felder voller Neugier durchstreiften, sahen mich an. Nichts entging ihrem scharfen Blick.

Leise bewegte sich die weit geöffnete Tür im Wind. Für einen Moment schien es, als würde das Leben in den toten Hasen zurückkehren. Während der Kopf normal aussah, waren die Spuren der Misshandlung knapp unterhalb des kurzen Halses unübersehbar. Das leicht glänzende, dunkelbraune Fell am Kopf stand im krassen Gegensatz zu dem brutal und blutig verunstaltete Rest des Körpers. Aus der marmorierten Haut – ein Zeichen mangelnder Durchblutung – war jeder Blutstropfen gewichen.

Mein Vater, das Fell des armen Hasen in der Hand, war das genaue Gegenteil. Er trug nur ein Unterhemd, dennoch schien ihm die aufkommende Kälte der ersten Herbsttage nichts anzuhaben. Sein Gesicht strahlte triumphale Überlegenheit, Macht, Stolz und Kraft aus. Seine Augen leuchteten und sein Gesicht glänzte vor Freude.

Dabei hat mein Vater doch nur einen wehrlosen Feldhasen abgebalgt!

Welch armseliges Bild, dachte ich voller Ekel.

„Na Sebastian, mein Sohn, erstklassige Arbeit, oder?", offensichtlich hoffe er, für seine Gräueltat Lob und Zuspruch einzuheimsen.

Mein Vater war ein gewaltbereiter, jähzorniger, unberechenbarer Mann, der mir Angst und Schrecken einjagte. Keiner in der Familie wagte es, sich ihm zu widersetzen.

Und dennoch. In meinem kindlichen Körper organisierte sich spontaner Widerstand. Über Konsequenzen dachte ich nicht nach.

Meine aufgestaute Wut brachte ich erstaunlich präzise zum Ausdruck.

„Das ist aber auch das Einzige, was du kannst. Einen armen, wehrlosen Hasen abschlachten!"

Zu mehr kam ich nicht, wollte ich nicht vom Balg getroffen werden, mit dem er nach mir schlug.

Gott sei Dank war ich flink, und mein Vater – wie üblich ein paar Bierchen intus – taumelte, ohne Chance mich zu treffen, hinter mir her.

Als ich mich umsah, erkannte ich, wie sich der Arm meines Vaters, den Balg in Händen, heftig auf und ab bewegte. Die helle Unterseite des Fells blitzte dabei in der aufkommenden Dunkelheit auf.

Viele Jahre später, als ich mich an die Szene zurückerinnerte, erkannte ich die unfreiwillige Komik dieser unwirklichen Verfolgungsjagd.

Das weit sichtbare Auf und Ab des hellen Unterfells des Hasen auf der Flucht, erinnerte an das Flackern einer Leuchte und verhalf somit dem gewöhnlichen Feldhasen zu dem Beinamen Meister Lampe.

Wäre mein Vater nicht so früh verstorben, hätte ich ihm im Erwachsenenalter sicherlich einen entsprechenden Spitznamen verpasst.

„Du Rotzlöffel! Warte nur, bis ich dich kriege, dann ziehe ich dir ebenfalls das Fell über die Ohren und stopfe dir dein freches Maul!", brüllte er lallend hinter mir her.

Die Beschimpfungen waren unverständlich, aber der Wortlaut war zu erahnen.

Die nicht erstzunehmende Verfolgung meines Vaters bereitete mir keine Sorgen. Im Laufe des Abends würde er weiter Bier trinken und sein Jagdglück feiern. Spätestens morgen früh hatte er – wie üblich – alle bestrafenswerten Details des Vortages vergessen.

Die ekelerregende Szene brannte sich tief in meine Seele ein. Dennoch wurde ich infolge dieser traumatischen Erlebnisse nicht zum Vegetarier. Fleisch gehörte seitdem fraglos nicht zu meinen Lieblingsgerichten.

Der Grundstein für die Tabuisierung von Hasengerichten wurde somit in den 1980er-Jahren gelegt.

Dezember 2017

Auf dem Misthaufen ist der Hahn König.

Walter Sauer schaute sich im Kreis der geladenen Gäste um. Eine wahrhaft schillernde Truppe hat sich im Sitzungssaal des Rathauses eingefunden. Die Bistrotische waren zahlreich umlagert und ein munteres Stimmengewirr erfüllt den Raum.

Der Bürgermeister nutzte die Zeit, seinen Vortrag gedanklich nochmals durchzugehen. Brenzlige Situationen waren nicht zu befürchten und gekoppelt mit seiner langjährigen Routine würde er die Präsentation ohne Probleme abspulen. An einigen Tischen wurde heftig diskutiert, während andere Gäste ihren Blick zum Redner wandten und offensichtlich auf den Beginn des Vortrags warteten.

Was für ein ungewöhnliches Auditorium! Eine Ansammlung der schillerndsten Personen der Stadt. In der einen Ecke die Geschäftsleute mit ihren – offenbar in einem geheimen Kodex festgelegten – dezenten Anzügen. Umgeben von gewöhnlichen Bürgern, zu denen er ebenso seine Mitarbeiter zählte. Die bunte Truppe der Künstler stellte unstreitig alle in den Schatten. Ob Frisur, Kleidung, Schuhe oder Brille, jedes Detail bewegte sich abseits der Normalität. Fast schien es, als nähmen sie alles in Kauf, um aufzufallen.

Warum sehen Künstler immer so aus, als ob sie aus dem Zirkus ausgebrochen wären? Kein Geld für den Friseur und der Partner war offensichtlich weggelaufen. Folglich war niemand da, der morgens die Sachen für sie raus legt.

Gibt es überhaupt Künstler mit dezentem Modegeschmack?

Inwieweit der Vortrag positive Impulse für das Vorhaben geben würde, blieb abzuwarten. Neue Sponsoren aufzutun, war in jedem Fall aller Mühe wert.

Gewohnt souverän und selbstsicher präsentierte der Bürgermeister die Fortschritte rund um den Grevener Skulpturenweg. Zunächst stellte er das Konzept für die Kunstmeile entlang der Ems dar.

Die Kunstwerke erhöhen die Attraktivität und den Wohnwert der Stadt. Das äußere Erscheinungsbild sowie das Profil von Greven profitierte ebenfalls davon. Des Weiteren hielten kunstinteressierte Radfahrer inne, um die Innenstadt zu besichtigen. Und gaben dort Geld aus, logisch. Nachdem die ersten Skulpturen am Deich standen, waren alle Beteiligten ausgesprochen zuversichtlich. Vertreter im Rathaus behaupteten sogar, im Sommer mehr Radfahrer in der Innenstadt gesehen zu haben als früher. Hierbei handelte es sich jedoch eher um Einzelmeinungen.

Kunst war teuer und im Stadtsäckel herrschte notorische Ebbe. Der Bürgermeister hatte somit keine andere Wahl. Private Geldquellen waren die Lösung. Dafür war die Ecke mit den dunklen Anzügen zuständig. Die Normalos sorgten für die Umsetzung des Ganzen, von der Einholung der Genehmigungen bis hin zum Fundament der Objekte. Dann waren da die sogenannten Kreativen, weder finanzstark noch mit organisatorischem Geschick ausgestattet. Nur ein Kopf voller krauser Ideen! Vom Bürgermeister wird erwartet, dass er mit den unterschiedlichsten Charakteren klarkommt. Genau darin lag die persönliche Stärke von Walter Sauer. Mit Nachdruck verfolgt er seine Ziele und fand für jede Interessengruppe die passenden Worte.

Mit Ausnahme des Vorsitzenden der Bürgerinitiative.

Da rang er oft nach Luft und der richtigen Formulierung. Otto Vogel stand inmitten der Kreativen, in der Hoffnung, dort am ehesten auf Verständnis zu stoßen.

Walter Sauer war in der Lage, sich in einer Diskussion auf die unterschiedlichen Denkansätze einzustellen. Geschickt verstand er, Andersdenkende in das Gespräch einzubinden. Bänker streben nach Geld, Macht, finanzieller Unabhängigkeit. Normalos suchen einen Job, mit Zeit für Familie und Hobbys. Künstler fahnden nach Interessenten für ihre Kunstobjekte, da der Kunstschaffende ungern hungert.

Diese naturverbundenen Ideologen hingegen, brachten ihn regelmäßig an den Rand des Wahnsinns.

Ihrer rechthaberischen Denkweise war weder mit Verstand, noch mit gutem Willen beizukommen. Sie selbst waren häufig wirtschaftlich abgesichert durch das soziale Netz der Gemeinschaft, als Beamte oder Angestellte in öffentlichen Einrichtungen. Aus dieser komfortablen Position heraus versuchten sie rücksichtslos, ihre Weltanschauung durchzusetzen. Im irrigen Glauben, für alle gesellschaftlichen Probleme die Lösung zu kennen.

Sie verschanzen sich hinter einem Regelwerk, welches selbst die Verfasser beim Übertragen auf den Einzelfall überfordert. Oberlehrerhaft und arrogant tragen sie den Unwissenden ihre Argumente vor. Schnell wird der Weg zu den Gerichten gesucht, die ihrerseits massive Schwierigkeiten haben, in komplexen Streitfällen Recht zu sprechen.

Genau mit so einem Besserwisser war er gezwungen sich zu arrangieren. Feinde schaltet man nicht durch Ignoranz aus, Sturheit löst keine Probleme. Auf Argumente muss man sachlich eingehen, ohne eine Angriffsfläche für polemische Gegenattacken zu bieten.

Allianzen bilden, Schwachstellen suchen, gezielt provozieren, persönliche Schwächen des Gegners ausnutzen. Das war seine Taktik.

Entweder man sitzt am Tisch oder man steht auf der Speisekarte!

Die Bürgerinitiative hätte unter Umständen Kritik auf sich gezogen, wenn sie die Einladung des Bürgermeisters ausgeschlagen hätte. So war der Vogel erst einmal im Netz und wurde auf verschiedenen Kanälen bearbeitet. Dafür hatte er im Vorfeld die Weichen gestellt.

Während sich die Probleme im Zusammenhang mit dem Ems-Skulpturenweg in Grenzen hielten, bereitete ihm Otto Vogel in einem anderen Projekt massive Schwierigkeiten, das den Etat der Stadt Greven enorm belastete.

Darüber war im nächsten Jahr an anderer Stelle zu sprechen. Heute war nicht der passende Tag für Streitgespräche in der Öffentlichkeit. So lächelte Walter Sauer nach seinem Vortrag dankbar in die Runde, um den Applaus entgegenzunehmen. Dass Otto Vogel, mit den Händen in der Tasche, reglos dastand und den Bürgermeister mit einem überlegenen Lächeln, aber aus verkniffenen Augen ansah, registrierte nur Walter Sauer.

Oft ist derjenige am Ende der Verlierer, der sich vorschnell als Sieger fühlt.

Der Reporter der Lokalnachrichten schoss währenddessen eifrig Fotos von dem Kreis der Kunstinteressierten. Der Journalist würde das Prestige-Projekt für Greven schon ins rechte Licht setzen. Da war Walter Sauer zuversichtlich.

Er warf einen kurzen Blick auf die Rathausstraße. Bei dem Sauwetter waren nur wenige Leute unterwegs, einzig die spärliche Weihnachtsbeleuchtung milderte die Tristesse ein wenig ab. Vor dem Rathaus stand eine mobile Pommesbude, die von einigen frostgebeugten Menschen umlagert wurde.

Warum ausgerechnet in der Weihnachtszeit diese Pommesbude dort stand, war ihm schon immer ein Rätsel. So, als ob Pommes eine vorweihnachtliche Leckerei sei.

„Sehr geehrte Kunstfreunde, vielen Dank für Ihre Aufmerksamkeit. Ich möchte nicht versäumen, mich nochmals bei allen zu bedanken, die zum Gelingen dieser Attraktion für unsere Stadt beitragen. Wir haben viel geschafft, was uns einige Skeptiker nicht zugetraut haben. Darauf bin ich mächtig stolz! Aber wie Sie wissen, haben wir noch einiges vor am Emsdeich. Derzeit ist nur der Anfang zu sehen. Sein Sie gewiss, wir bleiben ambitioniert. Um unsere Projekte im nächsten Jahr umzusetzen, benötigen wir dringend die Unterstützung der gesamten Stadt. Da, wie vieles im Leben, von den Finanzen abhängt, bitte ich alle nochmals herzlich, für unser Vorhaben zu werben. Wenn es uns gelingt, den ein oder anderen Sponsor zu begeistern, verspreche ich Ihnen, dass uns eher das Geld als die kreativen Ideen ausgehen. In diesem Sinne, nochmals vielen Dank für ihr Interesse. Als Dankeschön haben wir eine Kleinigkeit für Sie vorbereitet", beendete der Bürgermeister den Vortrag.

Ohne Zeit zu verlieren, marschierte er zügig in Richtung des aufgebauten Buffets.

„Na, das war ja eine erfreulich kurze Rede", sagte der Leiter des Bauamtes Christian Bäumer zur Tischnachbarin. Die Vorfreude auf den kleinen Imbiss strahlte aus all seinen Poren.

„Ja, ganz meine Meinung. Aber bevor wir eine Kleinigkeit essen, hätte ich nochmal eine Frage", sagte die Künstlerin Sieglinde Silberwald und bewegte sich auf ihn zu, so als wolle sie ihrem Gesprächspartner den Weg zur Futterquelle gezielt blockieren.

Christian Bäumer zog kaum sichtbar die Augenbrauen hoch, er fühlte sich belästigt. Bei internen Gesprächen erwähnte der Bürgermeister, dass eine Künstlerin permanent versucht, ihre Skulptur sprichwörtlich „an den Mann" zu bringen. Es war ein offenes Geheimnis, dass es sich um ein vor vielen Jahren fertiggestelltes Objekt handelt, dass sich nicht verkaufen ließ. Sie witterte jetzt die Chance, einen lukrativen Deal zu landen.

Dieses Ziel vor Augen, gesellte sie sich zu dem Bauamtsleiter.

Als sie, scheinbar beiläufig, an seiner Seite auftauchte, drängte sie ihm, ohne Zeit zu verlieren, ein Gespräch auf. Unaufgefordert gab sie ihm tiefe Einblicke in ihr Privatleben. Sie hoffte, dadurch eine vertrauliche Gesprächsgrundlage zu schaffen. Das sie regelmäßig Sport treibt, um sich, für die teilweise körperliche harte Arbeit, fit zu halten und so weiter. Bis ins letzte Detail gewährte sie ihm ungewollte Einblicke in ihr tägliches Leben. Dabei scheute sie nicht davor zurück, ihren wahrlich unspektakulären Tagesrhythmus offenzulegen.

Er machte gute Miene zum bösen Spiel. Aber irgendwann war seine Geduld am Ende, zumal die ältere Dame überhaupt nicht in sein Beuteschema passt. Andernfalls wäre er geduldiger.

„Frau Silberwald, wir haben mehrfach über die mögliche Einbindung Ihrer Skulptur in das Emsdeichprojekt gesprochen. Wenn sich ein Sponsor auftut, diskutiere ich alles Weitere gerne mit Ihnen. Aber ohne Geldgeber sehe ich für ihr Model keine Chance. Sorry, das ist die Realität. So, dann werden wir uns mal rasch stärken, bevor alles abgegrast ist", versuchte Christian Bäumer, den aufkommenden Dialog im Keim zu ersticken.

„Könnten Sie sich im Rathaus ein wenig für meine Skulptur einsetzten, Herr Bäumer? Sie verfügen über exzellente Kontakte in die Wirtschaft. Wenn es einem gelingt, einen Sponsor zu aktivieren, dann sind Sie es doch! Bitte, Herr Bäumer, es wäre enorm wichtig für mich, ansonsten weiß ich nicht, wie es bei mir weitergeht. Sie verfügen doch über großen Einfluss im Rathaus. Das weiß jeder in Greven. Geschäftlich läuft es bei mir momentan nicht, verstehen Sie?", versuchte Sieglinde Silberwald den Bauamtsleiter, auf dem Weg zum Buffet, zu überzeugen.

Im Gegensatz zum Leiter des Bauamtes, erinnerte sie sich an ihre gemeinsame Vergangenheit, die Jahre zurücklag. Die Haare rot gefärbt, ein bisschen älter, und schon erkannte Sie der Macho nicht mehr. Unter Umständen war es ein Vorteil, dass er keinen blassen Schimmer hatte, wen er vor sich hatte. Sie würde den Überraschungseffekt zu gegebener Zeit zu nutzen wissen.

„Frau Silberwald, als Stadtverwaltung unterstützen wir jeden Künstler mit all unseren Kräften. Dort drüben am Tisch stehen einige mögliche Sponsoren, nehmen Sie doch bitte direkt Kontakt mit Ihnen auf. Die haben das Geld, nicht wir", antwortete Christian Bäumer barsch und ließ die Künstlerin kommentarlos stehen. Er hatte im Rennen um die besten Häppchen schon genug Zeit verloren.

Er hatte das Gefühl, die Künstlerin von früher zu kennen. Ihre zickige Art kam ihm irgendwie bekannt vor.

Es fiel ihm partout nicht ein, bei welchem Anlass er sie schon einmal getroffen haben könnte. Wahrscheinlich täuschte er sich.

Ohnehin war es nicht seine Art, lange über ältere Frauen nachzudenken.

Am Buffet traf er auf den Bürgermeister, dessen Teller prall mit Kanapees beladen war, die ebenfalls auf seiner Wunschliste standen.

Ein schneller Blick zeigte ihm, dass er kulinarische Kompromisse eingehen muss.

Nur wegen der blöden Kuh!

„Na, Christian, läuft's?",strahlte ihn der Bürgermeister mit seinem überladenen Teller an. Er hatte gesehen, wie Christian sich mit der Künstlerin abgemüht hatte. Zufrieden dachte er, dass es hin und wieder Vorteile hat, Chef zu sein.

In Greven bin und bleibe ich Chef, sagte er, nicht frei von Selbstgefälligkeit.

Freitag, 23. Februar 2018

Laura öffnete die Tür und ihre Augen glänzten voller Vorfreude, als ihr Freund Sebastian vor ihr stand.

Bei dem Gedanken an die bevorstehenden vergnüglichen Stunden voller Lust, meldet sich eine ernstzunehmende Schwäche in ihren Knien, von der sie blitzartig überwältigt wurde.

Und das alles in meinem fortgeschrittenen Alter.

Ihre Arme umschlangen seinen Hals, hoffend, ein klein wenig Halt zu finden, während sein zärtlicher Kuss sie berauschte. Als sie wieder ihre Augen öffnete, bemerkte sie, wie er sie weich lächelnd musterte. Erneut spürte sie diese Schwäche in den Knien und etwas in ihr schien zu schmelzen, sich aufzulösen. Nur nicht loslassen, dachte sie schwärmerisch wie ein Teenager. Sie hatte das Gefühl, nie wieder allein auf ihren Beinen stehen zu können. Doch als er sich von ihr löste, nach ihrer Hand griff und sie hinter sich her in Richtung Schlafzimmer zog, da funktionierte es eigenartigerweise so wie immer.

Langsam zog er sie aus. Laura genoss den herben Duft seiner männlichen Anwesenheit, das fordernde Ertasten ihres Körpers. Sie glitt mit ihren sehnsüchtigen Fingern unter sein Hemd, um die warme Haut darunter zu spüren. Seine begehrlichen Blicke wanderten wollüstig über ihren Körper, schienen ihn zu streicheln, zu liebkosen. Mit der Handfläche glitt er zwischen ihre Schenkel, hielt aber kurz vor der entscheidenden Berührung inne. Sie erahnte seine Hand, mehr als das sie sie spürte, aber der ausbleibende Hautkontakt entfachte einen lustvollen Schauer. Ihr Leib streckte sich ihm entgegen, wie eine Blume der Sonne. Mit glühendem Verlangen ertastete sie den muskulösen Körper und spielte gedankenverloren mit seinen Brusthaaren. Schnell packten sie sich gegenseitig aus. Die bisher beschauliche Atmosphäre verwandelte sich schlagartig in eine brodelnde Vulkanlandschaft.

Als sie schwer atmend voneinander abließen, brachen die ersten Schatten der Dämmerung das Sonnenlicht und hüllten die Natur ein in einen milchigen Nebel. So genau war das für das keuchende Pärchen nicht zu erkennen. Die Scheiben beschlugen, wodurch noch weniger Licht in den Raum drang.

„Wer hätte das gedacht, damals bei dieser Info-Veranstaltung. Ich fand dich vom ersten Moment an super sexy, aber dass wir jetzt ein Paar sind, hätte ich nicht zu träumen gewagt!", sagte Sebastian mit leicht zur Seite geneigtem Kopf, während er Laura tief in die Augen sah.

Ich liebe sie! Habe ich mit ihr das große Los gezogen?

„Das ich dich gefunden habe, unter 80 Millionen, war der größte Glücksmoment meines Lebens. Die Definition von Glück stellt sich bei näherer Betrachtung als durchaus kompliziert dar. Ich habe gelesen, dass Zufriedenheit weniger von materiellen Faktoren wie Gesundheit, Ernährung oder Wohlstand abhängt. Selbst Geld macht nur bis zu einem bestimmten Level glücklich.

Für Menschen am unteren Ende der wirtschaftlichen Leiter ist es bedeutend wichtiger, als für einen Millionär, bei dem sich die zweite Million kaum auf das nachhaltige Wohlempfinden auswirkt.

Dann kommt hinzu, dass nicht jeder Mensch das gleiche Glücksempfinden entwickelt. Nach Ansicht der Biologen hängt es vielmehr mit einem komplexen System aus Nerven, Neuronen und Hormonen zusammen. So kommen Menschen mit einem heiteren biochemischen System auf die Welt, während andere mit einer umwölkten Biochemie geschlagen sind. Die Natur gibt quasi vor, ob jemand trotz Lottogewinn keine überschäumende Freude empfindet, während dem Hormonüberfluteten ein strahlender Sonnenaufgang genügt."

„Das verstehe ich ja soweit. Aber was steuert dann unser Glück? Sag mir bitte, wie ich mein Glücksgefühl positiv beeinflusse. Als Belohnung besorge ich dir spezielle Glücksmomente", sagte Laura mit einem frivolen Lächeln.

„Unser Glück wird von den persönlichen Erwartungen geprägt. Ein Beispiel: Ein Bauer im Mittelalter lebt in einer unbeheizten Holzhütte mit Blick auf den Schweinestall, während es sich ein Broker in seinem Luxus-Penthouse mit Blick auf die Kö bequem macht. Wer ist glücklicher?

Das lässt sich pauschal nicht beantworten. Das Glück beider entsteht allein zwischen den Ohren! Das Gehirn weiß nichts von Holzhütten, Penthouses oder der Kö."

„Das ist ja simpler, als ich geglaubt habe. Ich folge meinem Bauchgefühl und das ganze Glück kommt von innen. Perfekt! Dieses übersichtliche Thema hast du ziemlich umständlich erklärt, wenn ich das anmerken darf, Sebastian."

Süßer, kleiner Klugscheißer!

„Jetzt nicht frech werden. Die Natur interessiert sich nur fürs Überleben und die Fortpflanzung, es gibt weder Glück noch Unglück. Äußerliche Ereignisse wie Sex, ein Lottogewinn oder ein Autounfall beeinflussen unser Glück nur auf kurze Sicht, egal ob positiv oder negativ.

Danach übernehmen die Botenstoffe wieder das Kommando. Jetzt zu dir. Meine Hormone laufen auf Hochtouren und lassen sich nicht weiter zügeln!"

Die Theorie wurde erst einmal durch praktische Übungen unterbrochen.

Sobald sich der Serotoninspiegel normalisiert hatte, war auch eine Unterhaltung wieder möglich.

„Als ich im letzten Jahr nach Greven kam, kannte ich keinen Menschen. Ich hatte meinen Job, das war es. Eines Abends habe ich im Fernsehen einen Bericht über Tiertransporte gesehen. Da wurden Schweine über Tage quer durch Europa transportiert, ohne Fressen, ohne Wasser.

Ich bin kein Veganer oder Vegetarier oder wie die alle heißen, aber bei diesen Bildern ist mir echt der Appetit vergangen.

Kindheitserinnerungen kamen in mir hoch, ich sah meinen Vater, wie er, im Blut der armen Tiere stehend, deren Körper malträtierte.

Im Laufe der Zeit stumpfte ich ab, es interessierte mich wenig, wo das Fleisch herkommt oder wie das Viehzeug gehalten wird. Nach dem Beitrag fing ich an, mich über Themen wie Tiertransporte oder noch widerlicher, Massentierhaltung zu informieren. Also über die armen Tiere, die ich bis dahin gedankenlos verspeist habe.

Hast du gewusst, dass Schweine zu den intelligentesten Säugetieren gehören?", fragte Sebastian.

Laura kuschelte sich wieder liebevoll an seine Brust, ohne erkennbare Anzeichen, zu antworten.

„Wer in Momenten der emotionalen Entgleisung sein Gegenüber als dummes Schwein beschimpft, offenbart, dass er keine Ahnung hat. Die Borstentiere vermögen mehr Kommandos zu lernen als Hunde. Und Schweine hören auf ihre Namen. So hat man allen Ferkeln in einer

Schweineschulklasse Namen gegeben. Zur Fütterung wurde über Lautsprecher jede der auf Futter wartenden Sauen einzeln aufgerufen. Nur das Schwein, das dran war, bekam am Futterautomaten etwas zu fressen. Die Identität wurde dabei streng geprüft – statt mit einem Personalausweis funktioniert das im Schweinestall über einen Chip im Ohr. Ertönte ihr Name, rannten sie sprichwörtlich im Schweinsgalopp zur Futterstelle. Die nicht aufgerufenen Schweine blieben völlig entspannt liegen, bis sie an der Reihe waren.

Dass wir diese intelligenten Tiere zu Schnitzel verarbeiten, ist schon dramatisch genug. Dass wir sie aber ihr kurzes Leben lang quälen, nur um uns zu sättigen, empfand ich als skandalös.

Da beschloss ich, etwas dagegen zu unternehmen. Im Internet wurde ich schnell fündig. Ich habe mich mit Leuten getroffen, die massiv gegen diese Tierquäler vorgingen.

Eh ich mich versah, war ich mit vermeintlichen Tierrechtlern in einer Nacht-und-Nebel-Aktion unterwegs, um es einem Tierquäler derbe zu besorgen, wie sie sagten.

Nachdem sie die Alarmanlage bei einem Schweinestall ausgeschaltet hatten, stellten sie den gesamten Strom ab. Am nächsten Tag war in der Zeitung zu lesen, an welcher Heldentat ich mich beteiligt hatte. Infolge der fehlenden Belüftung waren mehrere hundert Schweine qualvoll erstickt. Ich war schockiert! Diese tragischen Konsequenzen kannte ich nicht.

Was waren das bloß für Tierschützer, deren Wertekosmos so durcheinandergeraten war, dass sie sich selbstherrlich über Gesetz hinwegsetzen, nur um Aufmerksamkeit zu erlangen?

Hörst du mir überhaupt zu, Laura?"

„Selbstverständlich, mein Liebster. Ich habe jedes deiner Worte mit Interesse verfolgt. Mit den Borstenviechern kennst du dich überraschend gut aus. Zum neidisch werden, wie vertraut du mit ihnen zu sein scheinst. Bestünde die Möglichkeit, dein Interesse an mir zu intensivieren? Dann blieben wir im Thema. Welche Schweinerei hast du dir denn jetzt für mich ausgedacht?", fragte Laura provozierend.

Wohlwissend, dass Sebastians Art sie zu lieben, je nach Stimmungslage, mal gefühlvoll mal zärtlich war, so, wie sie es mochte. Sie genoss den anschließenden Blümchensex, der weder brav noch öde war.

Bei Sebastian durfte sie sein, wie sie war, ohne sich verstellen zu müssen.

Ihre Freundin meinte zwar, dass es leichter sei, einen Mann zu finden, wenn sie sich als experimentierfreudige Bettgespielin präsentieren würde, die bereit ist, wild durch die Kissen zu turnen. Mit der der Mann alles ausprobieren konnte. Der Meinung war sie nicht.

Soll sie machen, wie es ihr gefällt. Ich habe das passende Gegenstück für mich gefunden. Nur das zählt.

Als sie entspannt, Arm in Arm, im Bett lagen und den Augenblick genossen, dachte sie an all ihre enttäuschenden Fehlversuche der Vergangenheit. Die glücklichen Momente waren immer nur von kurzer Dauer, der anschließende Frust, die Leere danach, brannten sich tief in ihre Seele ein und prägten die Erinnerungen.

Damit war jetzt endgültig Schluss. Ihr Glück war kaum zu fassen. Ihr Herz drohte vor Freude zu zerbersten.

Zufrieden lag sie neben Sebastian. Das Einzige, was sie wahrnahm, war sein Herzschlag, der sich durch die enganliegenden Körper, auf sie übertrug.

„So radikal wie du, war ich niemals unterwegs", sagte Laura, nachdem sie minutenlang schweigend nebeneinandergelegen hatten.

„Ich bin schon seit Jahren überzeugte Vegetarierin. Ich informierte mich seinerzeit, was ich gegen das Leid so vieler Tiere unternehmen kann.

Ich dachte immer, wenn die Menschen weniger Fleisch essen, verbessern sich die Bedingungen in der Tierhaltung automatisch. Organisationen, die sich dafür einsetzen, unterstütze ich bei ihrem Kampf.

Ich war entsetzt zu hören, dass die sogenannten Tierrechtler die mediale Aufmerksamkeit letztlich nur für ihre eigenen Zwecke missbrauchen. Mehr Sympathisanten bringen mehr Spenden, oder wie ein Vertreter einer amerikanischen Organisation einmal offen sagte: Wir vermarkten das Mitgefühl mit den Mitgeschöpfen."

Sebastian hatte Laura aufmerksam zugehört und stimmte ihr durch leichtes Kopfnicken zu.

„Laura, in bester Absicht setzten wir uns für das Wohlergehen der Tiere ein, um letztlich zu erkennen, dass nicht alle Tierrechtler automatisch bessere Menschen sind. Sie werden erst recht nicht alle von edlen Absichten getragen.

So, genug der unromantischen Themen. Lass uns in den nächsten Tagen in Ruhe überlegen, wie wir weiter vorgehen.

Ich finde, es wäre eine ausgezeichnete Idee, wenn wir uns in der nächsten Stunde ausgiebig mit uns selbst beschäftigen, was meinst du?", sagte Sebastian, dabei drückte er Laura liebevoll an sich.

„Du bist ja unersättlich! Aber ok, an mir soll es nicht scheitern."

Liebesmoleküle steuerten in der Folgezeit ungebremst die Geschehnisse im Raum.

Es klingelte an der Tür.

Nanu? Was hat Sebastian vergessen? Voller Vorfreude auf eine Fortsetzung des angenehmen Nachmittags zog sie ihren Bademantel aus. Nur im Negligé bekleidet ging sie zur Eingangstür. Erfreut, ihn nochmal in die Arme zu schließen, öffnete sie lächelnd die Tür.

„Na, ein bisschen Lust auf...", weiter kam sie nicht.

Das Lächeln in ihrem Gesicht wurde durch pures Erstaunen ersetzt, als sie die vor der Tür stehende Person erkannte.

Es war nicht Sebastian.

Sekundenlang, unfähig ihr Erstaunen in Worte zu fassen, starrte sie den ungebetenen Gast an. Sie stand voller zärtlicher Erinnerungen an die vergangenen Stunden in der halb geöffneten Tür. Weich, schutzlos dem finster dreinblickenden Mann ausgeliefert. Dann aber fanden in ihr die richtigen Synapsen wieder zusammen. Ihr Körper richtete sich auf. Der Abwehrmechanismus schaltete sich scharf.

„Was willst du denn hier? Hau bloß ab!"

Schnell versuchte sie, die Tür zu schließen. Das wusste der ungebeten Gast zu verhindern, indem er einen Fuß in die Tür stellte. Gewaltsam drängte er sich an der spärlich bekleideten Frau vorbei in die Wohnung.

„Wir müssen reden", sagte er knurrend im Vorbeigehen. Er dreht sich nach Laura um, während er die Tür mit seinem Ellenbogen ins Schloss drückte.

„Was ich mit dir zu bereden habe, hat die Nachbarn nicht zu interessieren", sagte er unverändert brummig.

Dabei fiel sein Blick auf Lauras tadellosen Körper, der infolge der plötzlichen Kälte eine sichtbare Reaktion zeigte, die ansonsten nur durch vorfreudige Erregung hervorgerufen wurde.

Laura realisierte den starrenden Blick und schlang ihre Arme reflexartig vor der Brust zusammen.

„Bist du nur gekommen, um meinen Busen anzustarren?", reagierte sie trotzig.

Eilig lief Laura schnurstracks ins Wohnzimmer, um sich den dort liegenden Morgenmantel anzuziehen.

Laura hat immer noch eine traumhafte Figur. Topp Chassis, dachte er leicht wehmütig. Aber deswegen war er nicht hier. Obwohl …

„Hör mal, ich möchte mich mit dir in aller Ruhe unterhalten. Wir hatten eine gute Zeit zusammen. Wenn ich dich so sehe, kommen alte Erinnerungen wieder hoch. Das wirst du nicht alles vergessen haben. Denk doch mal nach", versuchte er, die frostige Atmosphäre von der Eingangstür aufzutauen.

„Komm, Laura, lass uns überlegen, wie wir eine gemeinsame Lösung finden", setzte er seinen Auftauprozess zielgerichtet fort.

Jetzt war es an Laura einen finsteren Blick aufzusetzen.

„Ich weiß gar nicht, wovon du sprichst. Es ist alles gesagt, verlass bitte sofort meine Wohnung. Sonst…", weiter kam sie nicht.

„Sonst? Was sonst? Rufst du die Polizei? Was erzählst du denen, das würde mich brennend interessieren. Na los, ich gebe dir gerne mein Handy!"

Ein Ritt auf der Rasierklinge, das war klar. Aber beide hatten viel zu verlieren und es war entscheidend zu sehen, wie weit sie gehen würde.

Laura kannte ihren Ex-Lover in- und auswendig. Ein machtgieriger Schönling, skrupellos, immer auf den eigenen Vorteil bedacht. Auch sie war seinem Charme erlegen, obwohl sie seinen ambivalenten Charakter kannte, den sie hautnah erlebt hatte – privat wie geschäftlich. Er war ein gefährlicher Gegner und sie würde nicht den Fehler begehen, ihn zu unterschätzen. Was will er von mir?

Den eingeschlagenen Weg zu verlassen, erschien ihr ebenfalls nicht risikofrei. Es war eine unumkehrbare Entscheidung von ihr, als sie beschloss, aus der Affäre mit ihm persönlichen Nutzen zu ziehen. Selbst schuld! Jetzt muss er damit leben, genau wie ich.

„Verlass bitte meine Wohnung, ich werde mich nicht weiter mit dir unterhalten", versuchte Laura ruhig und sachlich, dem Gespräch ein Ende zu setzen.

Sie hatte wenig Hoffnung, dass es so problemlos gelingen würde.

Als seine Hand unerwartet unter ihrem Bademantel verschwand, war sie überrascht und ließ für einen Moment mehr geschehen, als in dieser Situation angemessen war. Als er der geheimsten Zone recht nahegekommen war, riss Laura seine Hand mit einem vehementen Ruck zurück. Gleichzeitig drückte sie ihre Knie fest zusammen.

„Spinnst du? Was soll das denn jetzt?"

So schnell gab er sich nicht geschlagen. Erneut wiederholte er den kurz zuvor abgewehrten Angriff. Schnell musste er einsehen, dass diese Strategie heute nicht zum Erfolg führen würde. Ihr Widerstand war deutlich. Schade! Mit einer aufregenden Abrundung des Tages würde es wohl nichts werden.

„Ok, wenn wir schon als Paar nicht mehr zusammenkommen – was ich ausgesprochen bedauere – lass uns doch für das finanzielle Thema eine Lösung finden. So wie jetzt geht es auf keinen Fall weiter.

Sieh das endlich ein!"

„Ich muss gar nichts", kam umgehend die Kampfansage von Laura.

Ich brauche das Geld, während es ihm nicht weh tut.

„Ich akzeptiere auf keinen Fall, jetzt auch noch von einer zweiten Person erpresst zu werden. Das ist nicht verhandelbar. Ich mach mich doch nicht zum Affen!", kam sichtlich unbeherrscht die schroffe Antwort.

Sein gleichmäßiges Gesicht verzog sich zu einer Fratze. Er stand auf, lief im Wohnzimmer auf und ab. Er suchte sichtlich nach einer Lösung für die bedrohliche Situation, in der er sich dem Angriff zweier geldgieriger Gestalten ausgesetzt sah.

„Wer ist der zweite Erpresser? Sein erpresserisches Wissen hat er von dir! Rück raus, wer ist es?", als er sich drohend vor Laura aufbaute. Gleichzeitig versuchte er mit seinem Knie gewaltsam deren Beine auseinanderzudrücken.

Da Reden erfolglos bleibt, geht es offensichtlich nicht ohne körperliche Gewalt.

Bestand die Möglichkeit, dass Angst ihre Geldgier in die gewünschte Richtung lenkt?

„Ich lass mich nicht verarschen! Versuche erst gar nicht, mich mit deinem Engelsgesicht einzulullen. Das wird nicht klappen. Ich warte!"

Er legte beide Hände auf ihre Oberschenkel und kam ihrem Gesicht bedrohlich näher.

„Es ist kein Spaß mehr. Bis jetzt habe ich alles geduldig über mich ergehen lassen. Die Zahlungen an dich habe ich als nachträgliche Vergütung für sexuelle Leistungen verbucht. Damit ist Schluss! Der Deal ist ab sofort beendet. Jetzt, hier und heute. Hast du mich verstanden?"

Laura versuchte aufzustehen, vergeblich. Seine Hände auf den Oberschenkeln pressten sie unnachgiebig nach unten.

Angst kam in ihr hoch, so hatte sie ihn noch nie erlebt. Sein zu einer Grimasse verzogenes Gesicht war nicht gespielt, er schien zum Äußersten bereit.

Was erzählt er für einen Unsinn? Welcher zweite Erpresser?

Sie vermochte keinen klaren Gedanken mehr zu fassen. Angst erfüllt sie. Wer, außer mir, erpresst ihn? Das war doch unmöglich. Er würde sich nicht damit zufriedengeben, wenn sie weiterhin alles abstreitet. Aber ich weiß nicht, wer ihn erpresst!

Ihre Kampfkraft kehrte allmählich zurück. Mit äußerster Anstrengung versuchte sie, ihre Oberschenkel von den zupackenden Händen zu befreien. Ohne Erfolg.

„Jetzt lass mich sofort los! Was erzählst du für einen Blödsinn. Welcher zweite Erpresser? Ich bin es jedenfalls nicht. Ich kenne niemanden, der über die erforderlichen Informationen verfügt. Lass mich endlich los, sonst rufe ich die Polizei!", versuchte sie, sich verbal und physisch Platz zu verschaffen.

„Na los, nur zu! Mittlerweile ist mir alles egal. Ich muss Klarheit haben. Heute und hier. Wenn nichts mehr hilft, rufen wir die Polizei", schrie er und drückte Laura tief in die Polstergarnitur.

Das stimmte natürlich nicht. Die Polizei war das Letzte, was er in der verfahrenen Situation braucht.

„Ich weiß es nicht. Ehrlich! Du musst mir glauben. Ja, es ist nicht in Ordnung, dass ich Geld von dir nehme. Du hast mich damals so verletzt und ich war wütend. Außerdem hast du Geld genug, es trifft keinen Armen. Von einem zweiten Erpresser weiß ich nichts, bitte glaub mir!", sagte Laura kleinlaut.

Sie ließ sich rücklings in das Sofa fallen und ergab sich ihrem Schicksal. Ihre körperliche Unterlegenheit ließ ihr keine andere Wahl. Abgestützt auf ihre Ellenbogen lag sie rücklings auf dem Sofa.

Schutzlos. Im Rückwärtsfallen öffnete sich leicht ihr Bademantel, wodurch ihr wohlgeformter Körper seinen gierigen Blicken ausgeliefert war.

„Erzähl mir keinen Blödsinn. Niemand außer dir kennt die internen Details. Jetzt hör` auf, mich anzulügen. Es ist mir ernst. Los! Rede endlich! Sonst garantiere ich für nichts", zischte er hysterisch.

Die Worte kamen leise, gefährlich leise. Seine spürbare Gewaltbereitschaft, gekoppelt mit der verbalen Drohung bereiteten Laura größere Angst, als wenn er sie geschlagen hätte.

„Ich weiß es nicht. Wie oft soll ich es sagen? Bitte, glaub mir!", flehte sie ihn an, erste Tränen liefen über ihre Wangen.

Das darf doch nicht wahr sein. Die Schlampe verarscht mich doch! Ich lasse mir nicht meine Karriere und mein gesamtes Leben zerstören.

Aber was sind die Alternativen? Die Wohnung ergebnislos verlassen? Abwarten, was als Nächstes passiert? Warum sollten die Erpressungen künftig ausbleiben? Wie würde Laura im Nachhinein auf die rüde Attacke reagieren?

Es war unmöglich, die weitere Vorgehensweise dem Zufall zu überlassen. Allein mit guten Worten war Laura nicht beizukommen.

Plötzlich löste er den Griff. Blitzschnell setzte er sich auf ihre Oberschenkel, um diese zwischen seinen Beinen zu fixieren. Mit beiden Händen griff er in die Manteltaschen und holte dünne Handschuhe hervor. Schnell zog er sie an.

Was wird das denn jetzt?

Laura war ahnungslos, unfähig sich vorzustellen, was gleich geschehen würde. Bewegungslos sah sie ihn stumm und entsetzt an.

Brutal umfasste er mit beiden Händen Lauras Hals und drückte erbarmungslos zu. Mit angstgeweiteten Augen, die drohten aus den Augenhöhlen herausgedrückt zu werden, starrte sie ihren Peiniger an.

Sie versuchte, sich aus dem Würgegriff zu befreien, aber ihre Kräfte reichten nicht aus. Ihre Arme waren zu kurz, um dem Angreifer das Gesicht zu zerkratzen. Panikartig krallte sie sich in den Ärmeln der Lederjacke fest, ohne eine echte Chance den Angriff abzuwehren. Sie ruderte mit den Beinen, während sie ihren Körper hin und her warf, um den Angreifer abzuschütteln.

Vergeblich.

Durch ihre Abwehrversuche öffnete sich ihr Bademantel noch weiter, so dass sie ungeschützt, nur mit ihrem Negligé bekleidet, unter ihm lag.

Der Angreifer drückt unnachgiebig seine Hände am Hals zusammen, er hatte die Kontrolle über sich komplett verloren. Der Kopf war leer, nur die Instinkte arbeiteten mechanisch in ihm.

Den einmal gefassten Befehl zu töten, führte er mit stumpfer Gewalt aus. Alle Abwägungen im Vorfeld waren vergessen. Ein Gefühl von Macht beherrschte ihn. Als er den wohlgeformten Körper von Laura erneut wahrnahm, kam Verlangen in ihm auf.

Er war zu keinem klaren Gedanken mehr fähig. Alles raste in seinem Kopf durcheinander. Ohne Kontrolle, ohne Einfluss auf das, was er tat.

Das als klärendes Gespräch geplante Treffen lief völlig aus dem Ruder. Er war nicht als Mörder gekommen.

Oder doch?

Loslassen war keine Option, raste es ihm durch den Kopf. Aus der Nummer würde er nicht mehr rauskommen. All seine ambitionierten Karrierepläne wären abrupt beendet.

Die in ihm aufsteigende Lust verwirrte ihn zunehmend. In diesem Augenblick schaltete sich sein Gehirn komplett ab. Er handelte nur noch instinktiv. Laura war eine Gefahr, die zu beseitigen war. Ohne Wenn und Aber.

Voller Entsetzen ergab sich Laura der überlegenen Gewalt. Sie starrte ihrem ehemaligen Geliebten entsetzt und schweigsam in seine vor Wahnsinn weit geöffneten Augen.

Das Gesicht des Mörders war das Letzte, was sie in ihrem Leben zu sehen bekam.

Samstag, 24. Februar 2018

Das wegen seiner hervorragenden Küche weit über die Grenzen von Greven hinaus beliebte Restaurant war an einem Samstagabend selbstverständlich ausgebucht. Die rustikale Eleganz des Landgasthofes sowie das leise im Kamin knisternde Feuer verbreiteten eine wohlige Atmosphäre, in der man gerne einen angenehmen Abend verbrachte.

Sebastian saß an der Theke, lauschte der gedämpften Musik und trank sein Bier. Die Servicekräfte hatten alle Hände voll zu tun. Alles wirkte bestens organisiert. Lächelnd liefen sie eifrig zwischen den Tischen herum, stellten Teller sowie Getränke vor den Gästen ab. Gelegentlich neigten sie sich leicht herab, um weitere Bestellungen aufzunehmen.

„Solange es kein Hasenbraten ist!", dachte Sebastian.

Alles nahm seinen geordneten, routinierten Gang, wie es von einem intakten Team zu erwarten war.

Es war davon auszugehen, dass in der Küche gleichermaßen professionell gearbeitet wurde. Die angenehme Bedienung und das stilvolle Ambiente schafften einen Rahmen, in dem sich die Gäste schnell wohl fühlten.

Warum sein Freund dennoch einen Arbeitsplatzwechsel plant, würde er ihm nachher erzählen.

Jetzt genoss er zunächst den angenehmen Moment, alles andere wird sich später regeln. Er fühlte sich rundum zufrieden, ein tiefes Glücksgefühl beherrschte ihn.

Als er an den Nachmittag mit Laura zurückdachte, drohte sein Herz vor überschäumender Freude zu zerbersten.

Womit habe ich so viel Glück verdient?

Laufe ich Gefahr, an zerplatztem Herzen zu sterben?

Er hatte ein bewegtes Leben mit zahlreichen Einsatzorten und noch mehr Liebesbeziehungen hinter sich. Es war ein abwechslungsreiches Leben. Es gab nichts, was er bereute.

Bisher fehlte die Konstante in seiner Vita, die er jetzt mit Laura gefunden hat. Wir passen wunderbar zusammen, wie Deckel auf Pott. Erstmals in seinem Leben sehnte er sich nach einer langfristigen Bindung. Für einen Kinderwunsch war es eigentlich schon zu spät, aber abwarten, vielleicht ging da ja noch etwas.

Tief in Gedanken versunken merkte Sebastian nicht, dass sein Freund seit einigen Sekunden neben ihm stand und ihm lächelnd über die Schulter sah.

„Na, mein Lieber, du wirkst ja äußerst zufrieden und entspannt. Ich dachte schon, du schläfst mit offenen Augen!", sagte Max mit einem Augenzwinkern.

„Entschuldige, ich war total weggebeamt. Was meinst du, wie lange arbeitest du noch?"

„Wir stellen gerade die letzten Gerichte zusammen, dann die Küche aufräumen und ich wäre startklar für das Abendprogramm. Ich denke, ich brauche eine knappe Stunde.

Wirst du es aushalten, oder soll dir Sabine einen Muntermacher mixen?", dabei strahlte Max die hinter dem Tresen arbeitende junge Frau vielsagend an.

„Kein Problem. Ich bin versorgt, nur keinen Stress. Falls mir etwas fehlt, wird mir – direkt an der Quelle sitzend – schon was einfallen", antwortete Sebastian und gab seinem Freund einen freundschaftlichen Klaps auf die Schulter.

Mit den Worten: „Ich beeile mich", verschwand er wieder in Richtung Küche.

„Zapfst du mir bitte ein Bier, Sabine?", organisierte er die zu überbrückende Zeit.

Als der Koch Feierabend hatte, verließen beide das Restaurant und stiegen in das Auto von Sebastian.

„In welche Richtung fahren wir?", fragte er, während sie langsam vom Parkplatz rollten.

„Rechts rum, es ist nicht weit, nur zehn Minuten, dann sind wir da." Nach kurzer Fahrt erreichten sie den Parkplatz des kleinen Hafens, der einsam und verlassen in völliger Dunkelheit dalag.

Den kurzen Weg bis zum Hausboot leuchtete Max mit seiner Kopflampe aus. Nach wenigen Augenblicken erreichten sie unfallfrei ein verwaist wirkendes Boot.

Als sie ihre Sachen darin verstaut und die Heizung ans Laufen gebracht hatten, machten sie es sich gemütlich.

Als die Bemühungen der Heizung erste Erfolge zeigten, gönnten sich beide ein kühles Bier, mit dem sie sich in der Sitzecke des Hausbootes niederließen.

„Prima, dass wir endlich Zeit zum Quatschen gefunden haben. Prost. Auf uns! Nochmals, herzlich willkommen an Bord", sagte Max.

„Dann lass mal hören, was du so treibst."

„Was soll ich sagen? Wenn es besser wäre, wäre es kaum zum Aushalten. Im Ernst, so blendend wie jetzt ist es mir nie zuvor gegangen.

Mein Job in einem Outdoorgeschäft in Münster ist megacool. Nette Kollegen, geregelte Arbeitszeiten, ordentliche Bezahlung, alles bestens.

Am meisten freue ich mich, in Greven eine wahnsinnig tolle Frau kennengelernt zu haben. Eine Super-Frau, ehrlich! Alles läuft reibungslos mit ihr. So perfekt, es ist unfassbar!

Ich meine, wir kennen beide andere Zeiten, wilde Parties, Frauen für eine Nacht. Du weißt, wovon ich rede. Selbst wir sind mittlerweile in die Jahre gekommen, Max.

Eines Tages hast du genug von alledem.

Ich wollte nach dieser stürmischen Phase endlich wissen, wo ich hingehöre. Familie, Kinder, ein Haus, all das, wovor mir vor Jahren grauste. Zu meinem unfassbaren Glück gehört, dass ich mit Laura eine Frau gefunden habe, mit der ich mir genau dieses spießige Leben vorstellen kann. Du wirst mich für bekloppt halten, das ist mir echt egal. Ich habe endlich einen Plan mit Perspektive", erzählte Sebastian euphorisch von seiner aktuellen Lebenslage.

Max sah ihn verwundert, nachdenklich an, aber allmählich breitete sich ein Lächeln auf seinem Gesicht aus.

„Ich höre deine Worte, wenngleich ich nicht behaupte, sie zu verstehen. Ich habe eine ungefähre Vorstellung davon, was dich umtreibt. Offensichtlich hast du ein Ziel vor Augen, nur darauf kommt es letztlich an. Ich beglückwünsche dich. Aber ob das funktioniert, ist abzuwarten", antwortete Max, während er seinem Freund zuprostete.

„Seb, wenn du so verliebt bist, wie du sagst, dürftest du gar keine Zeit für den Besuch eines alten Freundes haben. Oder irre ich mich da?"

„Jetzt mach dich bitte nicht lustig über mich. Das habe ich nicht verdient. Im Ernst, Lauras Freundin hat Karten für den Beatkeller in Greven besorgt. Sie wollte schon absagen, um die Zeit mit mir zu verbringen. Ich habe sie aber ermutigt hinzugehen. Zum einen sagte mir die Musikrichtung nicht zu, außerdem finde ich es wichtig, dass jeder seinen eigenen Freundeskreis pflegt. So, heute Abend kümmere ich mich um dich. Jetzt erzähl` doch mal von dir", sagte Sebastian.

„Mein Plan sieht etwas anders aus", erzählte Max.

Er bemühte sich ernsthaft, ein bürgerliches Leben zu führen, merkte aber bald, dass die Sehnsucht nach seinem alten Leben stärker war.

Obwohl sein Chef alles versuchte, ihn zu halten, kündigte er den Job, um in einem Hotel in Marokko mit professioneller Animation zu arbeiten. Wenn er Fuß gefasst hat, plante er, dort ein eigenes Restaurant zu eröffnen.

Weitergehende Details hatte er bisher nicht überlegt.

Wahrscheinlich würde er eines Tages, mit einem Cocktail in der Hand, tot in einer Hängematte gefunden. Das war ihm egal, er musste das Leben jeden Tag hautnah spüren, es auskosten.

Für einen anderen Lebensstil war er weder geschaffen noch dazu in der Lage.

„Man, man, Max. Wache endlich auf! Du kannst doch nicht bis ans Ende deiner Tage jede Nacht in einem anderen Bett liegen. Ich erinnere mich gerne an unsere gemeinsamen Jahre in Mexiko. Das war eine wilde Zeit, nichts davon möchte ich missen, ehrlich! Ein atemberaubend schönes Land, in dem wir viele Freunde gefunden haben.

Ich habe mich dort sauwohl gefühlt und ich hätte mir bedenkenlos meinen Lebensabend in Mexiko vorstellen können.

Meine Heimat ist aber Deutschland, das ist mir mittlerweile klar. Hier gehöre ich hin.

Auch du bist in die Jahre gekommen und die ganze Nacht durchzaubern hältst du nicht mehr aus. Selbst du schaffst das in allzu ferner Zukunft nicht mehr, wenn du verstehst, wovon ich rede."

„Jawohl, Mama, wird erledigt!", lachte Max lauthals, während sie sich aufmunternd zuprosteten.

„Wie kommt es, dass du hier auf dem Boot bist? Es gehört dir doch nicht, oder?", fragte Sebastian.

„Um Gottes willen, bist du verrückt. Viel zu viel Verantwortung und noch mehr Arbeit. Nein, es gehört meinem Chef. Als ich mich um die Stelle bei ihm beworben habe, hatte ich keine Wohnung in Aussicht. Damit ich ihm nicht vom Haken gehe, hat er mir übergangsweise angeboten, hier zu wohnen. Es ist als Provisorium groß genug, was bekanntlich am längsten hält."

„Max, du hast von Anfang an nicht vorgehabt in Greven zu bleiben, sei doch ehrlich. Bei dem Gedanken, einen Mietvertrag zu unterschreiben, bekamst du sicherlich Schweißausbrüche, so wie ich dich kenne", erwiderte Sebastian schmunzelnd.

Am nächsten Morgen erreichten beide nur schwerfällig ihre Betriebstemperatur.

Bis spät in die Nacht hatten sie viel geredet und noch mehr getrunken. Morgens bestand stillschweigende Übereinkunft, dass sie sich vor dem Frühstück erst einmal die Beine vertreten.

Die Sonne versuchte sich, mehr oder weniger erfolglos, durch die Wolken zu kämpfen, als sie auf das Vordeck traten. Die kalte Morgenluft bracht eine wohltuende Frische in ihre Köpfe, als sie gemächlich an den fest verzurrten Schiffen entlangschlenderten.

„Jetzt schau dir dieses Boot an", begann Max mit den ersten Worten des Morgens. „Seit ich hier wohne, also seit einigen Monaten, habe ich nie jemanden auf dem Boot gesehen.

Irgendwann war ich mal auf dem Boot, neugierig zu sehen, ob nicht doch eine Leiche im Innern liegt. Natürlich Fehlanzeige. Bei dieser illegalen Begehung stellte ich fest, dass die Tür offenstand und sogar der

Zündschlüssel für den Motor auf dem Tisch lag. Jeder wäre in der Lage, sofort mit dem Boot loszutuckern. Keiner würde etwas mitbekommen. Außer mir!"

„Ich hatte vor vielen Jahren mit Freunden ein ähnliches Hausboot in Holland gemietet, mit dem wir eine Woche in den Grachten unterwegs waren. Nach einer kurzen Einweisungsrunde ist der Vermieter unvermittelt von Bord gesprungen. Er wünschte uns einen entspannten Urlaub. Das war alles.

Das kann der doch nicht machen, dachten wir, uns mit dem riesigen Kahn alleine losschippern zu lassen.

Wir merkten allerdings schnell, dass wir bereits nach wenigen Manövern das Schiff im Griff hatten. Es war selbst für Laien, problemlos zu steuern. Du siehst somit einen erfahrenen Skipper vor dir. Lust auf eine kleine Spritztour?", fragte Sebastian, gleichzeitig trat er mit einem Fuß auf die Schiffswand, so, als wolle er gleich losfahren.

„Ne, lass` mal. Mein Kopf brummt ordentlich. Ich muss erst mal dringend frühstücken. Danach lässt sich über alles reden", sagte Max.

Beiden war klar, dass es nicht dazu kommen würde.

Sonntag, 25. Februar 2018

Und der Tag hatte so gut angefangen!

Als Kleber nach dem Frühstück loslief, war es fast noch dunkel. Kein normaler Mensch kommt auf die Idee, am Sonntagmorgen in aller Frühe aufzustehen, um dann drei Stunden um den See zu laufen.

Zum Glück hatte er es nicht weit bis zu seiner Laufstrecke, da diese direkt vor dem Haus lag. Sein Trainingsplan war auf den Marathon in zwei Wochen in Hamburg ausgerichtet. Die heutige Trainingseinheit ging über die Gesamtdistanz, um seinen Körper allmählich an die Belastungsgrenze heranzuführen. Er hatte in den vergangenen Wochen hart trainiert und fühlte sich topfit. Die letzten Morgennebel wichen der allmählich kräftiger werden Sonne und die ersten Sonnenstrahlen legten sich auf den See.

Er liebte die Momente, in denen der Tag erwacht. Die Welt erschien friedlich und unschuldig. Nichts störte diese allumfassende Harmonie. Er genoss die unendliche Ruhe, die ihn umgab. Kein Lärm, keine Hektik. Nichts was Aufmerksamkeit von ihm forderte.

Er lief um den See, ohne, entgegen seiner Gewohnheit, dabei Probleme zu wälzen. Er hörte nur seinen rhythmischen Herzschlag, seine eigenen Schritte auf dem Asphalt und hin und wieder Vogelgezwitscher. Die Vogelmännchen zwitscherten dabei möglichst variantenreich, um anziehender für die Damenwelt zu sein. Falls kein Weibchen in der Nähe war, wurden zumindest lästige Konkurrenten verscheucht.

Im Gegensatz zu Kleber waren die Vogelmänner hörbar betriebsbereit.

Erinnerungen an seine ersten Jahre als Kommissar tauchten aus dem Nichts in ihm auf. Wie er sich engagiert in jeden Fall eingegraben hatte, solange bis der Übeltäter gefasst war. Jede Gerichtsverhandlung, in der die Täter mithilfe ihrer Rechtsanwälte einen, aus seiner Sicht nicht nachvollziehbaren, Freispruch erwirkten, empfand er als persönliche Niederlage.

Umso heftiger stürzte er sich in das nächste Verfahren, bemüht, noch akribischer und gewissenhafter zu ermitteln. Nächtelang recherchierte er, um sicherzustellen, dass die Täter im Knast landen. Verbrecher gehören hinter Gitter, alles andere ließ sein Gerechtigkeitssinn nicht zu.

Seinem Ehrgeiz hatte er sein Privatleben geopfert. Er war unfähig, es anders zu steuern. Als Polizist war es sein Job, für Gerechtigkeit zu sorgen. Punktum.

Als er vor einigen Jahren Lissy kennenlernte, fügte sie sich klaglos in diese Rangordnung ein. Erst die Arbeit, dann das Vergnügen.

Sie akzeptierte ihn, so wie er war.

Seinen übertriebenen Arbeitseifer unterstützte sie nicht, so weit ging die Liebe nun doch nicht. Sie war eine bemerkenswert kluge Frau. So unterließ sie es, Druck auszuüben und auf Veränderungen zu bestehen.

So verschoben sich im Laufe der Jahre allmählich seine Prioritäten.

Sein anfangs unerschütterliche Glaube an eine gerechte Justiz wurde häufig erschüttert. Viele unerklärliche Entscheidungen zerstörten sein Vertrauen in die Robenträger. Machtlosigkeit und Resignation stellten sich ein. Er akzeptierte schweren Herzens die Gewaltenteilung, wenngleich sie hin und wieder wenig nachvollziehbar war.

Er konzentrierte sich auf seinen bestmöglichen Beitrag zur Urteilsfindung, alles andere versuchte er auszublenden.

Die wachsende Einsicht, nicht für die Rettung der Menschheit verantwortlich zu sein sowie ein erfülltes und glückliches Leben mit Lissy, brachten die Dinge sukzessive ins rechte Lot.

Er blieb weiterhin ein engagierter, erfolgreicher Kommissar. Er glaubte fest daran, dass die Kollegen seine innere Veränderung nicht bemerkt hatten.

Außer Ramona, da war er sich nicht sicher.

Da er unverändert gut mit seiner Assistentin zusammenarbeitete, war es letztlich auch egal. Sie waren ein erfolgreiches Team, jeder verließ sich bedenkenlos auf den anderen.

Beschwingt lief er seine Runde um den Aasee zu Ende. In der Ferne erblickte er bereits ihre Villa, dessen Garten mit dem uralten Baumbestand bis an das Seeufer reichte.

Mit seinem Gehalt hätte es niemals zu solch einem Haus gereicht. Kleber hatte anfangs Schwierigkeiten zu akzeptieren, dass seine Frau aus einer der reichsten Familien des Münsterlands stammt. Mittlerweile hatte er sich daran gewöhnt. Ja, er genoss die Annehmlichkeiten, die das Leben mit einer reichen Frau so mit sich brachte.

Er absolviert einige Dehnübungen und lief gemächlich die letzten Meter bis zum Haus.

Er hatte sein Tagespensum absolviert, aber wie sah es mit Lissy aus? Kam sie womöglich auf die Idee, nach dem Mittagessen einen Spaziergang zu unternehmen? Das wäre dann doch des Guten zu viel.

Als er den Anstieg zu ihrem Haus hochlief, stand seine Frau lächelnd auf der Terrasse und winkte ihm zu.

„Herzlichen Glückwunsch zu deiner Energieleistung am frühen Morgen! Dafür, dass du schon stundenlang durch die Gegend gelaufen bist, siehst du erstaunlich frisch aus.

Jetzt geh erst mal unter die Dusche, dann gibt es einen Kaffee. Anschließend wartet die erste Leiche des Tages auf dich", sagte sie, ohne ihrem verschwitzen Mann bei der Begrüßung zu nahe zu kommen.

„Du nimmst mich auf den Arm, Lissy. Oder etwa nicht?" Kleber sah seine Frau fragend an. Nein, ein verschmitztes Lächeln war nicht erkennbar. Es war eher ernst gemeint.

„Jetzt guck nicht so verkniffen. Du unternimmst einen kleinen Ausflug aufs Land, nach Greven. Ist das nicht herrlich?", sagte sie mit leichtem Augenzwinkern.

Na toll, so habe ich mir unseren Sonntag nicht vorgestellt.

Er fuhr auf den Parkplatz des Hallenbades von Greven. Ein Polizist wies ihm den Weg. Kleber legte den restlichen Weg zum Tatort zu Fuß zurück.

„Moin, Richie. Auch kein Zuhause?", begrüßte Kleber den Pathologen gewohnt kumpelhaft.

„Ich lass mir keine Chance entgehen, euch zu sehen. Das weißt du doch. Wo ist denn Ramona?", fragte der Pathologe.

„Die habe ich daheim gelassen, wenigstens eine im Team soll den Sonntag genießen."

„So, Richie, jetzt zur Sache. Was haben wir?", wurde Kleber sachlich, obwohl sich der ihnen bietende Fundort wenig Interpretationsmöglichkeiten zu ließ.

Entlang des Deiches waren verschiedene Kunstwerke aufgestellt worden. An einer dieser Skulpturen direkt neben dem Fußweg, hing eine Frau.

Das Kunstwerk bestand aus drei Fischen, aufgesteckt auf Stahlrohren.

Deren stromlinienförmige Körper bildeten grob behandelte Steine, während die aus Keramik gearbeiteten Köpfe sowie die Schwanzflossen in bunten Farben schillerten.

Dem Betrachter bot sich ein bizarres Bild.

Ein Drahtseil war sowohl um die Schwanzflosse des ersten Fisches als auch um den Hals der Frau gebunden und bildeten auf skurrile Weise eine Einheit.

Der Kopf der zierlichen Frau wurde auf den Brustkorb gedrückt, so dass ihr Gesicht verdeckt war.

Nur die Absätze ihrer Schuhe hatten Kontakt mit dem schlammigen Boden.

Die Beine waren seitlich weggeknickt und ließen den schmalen Körper noch gebrechlicher erscheinen.

Trotz aller Routine war Kleber immer wieder entsetzt, mit welcher Brutalität Täter bereit waren, Menschen das Leben zu nehmen.

„Weiß man schon, wer die Tote ist?", fragte Kleber.

„Ja, sie hat Ihren Ausweis dabei. Frau Sieglinde Silberwald, 58 Jahre alt, wohnhaft in Greven."

Unaufgefordert fasste der Pathologe den Tathergang zusammen: „Die Frau ist zwei bis drei Stunden tot. Der Todeszeitpunkt liegt somit zwischen sieben und acht Uhr heute Morgen.

Gefunden hat die Leiche ein Radfahrer, der uns sofort anrief. Der Anruf ging kurz vor acht Uhr bei uns ein. Seine Personalien werden gerade aufgenommen. Er hat leider nichts gesehen oder gehört.

Die Frau wurde von dort hinten zu den Fischen gezerrt und mit dem Drahtseil an der Schwanzflosse befestigt. Zwei Schleifspuren führen dorthin. An den Absätzen ihrer Schuhe sieht man Schlammreste als auch

Kratzspuren", führte der Pathologe aus, während er mit seinem ausgestreckten Arm auf ein nahegelegenes Gebüsch wies.

„Ob die Frau tot war oder noch lebte, als sie hier abgelegt wurde, sage ich dir nach der Obduktion. Es gibt Anzeichen unter ihren Fingernägeln, dass sich die Frau gewehrt hat. Alles andere folgt. Und ja, du brauchst es gar nicht erst erwähnen, ich werde den Sonntag nicht gemütlich Zuhause verbringen, sondern im Labor. Komm Morgen früh vorbei, dann wissen wir mehr.

Bring bitte Ramona mit, auch ich brauche gelegentlich einen Lichtblick in meinem düsteren Leben", fasste Richie die Ergebnisse abschließend zusammen.

Just in dem Moment, als Kleber zu seinem Auto zurückging, klingelte sein Handy. Was er zu hören bekam, übertraf all seine Vorstellungskraft.

Er war schon fast dreißig Jahre Polizist, aber so etwas hatte er bisher nicht erlebt.

„Richie pack` deine Sachen zusammen. Wir fahren weiter zum nächsten Tatort!

Wir haben es nicht weit, es ist gleich um die Ecke", versuchte er, der unheimlichen Situation etwas Positives abzugewinnen.

„Du beliebst zu scherzen, oder?", fragte Richie. Mit leicht seitwärtsgebeugtem Kopf sah er seine Kollegen fragend an.

Kleber stand fröstelnd auf dem Deich, während die morgendliche Kälte von den Füßen aufwärts in seine Knochen kroch.

Eine friedliche Stille umgab die brutal getötete Frau, welch ein Gegensatz.

In diesem beschaulichen Ort an der Ems passierten unglaubliche Dinge.

Bereits vor Jahren ermittelte Kleber in dieser kleinen Stadt vor den Toren Münsters. Seinerzeit fing alles zunächst harmlos an. Ein alter Mann war in seinem Garten tot zusammengebrochen, neben seinem erschossenen Dackel. Nichts deutete auf den Beginn einer spektakulären Mordserie hin, die ihn bis nach Indien führte.

Der heutige Fall hingegen war eindeutig, ohne Spielraum für Interpretationen.

Was würde er am nächsten Tatort vorfinden?

War es Zufall, dass nahezu zeitgleich zwei Tote in Greven aufgefunden wurden oder gibt es eine Verbindung zwischen den Verbrechen?

Stand er wieder am Anfang einer Mordserie?

Gerne hätte er an das Zusammentreffen scheinbar zufälliger Ereignisse geglaubt, aber sein Instinkt signalisierte ihm wenig Zuversicht.

Ein mulmiges Gefühl breitete sich rasant in Klebers Magen aus.

Als er in die Straße zum zweiten Tatort einbog, wiesen ihm zwei vor einem Mehrfamilienhaus stehenden Polizeiwagen den Weg.

Es war ein kühler, nasser Tag im Februar und die dicht zusammenstehenden Häuser wirkten bei dem tristen Wetter wenig einladend. Kein Mensch ging bei diesem Sauwetter an einem Sonntag freiwillig vor die Tür, so dass die ganze Straße lückenlos von den Anwohnern zugeparkt war.

Notgedrungen parkte Kleber sein Auto quer auf dem Bürgersteig, wie es sich scheinbar für einen Polizisten im Einsatz gehört.

In der Wohnung angekommen, wies ein Polizist in Richtung des Tatortes, während sich Richie`s Leute wortlos auf die einzelnen Räume verteilten.

Die Frau lag rücklings mit gespreizten Beinen auf der Couch, die Arme wie bei einer Umarmung ausgebreitet. Ihr Bademantel war weit geöffnet, nur ein durchsichtiges Negligé bedeckt ihren Busen.

„Die Todesursache ist offensichtlich.

Den Todeszeitpunkt kann ich im Moment nur grobe schätzen", meinte der Mediziner, während er die Leiche untersuchte.

„Nagel mich bitte nicht fest, aber ich würde schätzen, dass sie seit rund 40 Stunden tot ist, also seit Freitagabend 20 Uhr, plus minus zwei Stunden.

Unter den Fingernägeln sind Spuren eines Kampfes erkennbar, offensichtlich hat sie sich gewehrt.

Aufgrund der groben Gewalteinwirkung ist davon auszugehen, dass es sich bei dem Täter um einen Mann handelt."

„Wer hat die Leiche gefunden?", fragte Kleber.

„Hallo! Schon vergessen, dass wir zusammen angekommen sind? Woher soll ich das wissen."

Der Polizist, der offensichtlich zuerst am Tatort war, stand ebenfalls im Wohnzimmer und beantwortete pflichteifrig Klebers Frage: „Eine befreundete Nachbarin der Toten, eine Frau Sabine Schneider, kann Ihnen Näheres erzählen. Die Frau ist mit den Nerven völlig fertig. Sie wartet in Ihrer Wohnung auf Sie."

„Ok, dann gehe ich jetzt zu Ihr. Richie, ich denke, du hast genug Arbeit und kommst ohne mich klar. Wir sehen uns morgen", sagte Kleber im Rausgehen.

„Es gibt eine Menge zu besprechen."

„Bring bitte Ramona mit!"

„Aye, aye, Sir!"

„Guten Tag, Frau Schneider. Ich bin Hauptkommissar Kleber. Darf ich reinkommen?"

„Bitte, kommen Sie rein. Verzeihen Sie meine verheulten Augen, aber es ist zu schrecklich", während die attraktive Mittvierzigerin Kleber ins Wohnzimmer führte.

„Erzählen sie mir bitte etwas über Frau Brause.

Es wäre hilfreich, mehr über Ihre Person zu erfahren. Ist Ihnen in letzter Zeit an ihr etwas Ungewöhnliches oder Sonderbares aufgefallen? Wurde sie bedroht, hatte sie Feinde?"

„Nein, mir ist nichts aufgefallen. Wir sind seit vielen Jahren befreundet und unternehmen an den Wochenenden etwas zusammen.

Für gestern hatten wir uns Karten für ein Musikevent hier in Greven gekauft.

Am Samstag erreichte ich sie nicht, weder telefonisch noch öffnete sie die Tür. Das war ungewöhnlich. Laura war eine zuverlässige und pünktliche Frau. Da ihr Auto auf der Straße stand, machte ich mir Sorgen. Ich habe Ihre Mutter angerufen, aber die wusste ebenfalls nichts.

Also ging ich am Samstag zu dem Event, in der Hoffnung, dass sie, aus welchen Gründen auch immer, vielleicht direkt dorthin gegangen war. Aber da war sie auch nicht. Ich habe die Veranstaltung nicht bis zum Ende verfolgt und bin frühzeitig nach Hause gegangen.

Bei einem erneuten Versuch am späten Abend war sie immer noch nicht erreichbar. Als ich bis heute Morgen kein Lebenszeichen von ihr hatte, beschlossen wir, Ihre Mutter und ich, die Polizei anzurufen.

Die kamen auch sofort, tja, den Rest kennen Sie selbst." Tränen kullerten ihr über die Wangen.

„Jetzt beruhigen Sie sich doch bitte. Wir haben Zeit."

„Danke, es geht schon. Ansonsten ist mir bei Laura nichts Besonderes aufgefallen.

Sie war eine humorvolle, warmherzige Frau, die überall beliebt war. Sie war unterhaltsam und mit ihr zu feiern war die hellste Freude. Wir hatten eine Menge Spaß zusammen!

Ich kann nicht begreifen, dass sie tot ist".

Erneut putzte sie ihre Tränen ab, während ihre Schultern leicht zitterten. Es dauert einen Moment, bevor sie sich wieder gefangen hatte.

„Für meinen Geschmack war sie manchmal ein wenig zu großzügig. Aber so war sie. Mit Männern hatte sie leider wenig Glück.

Zum Beginn einer Beziehung war sie euphorisch und schwärmerisch. Sie glaubte jedes Mal, den Mann fürs Leben gefunden zu haben. Eine gewisse Naivität war ihr nicht abzusprechen. So war es unvermeidlich, dass sie von vielen Männern ausgenutzt wurde.

Sie sah super aus, jeder wollte gleich etwas von ihr. Ich war hin und wieder neidisch, wie sie von den Männern begehrt wurde. Wenn es dann wiedermal in die Brüche ging, tat sie mir leid und ich war froh, dass bei mir die Männer nicht vor der Tür schlangenstehen.

Seit einigen Wochen hatte sie einen neuen Freund, in den sie – mal wieder – unsagbar verliebt war. Sie sagte, dass sie sich mit ihm mehr vorstellen kann. Sie hatte bisher, wie gesagt, wenig Glück mit Männern, daher war ich skeptisch.

Aber ich freute mich für Sie. Vielleicht hatte sie endlich den Passenden gefunden, dachte ich. Jetzt dieser brutale Mord, es ist eine einzige Tragödie", erneut griff sie zu einem Taschentuch.

„Wissen Sie Näheres über ihren Freund?"

„Ich habe Ihn nur einmal kurz gesehen. Laura wartete zunächst ab, ob die Beziehung tatsächlich länger hält. Sie haben sich im letzten Jahr bei einer Demo gegen Massentierhaltung kennengelernt. Er wohnt erst seit kurzem in Greven und arbeitet in einem Outdoorgeschäft in Münster. Mehr weiß ich leider nicht."

„Gibt es nähere Angehörige, Freunde?

Was machte sie beruflich?"

„Soweit ich weiß, nur Ihre Mutter, die in Münster lebt. Von ihr habe ich die Handynummer, falls Laura mal nicht erreichbar war.

Wir haben zwei gemeinsame Freundinnen, mit denen wir zusammen etwas unternehmen, Kino, Theater, Tanzen.

Laura arbeitet im Rathaus in Greven, wo sie irgendwelche Bauanträge bearbeitete. Genaueres hat sie nicht erzählt und ehrlich, es hätte mich auch nicht interessiert.

Wir waren Freundinnen, die gemeinsam Spaß hatten, verstehen Sie?"

„Danke! Falls Ihnen noch etwas einfällt, rufen Sie mich bitte an." Kleber stand auf und gab ihr seine Visitenkarte.

Für den Augenblick war es genug. Draußen auf der Straße rief er seine Assistentin an.

„Hallo Ramona. Ich bin untröstlich, aber mit der Sonntagsruhe ist es vorbei. Wir haben zwei Leichen im verträumten Greven. Ich fahre jetzt gleich ins Büro. Es wäre hilfreich, wenn du schon mal die Kaffeemaschine anschmeißen könntest. Wäre das ok?"

„Das passt mir eigentlich gut in den Kram.

Timm beschäftigt sich derzeit stundenlang mit der Evolutionsgeschichte. Er ist so fasziniert davon, dass er mir unentwegt erklärt, wie das Leben entstanden ist und wie es mit der Menschheit so weitergeht.

Es ist schon unglaublich, welche Geschichte dieses ziemlich unauffällige Tier, Mensch genannt, seit zwei Millionen Jahren genommen hat.

Die Urmenschen waren uns rein äußerlich schon sehr ähnlich.

All die unterschiedlichen Menschenarten wie zum Beispiel der Homo neanderthalensis in Europa oder der Homo erectus in Asien haben 1,5 Millionen Jahre auf der Erde gelebt, bevor sie ausstarben.

Erst der Homo sapiens machte sich vor 70.000 Jahren aus Ostafrika auf den Weg, die Weltherrschaft zu übernehmen.

Aber wie hat er das geschafft, was andere Menschenarten über Jahrmillionen nicht erreicht haben?

Die gängigste Theorie besagt, dass zufällige Genmutationen die Kabel im Gehirn des Homo sapiens neu verdrahtet haben.

Nur deshalb lernten sie, in nie dagewesener Weise zu denken und mit einer völlig neuen Form von Sprache zu kommunizieren.

Wusstest du …", Ramonas Redeschwall war nur schwer zu bremsen.

„Ramona?", unterbrach sie Kleber. Bemüht den wahren Grund seines Anrufs, wieder in den Vordergrund zu rücken.

„Ja, Kurt?"

„Das ist sehr beeindruckend, womit sich Timm so beschäftigt. Es wäre im Moment vorteilhaft, wenn wir Homo sapiens unsere Kommunikation auf die Morde – vorübergehend – richten könnten. Meinst du, wir kriegen das hin?"

„Entschuldige Kurt, Timm hat mich offenbar mit seiner Evolutionsgeschichte angesteckt.

Wusstest du, dass …“, weiter kam Ramona nicht.

„Ramona?“

„Alles klar, verstehe. Ich bin schon auf dem Weg. Privatleben wird ohnehin überschätzt“, und legte auf.

Geht doch. Wenngleich sich Kurt eingestand, dass ihn der spontane Ausflug in die Entstehungsgeschichte der Menschheit interessierte.

My home is my castle.

Seine Burg wies allerdings erhebliche Schwäche auf.

Unkraut hatte unzweifelhaft die Vorherrschaft im Außenbereich übernommen, daran hatte auch sein Einzug nichts geändert.

Wildkraut mit Stängeln, dick wie Kinderarme, verliehen dem in die Jahre gekommenen Haus einen morbiden Charme. Mensch und Natur auf Augenhöhe, wobei die urwüchsige Umwelt offensichtlich die besseren Karten besaß.

Alles von Menschenhand Geschaffene schien sich den Naturgewalten zu beugen, ohne dass der Hausherr erkennen ließ, etwas dagegen zu unternehmen.

Eine kleine Birke baute sich zaghaft neben dem Schornstein ihren eigenen Lebensbereich auf, die wie eine Siegesfahne über dem Ganzen thronte.

Dafür bin ich günstig an mein kleines Häuschen gekommen, sprach sich Sebastian Mut zu.

Seine Behausung lag abseits in einer Bauernschaft, umgeben von kleinen Häusern, die gleichfalls deutliche Merkmale einer naturbelassenen Wohnkultur aufwiesen.

Da die Nachbarn ebenfalls wenig Wert auf Äußeres

legten, fiel Sebastians Haus in diesem Umfeld nicht unangenehm auf.

In zwei Häusern lebten ältere Menschen, die in den letzten Stunden des Lebens offenbar gedachten, wenigstens eine geordnete Gartenlandschaft zurückzulassen.

Erhofften sie sich dadurch womöglich an höherer Stelle ein besseres Entree?

Wer`s glaubt.

Das direkt angrenzende Grundstück sah am schlimmsten aus.

Der beklagenswerte Zustand seines Vorgartens wurde dadurch zwar nicht besser, andererseits waren keine Beschwerden aus der Nachbarschaft zu erwarten.

Das Unkraut stand genauso hoch wie bei ihm. Verrostete Figuren sowie grob behauene Steine lagen verteilt über das Grundstück herum und verliehen dem Ganzen ein pittoreskes Flair.

Mit der älteren Dame hatte er sich einige Male über den wackeligen Zaun hinweg unterhalten.

Sie war zwar nett und umgänglich, aber irgendwie schrullig. Sie hatten sich höflichkeitshalber gegenseitig auf eine Tasse Tee eingeladen, wozu es bisher nicht gekommen war. Und auch nicht kommen würde.

Aus nicht nachvollziehbaren Gründen hielt sie zudem alle Gegenstände in ihrem Wildgarten für Kunst.

Die ältere Dame besaß einen ausgefallenen Humor.

Unter dem Strich gefiel es Sebastian in seinem Heim.

Jeder ließ dem anderen seine Freiheit. Das war ok.

„Heute muss ich dringend die Putzarbeit im Haus erledigen", spornte sich Sebastian an, der Außenbereich kommt im Frühjahr dran. Elegant blendete er die arbeitsintensivere Gartenarbeit für heute erst einmal aus.

Ich stürze mich jetzt auf den Hausputz, dann habe ich heute Nachmittag wieder Zeit für Laura. Das war Ansporn genug. Tatsächlich schaffte er es, zügig Ordnung in das Chaos zu bringen. Das kleine Haus war einfach und schlicht eingerichtet, aber sehr gemütlich und zweckmäßig.

Als er vor einigen Wochen einzog, kaufte er nur wenige kleine Gebrauchtmöbel, in die er seine Habseligkeiten einsortierte. Schon war der Umzug erledigt. Da er keine Vorstellung hatte, wie lange er in Greven wohnen bleiben würde, blieben die Wände im Haus – die sich über ein bisschen Farbe gefreut hätten – unbearbeitet.

Als auch die Küche blitzblank sauber war, ließ sich Sebastian, zufrieden mich sich, schwungvoll auf die Couch fallen.

In diesem Augenblick klingelte sein Handy.

Was er zu hören bekam, ließ ihn erschaudern.

Was, in drei Teufels Namen, war denn jetzt los?

Montag, 26. Februar 2018

„Paula, viermal das Gourmet-Frühstück mit Piccolo. Dreimal Standard und für Kartoffel-Horst nur Käse, keine Wurst.

Wie du weißt, bekommt unser Sensibelchen ansonsten Hautausschlag", orderte Claus Bokelmann routiniert das Frühstück für die Runde.

Es war kein Stammtisch im engeren Sinn, aber die Vier trafen sich regelmäßig montagmorgens im Bistro, immer zur gleichen Zeit.

„Habt ihr schon gehört, gestern wurden zwei Frauen in Greven ermordet!", Otto, Besitzer der besten Metzgerei am Ort, vermochte sein Mitteilungsbedürfnis nur schwer zu zügeln.

Ungeduldig wartete er, bis Paula das Frühstück gebracht hatte.

„Meine Schwester ist mit einem Polizisten verheiratet, von der erfuhr ich gestern Abend, dass eine Frau in ihrer eigenen Wohnung erwürgt und eine zweite erdrosselt am Deich aufgefunden worden ist. Der Tatort vorne an der Ems ist mit Flatterband abgesperrt. Wahnsinn, oder?"

„Weiß man schon, wie die beiden heißen?", fragte Volker, der einen Landgasthof, etwas außerhalb von Greven, besaß.

„Laura Brause, arbeitete im Rathaus. Sieglinde Silberwald, eine Künstlerin.

Aber haltet ja die Klappe, ich komme in Teufels Küche, wenn rauskommt, dass ich gequatscht habe. Wahrscheinlich waren es Sexualverbrechen. Genaueres weiß die Polizei bisher nicht", flüsterte der Metzger seinen Freunden zu.

„Das darf doch nicht wahr sein. Wahnsinn!

Ich kenne beide Opfer.

Die Laura wohnt sogar in einer meiner Wohnungen und wir trafen uns regelmäßig auf dem Bauamt. Die Silberwald lief mir bei dem Deichprojekt ständig über den Weg. Es ist unfassbar, dass beide tot sind", Claus Bokelmann stand sichtlich unter Schock.

„Zwischen der Laura und dir, lief doch mal was, oder?", fragte Kartoffelbauer Horst.

„Halt bloß die Klappe, ich würde lauter schreien, dann hört es meine Frau garantiert, du Idiot!"

„Sorry, ich bin ja schon still."

Alle tranken ihren Sekt, quasi im Gedenken an die verlorenen Töchter der Stadt.

„Vor einigen Jahren gab es bereits einen Doppelmord in Greven. Fängt das jetzt wieder an?

Ich wusste überhaupt nicht, in welch gefährlichem Örtchen ich lebe.

Mir soll es recht sein.

Hoffentlich kommen viele der Gaffer nach Greven und mein Geschäft brummt mit den elendigen Spannern", sagte der Restaurantbesitzer kaltschnäuzig.

„Der Laura bin ich früher öfters begegnet, eine bezaubernde Frau. Claus, dass du der nicht widerstehen konntest, war nur menschlich", nahm der Kartoffelbauer den Verwalter weiter aufs Korn.

„Kartoffel-Horst, jetzt pass mal auf, du mit deiner Bauernschläue. Noch ein Wort und ich erzähle allen, wie die Geschäfte auf deinem Bauernhof und auf dem Markt wirklich laufen", sagte Claus Bokelmann und zwinkerte seinem Freund zu.

Dieser gab sofort beschwichtigende Handzeichen nach dem Motto: Immer schön den Ball flachhalten.

„Die Silberwald habe ich einmal bei der Enthüllung eines Kunstobjektes am Deich gesehen, da wurde sie als Künstlerin vorgestellt", sagte der Kartoffelbauer in die Runde.

„Stimmt gar nicht, ich habe sie später sogar ein zweites Mal gesehen. Sie war vor einigen Wochen auf dem Markt und unterhielt sich mit Laura.

Wie konnte ich das nur vergessen?

Und jetzt sind beide tot!

Vielleicht bin ich der Letzte, der die Frauen lebend zusammen gesehen hat, was meint ihr?"

„Horst, du bist und bleibst ein Vollidiot!"

Mehr gab es für den Moment nicht zu sagen.

Vor Kleber saß ein sichtlich zermürbter, frustrierter Mann.

Unrasiert, ungekämmt mit der blassen Haut eines Todkranken. Dem durchtrainierten Körper fehlte jede Spannkraft.

„Guten Morgen, Herr Bauernfeind. Zunächst möchten wir Ihnen unser herzlichstes Beileid aussprechen", eröffnete Kleber die Vernehmung. Ramona drückte durch ein leichtes Kopfnicken ihre Anteilnahme aus.

„Danke", kam leise und stockend die Antwort.

„Sagen Sie uns bitte, was sich letzten Freitag in der Wohnung ihrer Freundin zugetragen hat", fuhr Kleber nach einer kurzen Pause fort.

Der Befragte schaute den Kommissar unverändert traurig an.

Sein Blick war leer. Die Hände lagen gefaltet auf den Oberschenkeln, so als müsse er sich an etwas festhalten. Kleber nickte ihm schweigend zu, seine zustimmende Geste schien zu wirken.

„Ich habe Laura am Freitag gegen Mittag besucht und wir haben den Nachmittag in Ihrer Wohnung verbracht. Alles war ok, wir haben uns, wie immer, prima verstanden. Am späten Nachmittag verließ ich die Wohnung. Ich begreife nicht, was mit ihr passiert ist. Wer ist fähig zu so etwas?"

„Ist Ihnen irgendetwas Besonderes aufgefallen? Erwähnte ihre Freundin etwas von Schwierigkeiten oder Problemen? Hatte sie Feinde?"

„Nein, garantiert nicht. Laura war eine humorvolle, intelligente Frau, die mit jedermann klar kam.
Sie führte ein geordnetes Leben, ohne Stress.
Der Job auf dem Bauamt war ganz angenehm. Da war überhaupt nichts Auffälliges.
Es ist ein einziger nicht enden wollender Albtraum!", führte Sebastian Bauernfeind schleppend weiter aus.

„Ich muss das jetzt fragen: Hatten Sie Streit miteinander? Gab es Ärger zwischen Ihnen?"

„Nein, überhaupt nicht. Ganz sicher nicht. Der Nachmittag verlief wie immer harmonisch und entspannt.
Wir haben uns erst im letzten Jahr kennengelernt.
Als Harmoniemenschen kommen wir ohne Streit aus.
Seitdem läuft alles bestens zwischen uns."

Nach kurzem Zögern: „Lief es super", sagte er und die Trauer war in seinen Worten nahezu greifbar.

„Wann haben Sie die Wohnung verlassen? Ist Ihnen beim Rausgehen jemand aufgefallen?"

„Es war so gegen 18 Uhr, vielleicht auch später. So genau weiß ich das nicht mehr. Ich konnte doch nicht ahnen, dass dies wichtig wird. Nein, gesehen habe ich niemanden. Auf der Straße war keine Person zu sehen."

Sebastian Bauernfeind saß unverändert mit hängenden Schultern am Verhörtisch. So wie es den Anschein hatte, war Kleber gezwungen, mit diesen Informationen zunächst auszukommen.

Von dem Befragten war heute nichts mehr zu erwarten.

„Das ist mal wieder die klassische Ausgangslage", sinnierte Kleber. Das Geschehen rund um den Tathergang ergab momentan ein Bild, dessen Konturen auch bei genauem Hinsehen extrem schwach ausgeprägt waren.

Weiße Taube auf weißem Grund.

Kleber ließ den Blick in die Runde schweifen.

Während er bei seinem letzten Fall in Greven damit zu kämpfen hatte, die Aufmerksamkeit der Kollegen aufrecht zu erhalten – wer interessiert sich schon für einen erschossenen Dackel bei der Mordkommission? – waren heute alle Blicke aufmerksam auf ihn gerichtet.

Die unglaublichen Vorkommnisse in Greven machten heute Morgen in der Kaffeeküche tsunamiartig die Runde.

„Wir haben gestern in Greven zwei ermordete Frauen aufgefunden. Nahezu zeitgleich an verschiedenen Orten.

Ein Zusammenhang der Taten ist nicht erkennbar. Derzeit deutet nichts auf eine Verbindung zwischen den Ermordeten hin. Auch die näheren Tatumstände weisen keine Ähnlichkeiten auf. Aber der Verdacht drängt sich natürlich auf und wird uns garantiert beschäftigen.

Zu den Tatvorgängen:

Gestern, am Sonntag, um acht Uhr wurde Frau Sieglinde Silberwald, 58 Jahre alt, von einem Radfahrer entdeckt.

Sie hing, ein Drahtseil um den Hals, an einer Skulptur, die entlang eines Radweges an der Ems steht.

Nach Richies Aussage war sie erst circa eine Stunde tot, somit liegt der Todeszeitpunkt zwischen 6.30 und 7.30 Uhr. Wir wissen nur, dass es sich um eine in Greven lebende Künstlerin handelt.

Weitere Anhaltspunkte erhoffen wir uns von der Obduktion.

Just in dem Moment, als wir am Tatort waren, wurde das zweite Opfer gefunden.

Um elf Uhr wurde Frau Laura Brause, 45 Jahre alt, erdrosselt in ihrer Wohnung aufgefunden. Nach erster Schätzung ist der Tod Freitagabend zwischen 18 und 22 Uhr eingetreten. Sie wohnte seit vielen Jahren in Greven und arbeitete als Sachbearbeiterin im Bauamt und führte – wie man so nett formuliert – ein unauffälliges Leben.

Eine befreundete Nachbarin rief die Polizei an, nachdem sie ihre Freundin, seit Samstag nicht mehr erreicht hat.

Ihren Freund, Sebastian Bauernfeind, haben wir heute Morgen vernommen.

Sie haben zusammen den Freitagnachmittag in der Wohnung von Frau Brause verbracht. Gegen 18 Uhr verließ er sie. Nach seinen Angaben erfreute sie sich zu diesem Zeitpunkt bester Gesundheit. Angeblich hatten sie keinen Streit und verbrachten gemeinsam einen harmonischen Nachmittag.

Der Freund sagte aus, dass Frau Brause ein ruhiges, überschaubares Leben führte, frei von Schwierigkeiten und Problemen. Von irgendwelchen Bedrohungen wusste er ebenfalls nichts.

Obwohl beide Frauen nahezu zeitgleich aufgefunden wurden, liegen zwischen den Morden weit mehr als 24 Stunden, dadurch kommen sowohl ein oder auch zwei Täter in Frage.

Die einzige Verbindung zwischen den Morden besteht derzeit darin, dass beide Frauen erwürgt wurden. Alle Erfahrungen sprechen dafür, dass der Mörder ein Mann ist.

So, mehr wissen wir derzeit nicht.

Leider gibt es in beiden Fällen weder Zeugen noch Motive.

Nach der Besprechung werden hoffentlich erste Ergebnisse aus der Pathologie vorliegen. Gemeinsam mit Ramona werde wir gleich die weitere Vorgehensweise festlegen."

So präsent und aufmerksam erlebte er seine Kollegen selten, stellte Kleber zufrieden fest. Selbst für eine so erfahrene Truppe von Profis waren die beschriebenen Tathergänge außergewöhnlich.

„Vielen Dank, Herr Kleber. Ich brauche nicht gesondert zu erwähnen, dass diese Mordfälle höchste Priorität haben, da sie im Fokus der Öffentlichkeit und des Polizeichefs stehen.

Wir müssen schnellstmöglich liefern. Ich hoffe, ich habe mich klar ausgedrückt."

Ah, waren da Untertöne von Versagensangst und Gefährdung der persönlichen Laufbahn zu hören?

„Herr Kleber wird die weiteren erforderlichen Maßnahmen umgehend mit mir abstimmen und ich gehe davon aus, dass wir heute Nachmittag ein schärferes Bild auf die Morde haben als derzeit", sagte der Oberstaatsanwalt, neigte den Kopf leicht zur Seite und warf Kleber einen fragenden, despektierlichen Blick zu.

Vertrauen fühlt sich irgendwie anders an.

„Wir sehen uns in dieser Runde spätestens heute Nachmittag wieder", gab Schröder forsch die Schlagzahl vor.

Wenn er`s sagt. Als Chef muss er es ja wissen.

„Moin, Richie! Ich hoffe, du hattest einen angenehmen Sonntag!", eröffnete Kleber seine Charmeoffensive.

Der Angesprochene ignorierte die offensichtliche Frechheit und wandte sich der Assistentin zu: „Hallo, Ramona! Du siehst wie immer Hammer aus. Ist es möglich, die zerrissene Jeans gleich so zu bestellen, oder musstest du erst selbst Hand anlegen?", fragte der Pathologe mit ernstem Ton, verbunden mit einem breiten Grinsen.

Er ging einen Schritt auf Ramona zu und nahm sie freundschaftlich in den Arm. Ein Blick in ihre Augen genügte, um sicherzustellen, dass seine Worte nicht fehlinterpretiert wurden.

„Ach Richie, wie habe ich deine stilvollen Beleidigungen vermisst!", erwiderte Ramona schmollend.

Der Pathologe war einer der wenigen im Präsidium, der Näheres aus Ramonas Vergangenheit kannten.

Ihre Mutter war Alkoholikerin und somit verbrachte Ramona ihre Kindheit in einem Heim. Als willensstarkes, dickköpfige Mädchen durchlebte sie viele harte Jahre im Heim. Aber sie war zäh und biss sich durch. Ohne jegliche Unterstützung fand sie einen Ausbildungsplatz, den sie erfolgreich beendete.

Anschließend erkämpfte sie sich ein Studium an der Fachhochschule der Polizei.

Kein Job war ihr zu schwierig, keine Arbeit zu dreckig.

Sie verfolgte einen klaren Plan für ihr Leben, den sie kompromisslos umsetzte.

Erste Kontakte zur Polizei bekam sie, als sie als Streetworkerin problembelasteten Kids von der Straße betreute. Als sie vor einigen Jahren Klebers Assistentin wurde, gab keiner im Präsidium beiden eine Chance. Zu ungleich waren die Persönlichkeiten.

Kleber: ein erfolgreicher Analytiker, pedantisch, pflichtbewusst, elegante Kleidung, gutaussehend.

Ramona: eine unerfahrene, bildhübsche Anfängerin. Bevorzugt grellfarbige T-Shirts, zerrissene Hosen und Jacken, trägt Lippen- und Zungenpiercing.

Nur ihr kurzer Haarschnitt war unauffällig.

Richie genügten damals wenige Gespräche um zu erkennen, welch liebenswerte und intelligente Frau sie war. Ihr auffälliges Erscheinungsbild nutzte sie eher als Schutzwall.

Seitdem hatte er sie in sein Herz geschlossen.

Dressman und Punkerin.

„In der Tat, im Gegensatz zu euch verbrachte ich einen herrlichen Sonntag.

Danke nochmals, Kurt, dass du mich hast ausschlafen lassen. Dass es plötzlich gleich zwei Leichen werden, konnte niemand ahnen", erwiderte Ramona lächelnd, nur ihre Körpergestik ließ erkennen, dass sie offenkundig ihr schlechtes Gewissen plagte.

„Kurt, mein Lieber! Verdammt gut siehst du wieder aus, wie aus dem Ei gepellt."

Der Pathologen begrüßte seinen Freund nicht weniger herzlich.

„Genug, der netten Worte! Richie, was hast du für uns, wir haben nicht den ganzen Tag Zeit."

Kleber erhöhte den Druck.

Ein boshafter Kommentar zur quietschgelben Fliege des Pathologen lag ihm auf der Zunge. Aus Zeitgründen verbiss er sich diesen unsachlichen Hinweis.

Dr. Richard Kötter nestelte umständlich an seiner Fliege herum und leitete mit dieser Geste den offiziellen Teil des Gesprächs ein.

Er schlenderte zum ersten Seziertisch und zog das grüne Tuch herunter, um den Blick auf das Opfer freizugeben.

„Da haben wir erst einmal Frau Laura Brause. Todeszeitpunkt zwischen 19 und 20 Uhr.

An der Todesursache hat sich nichts geändert. Die beidhändige Kompression von vorne führte zu dem deutlich sichtbaren Würgemal am Hals. Schlicht gesagt: Sie wurde erwürgt.

An den Würgemalen fanden wir keine DNA-Spuren und ich gehe davon aus, dass der Täter Handschuhe trug. Er ist mit äußerster Gewalt vorgegangen, das Zungenbein und der Kehlkopf wurden gebrochen.

Dabei ist es gar nicht so simpel, einen Menschen zu erwürgen. Wenn du jemanden erschießt oder mit dem Messer erstichst, ist es eine kurze Handlung. Einmal den Finger krümmen oder kurz zustechen. Das Opfer hat keine Chance, sich zu wehren, und überlässt es seinem Schicksal. Danach zieht sich der Mörder in der Regel zurück, ohne etwas vom Leid des Opfers mitzubekommen. Er erlebt nicht dessen Todeskampf.

Anders beim Erwürgen.

Der Täter legt – im wahrsten Sinne des Wortes – selbst Hand an und ist bis zum letzten Atemzug mit dem Opfer verbunden.

Er sieht dessen Angst, spürt seinen Todeskampf. Der Täter ist gezwungen den Blick des Opfers über längere Zeit auszuhalten, von einem Menschen, der ihm vielleicht früher viel bedeutet hat. Erinnerungen werden wach, die es zu unterdrücken gilt, um seinen Plan nicht zu gefährden. Zudem wendet der Täter brutale Gewalt an, also eine körperlich anstrengende Art einen Menschen ins Jenseits zu befördern.

Da jemand, der im Erwürgen von Menschen unkundig ist, normalerweise nicht weiß, wie lange und wie fest er zuzudrücken hat, wird das Opfer länger als erforderlich gewürgt.

Erst wenn sich der Mörder absolut sicher ist, lässt er von seinem Opfer ab. Es gehört somit Wut, Zorn oder Hass dazu, jemanden auf diese Art das Leben zu nehmen.

Das wisst ihr ja alles, sorry, ich schweife ab.

Das Opfer hat sich in der Tat gewehrt. Wir haben Lederpartikel von gewöhnlichem Leder unter ihren Fingernägeln gefunden.

Den Täter anhand dieser Probe zu überführen, halte ich für aussichtslos, da keine signifikanten Unterscheidungsmerkmale vorliegen.

Wenn du mir die Jacke oder den Mantel bringst, sage ich dir, ob derjenigen mit dem Opfer in Kontakt war.

Da nahezu jeder eine Lederjacke besitzt, müsstest du die gesamte männliche Bevölkerung bitten, ihre Jacken abzugeben. Das würde euch, aber insbesondere auch mich, überfordern.

Ach ja, und das Opfer hatte vorher Geschlechtsverkehr. Ob freiwillig oder erzwungen lässt sich aus forensischer Sicht nicht beurteilen.

Außer am Hals stellten wir keine Spuren körperlicher Gewaltanwendung fest. Ich gehe daher eher von einvernehmlichem Geschlechtsverkehr aus.

Natürlich haben wir DNA-Spuren sichergestellt. Pikanterweise, fanden wir zwei weitere DNA an der Frau. Somit stand das Opfer, an diesem Tag, mit mindestens drei Personen in Kontakt.

Eine Spur haben wir an den Innenseiten der Schenkel gefunden, die dritte am Hals.

Dabei ist nicht einmal sicher, dass eine dieser Personen das Opfer erwürgt hat.

Theoretisch ist eine ganz andere Person der Mörder! Ich hoffe, ihr seid jetzt nicht total verwirrt", kommentierte der Pathologe sein ungewöhnliches Untersuchungsergebnis.

„Bevor ihr weiterfragt. Nein, sie hatte nur mit einem Mann Geschlechtsverkehr. Wie viele Personen beim Sex dabei waren, lässt sich naturgemäß nicht ermitteln. So, den Rest müsst ihr euch schon selbst zusammenreimen."

Da Kleber keine Anstalten machte Fragen zu stellen, begab sich der Pathologe zügig zum nächsten Tisch.

„Frau Sieglinde Silberwald. Todeszeitpunkt zwischen sieben und acht Uhr. Sie wurde ebenfalls stranguliert.

Nicht mit den Händen, wie bei dem ersten Opfer, sondern von hinten mit Hilfe eines Drahtseils.

Anhand der am Tatort festgestellten Streifspuren und den Bodenresten an den Absätzen ihrer Schuhe wissen wir, dass der Angriff einige Meter von dem Fundort ihrer Leiche entfernt stattfand.

Es spricht einiges dafür, dass sie beim Joggen, das Opfer trug entsprechende Funktionskleidung, hinterrücks überfallen wurde und der Täter ihr das Seil von hinten um den Hals legte.

Das Opfer, den Kopf in der Schlinge, schliff der Täter einige Meter bis zu dem nahe gelegenen Gebüsch hinter sich her.

Anschließend ließ er die leblose Frau nicht dort liegen, sondern schleppte sie zu der nahegelegenen Skulptur, um sie dort, am Seil hängend, abzulegen. Tja, es wird eure Aufgabe sein, herauszufinden, warum der Täter so umständlich vorging.

Ich beabsichtige nicht, euch die ganze Arbeit abzunehmen", sagte der Pathologe und sah die Polizisten erwartungsvoll an.

„Lebte die Frau noch, als sie an der Skulptur aufgehängt wurde?"

„Wir werden weitere Untersuchungen vornehmen, bevor ich dazu eine endgültige Aussage treffe. Ja, aufgrund des Lungenbefundes gehe ich derzeit davon aus.

Für einen Laien ist es schwierig, festzustellen, ob das Opfer definitiv tot ist. Ob der Täter auf Nummer sicher ging oder ob ein anderer Plan dahinter steckte, müsst ihr herausfinden.

Ich könnte jetzt ein bisschen über das limbische System dozieren, also wie unser Gehirn in Bruchteilen von Sekunden gleichzeitig Emotionen und Triebverhalten verarbeitet.

Wie es zu einer emotionalen Entscheidung kommt, ohne willentliche Kontrolle des Bewusstseins und Ähnliches mehr. Aber ich schweife ab und langweile euch", sagte der Pathologe mit einem forschenden Blick in Richtung Kleber.

„Danke, dass du mich daran erinnerst.

Uns würde es schon helfen, wenn du weitere verwertbare Ergebnisse für uns hättest", kam prompt die ungewollt provozierende Antwort.

Beide kannten sich lange genug, um zu wissen, dass Frotzeln zu ihrem Umgangston gehörte.

Der Pathologe fuhr unbeeindruckt weiter fort: „Die Hautpartikel unter ihren Fingernägeln stammen von dem Opfer selbst.

Das ist nicht ungewöhnlich. Wenn dir jemand plötzlich ein Seil um den Hals legt und zudrückt, greift man reflexartig an den Hals, um sich im wahrsten Sinne des Wortes Luft zu verschaffen. Bei einem Drahtseil hat das Opfer keine Chance, sich aus der tödlichen Falle zu befreien.

An dem Seil fanden wir nur Spuren des Opfers. Das lässt den Schluss zu, dass der Täter Handschuhe trug, sonst hätten wir auch seine Spuren gefunden.

Unter den Fingernägeln fanden wir fremde Faserspuren, die von der Oberbekleidung des Angreifers stammen könnten. Es handelt sich um ein weit verbreitetes Material, das in unzähligen Kleidungen zu finden ist.

Den Täter anhand dieser Spur zu identifizieren, ist aussichtslos, keine Chance. Mehr habe ich euch nicht zu bieten, leider."

„Was glaubst du, war der Täter ein Mann?", fragte Ramona.

„Ja. Angesichts der Brutalität gehe ich davon aus. In beiden Fällen. Frauen lassen sich elegantere Methoden einfallen. Sie sind raffinierter."

Der Pathologe schmunzelte vielsagend.

Die Ermittler hingegen hatten bei diesen dürftigen Ergebnissen keinen Grund zum Lachen.

Die weiße Taube schwebte unverändert über weißem Grund.

„Ach, Ramona, bevor ich es vergesse. Habt ihr Lust, uns Ostern auf Sylt zu besuchen? Wir würden uns sehr freuen!"

„Das wäre mega, vielen Dank für die Einladung", antwortete Ramona strahlend.

„Timm und ich waren so begeistert von dem Kurzurlaub in eurem Haus im letzten Jahr. Soweit ich weiß, haben wir nichts geplant. Ich frage aber vorsichtshalber Timm."

Einige entspannte Tage an der See in einer Luxuswohnung waren genau das Richtige, um sich vom beruflichen Stress zu erholen.

Dass sich Timm freuen würde, unterstellte sie blindlings. Zu sehr hatte er beim letzten Besuch die Zeit auf der Insel genossen.

Die Gedanken an einen Kurzurlaub waren wohltuend, umso brutal war die Rückkehr in die Realität.

Als sie im Büro vor dem nahezu leerem Board standen, verging ihr schlagartig die gute Laune.

Kleber fasste den derzeitigen Erkenntnisstand zusammen, treffend und allumfassend.

„Ramona, wir haben keine echte Spur!"

Kurt sieht mal wieder aus, als ob er auf seinem Weg zu einer Fashion Week kurz im Büro vorbeischaut. Eleganter Anzug, passende Krawatte, goldene Manschettenknöpfe, italienische Designerschuhe, moderner Haarschnitt.

Rein äußerlich war bei ihm, wie immer, alles in makelloser Ordnung. Wie aus dem Ei gepellt.

Ramona hatte sich mittlerweile an seine konservative, pedantische, korrekte Art gewöhnt. Irgendwie schmeichelte es ihr, dass Kurt Wert auf sein Äußeres legte.

Im krassen Gegensatz zu den Kollegen im Präsidium, wo sich Polizisten und Kriminelle anhand ihrer Kleidung häufig nicht auseinanderhalten ließen.

Stocksteif saß er auf seinem Stuhl. Die Kaffeetasse in der Hand, tief in Gedanken versunken.

So redselig und kumpelhaft er ihr gegenüber war, so plötzlich verfiel er in eine Art Trance, in der er unerreichbar schien.

Sein Blick war auf den Boden gerichtet. Er blendete die Umgebung komplett aus, tief in Gedanken versunken.

Geistesabwesend drehte er die Kaffeetasse in den Händen.

Er nahm einen kleinen Schluck und sah seine Assistentin fragend an. Hatte er wichtige Fakten übersehen?

Entfachte Ramona jetzt ein Ideenfeuerwerk?

Er wurde bitter enttäuscht.

„Was haben wir? Fangen wir mit dem Opfer Brause an.

Sie wurde am Freitag zwischen 18 und 22 Uhr erwürgt.

Es würde mich wundern, wenn die DNA-Spur nicht zu Sebastian Bauernfeind führt.

Der Mörder trug offensichtlich während der Tat eine Lederjacke. Das entlastet eher Sebastian Bauernfeind. Warum sollte er, wenn er den ganzen Nachmittag mit Frau Brause zusammen war, zum Erwürgen eine Jacke anziehen?

Oder er zieht seine Jacke an, weil er die Wohnung verlassen will. Um sich dann, in der Tür stehend, nochmal umzudrehen, um sie zu erwürgen?

Das klingt wenig plausibel. Ein Motiv ist ebenfalls nicht erkennbar.

Und was hat es mit den DNA-Spuren der zwei weiteren Personen auf sich? Gruppensex war es offenbar nicht, sonst hätte Richie mehr Spuren an ihrem Körper sichergestellt.

Beim zweiten Opfer haben wir bisher keine verwertbaren Ergebnisse.

Eine Künstlerin hängt tot an einem Kunstobjekt.

Ist das eine Botschaft oder war es purer Zufall? Der Täter hat ihr offensichtlich aufgelauert, um sie dann mit einem Drahtseil zu erwürgen.

Der Mörder besaß offenbar Kenntnis von ihrem Tagesablauf und der Strecke, die sie jeden Morgen joggte. Das jemand an der Ems im Gebüsch lauert, um den Erstbesten zu erwürgen, der vorbeikommt, ist unwahrscheinlich.

Somit handelt es sich um einen geplanten Mord an der Künstlerin. Warum wählte er just diese Stelle auf dem Emsdeich aus? Hat es eine Bedeutung, dass er die Künstlerin an einem Kunstobjekt ablegte?"

„Aber warum setzte er sich dem erhöhten Risiko aus, entdeckt zu werden?

Er hätte das Opfer problemlos im Gebüsch ablegen können.

Aber nein, er macht sich die Mühe, die Frau bis zu dem Kunstobjekt mit den Fischen zu schleppen, um sie dort aufzuhängen. Es war zwar früher Morgen, aber es hätte plötzlich ein Radfahrer auftauchen können, der ihn, wenn auch nur aus der Entfernung, bei seiner Tat überrascht.

Warum diese aufwendige und riskante Aktion? Oder war es so, wie Richie sagte, dass der Täter unsicher war, ob sein Opfer tatsächlich tot war?

Sollten die letzten Zweifel durch das Aufhängen an dem Fisch beseitigt werden?", führte Ramona die Überlegungen weiter fort.

„Ach übrigens, von der Spurensicherung kommt nichts Brauchbares. Die Wohnung von Frau Brause wurde nicht gewaltsam geöffnet, höchstwahrscheinlich kannte sie den Täter.

Außer den Spuren an dem Opfer fanden wir in der Wohnung verteilt Fingerabdrücke von weiteren unbekannten Personen. Ansonsten ergab die Untersuchung der Wohnung nichts Auffälliges.

Die Faserspuren unter den Nägeln helfen uns nur weiter, wenn wir den Täter gefunden haben", beendete Ramona die eher inhaltsarme Bestandsaufnahme.

Wir sind gezwungen, mit dem wenigen zurechtzukommen, was vorliegt, dachte Kleber trotzig: „Ramona, bei beiden Opfern ist das volle Programm mit Hochdruck abzuklappern. Befragung von Familie, Freunden und Kollegen.

Wir müssen die Nachbarn befragen, ob irgend jemandem etwas aufgefallen ist. Überprüfung der finanziellen Verhältnisse, Befragung der Arbeitskollegen. Jedes Detail ist bekannt wichtig.

Vom Sebastian Bauernfeind benötigen wir eine DNA. Außerdem ist sein Alibi zu überprüfen.

Die Wohnung von Frau Silberwald muss ebenfalls auf den Kopf gestellt werden.

Und lass das Drahtseil untersuchen, vielleicht bringt uns das weiter.

Wir wissen nicht, ob wir zwei Täter oder einen suchen. Falls es nur einer ist, stellt sich die zentrale Frage, was die Opfer verbindet? Privates oder Berufliches?

Der geringsten Spur ist nachgehen und sei es, dass wir prüfen, ob sie in der Grundschule nebeneinander in der Bank gesessen haben.

Welche Person hatte zu beiden Opfern Kontakt?

Gab es gemeinsame Freunde, eine gemeinsame Vergangenheit, private oder geschäftliche Beziehungen, alles ist von Interesse.

Das eine Opfer ist Sachbearbeiterin im Rathaus, das andere eine Künstlerin. Ich befürchte, das ist die besagte Suche nach der Nadel im Heuhaufen", beendete Kleber seine Analyse.

„Beide Frauen wurden stranguliert, was den Verdacht bestärkt, dass es sich nur um einen Täter handelt, der methodisch vorgeht.

Die Morde wurden mit brutaler Gewalt ausgeführt. Wut und Zorn waren im Spiel. Der Täter handelt emotional, im Fall von Frau Silberwald eventuell auch irrational. Deutet das nicht eher darauf hin, dass es sich um Beziehungstaten handelt?", setzte Ramona die Analyse auf ihre Art fort.

Kleber stand auf und klopft im Rausgehen seiner Assistentin anerkennend auf die Schulte. „Wer weiß, vielleicht hast du Recht. Schenken wir der emotionalen Seite unsere besondere Aufmerksamkeit", stimmte er mit sanfter Stimme zu.

„Ramona, bist du so nett, die weiteren Einzelheiten mit Schröder und dem Team zu besprechen? Lass dich von ihm bloß nicht provozieren, wenn er gleich nach den ersten Fahndungserfolgen fragt.

Ich fahre nach Greven in die Stadtverwaltung, um die Arbeitskollegen von Frau Brause zu befragen. Danach fahre ich zur Wohnung von Frau Silberwald. Mal sehen, ob ich da etwas erreiche."

Kleber sah auf die Uhr, es war kurz nach zwei Uhr.

Das wird knapp. Um diese Uhrzeit befand sich die Verwaltung sicherlich schon im Feierabendmodus.

Falls überhaupt noch jemand arbeitet.

So kultiviert jeder Mensch seinen eigenen Jahrmarkt an Vorurteilen.

Die Dame am Empfang war ausgesprochen freundlich und seine Voreingenommenheit löste sich in Wohlgefallen auf, als er hörte, dass die gewünschte Person selbstverständlich noch erreichbar sei.
Beschwingt lief er die Treppen hoch und fand umgehend die passende Tür:
Bauordnung und Bauberatung: Christian Bäumer
Höflichkeitshalber klopfte er an, war aber zu unhöflich, die Reaktion jenseits der Tür abzuwarten.
Wenn er glaubte, er komme in ein muffiges Büro, in dem alte Möbel, umgeben von vergilbten Vorhängen, den Raum dominieren, dann hat er sich getäuscht.
Der lichtdurchflutete Raum mit modernen Möbeln gefiel ihm auf Anhieb. Erneut stellte Kleber fest, dass Schubladendenken die Prozesse im Kopf zwar beschleunigt, aber einer hohen Fehlerquote unterliegt.
Ich sollte Fotos machen und Schröder schicken, damit er endlich realisiert, dass Tristesse in Amtsstuben kein unabwendbares Schicksal ist.
Mit Erstaunen registrierte Kleber, dass hinter dem Schreibtisch der Vorsitzende der Freien Demokratischen Partei in Deutschland saß.
Zumindest sah er ihm täuschend ähnlich.
Der Politiker hob den Blick und sah ihn mit versteinerter Miene an, vermutlich weil Kleber forsch und unaufgefordert seine Machtzentrale betreten hatte.
„Verzeihen Sie, haben wir einen Termin?", kam gleich die schroffe Zurechtweisung.
„Ja, jetzt haben Sie einen. Mein Name ist Kleber von der Mordkommission Münster. Ich fürchte, Sie müssen

sich Zeit nehmen", konterte Kleber mit gleicher Überheblichkeit.

„Sind Sie Herr Bäumer, der Chef von Frau Brause?"

Christian Bäumer stand auf und begleitete Kleber – sichtlich widerwillig – in eine Besprechungsecke.

„Ja, das ist korrekt. Handelt es sich um Frau Brause?", fragte der Leiter des Bauamtes, der so gar nicht den vorurteilsgeprägten Vorstellungen von Kleber entsprach. Christian Bäumer war modern gekleidet und wirkte eher wie ein aufstrebender Manager in einem Dax-Konzern, weniger wie ein Beamter mit Frustrationshintergrund.

„Wie kommen Sie darauf?"

„Frau Brause ist heute nicht zur Arbeit erschienen. Ich habe von Kollegen erfahren, dass die Polizei am Wochenende in Ihrer Wohnung war."

Und da sitzen sie in aller Seelenruhe hier am Schreibtisch und warten, bis sich jemand herablässt zu erzählt, was ihrer Mitarbeiterin zugestoßen ist? Kleber verbiss sich seinen spontanen Kommentar.

„Genaueres ist Ihnen nicht bekannt?", hakte er nach.

„Nein. Erzählen Sie mir endlich, was passiert ist. Wieso eigentlich Mordkommission?"

Kleber informierte ihn über die Vorkommnisse in der Wohnung von Frau Brause, soweit es für den Chef der Ermordeten erforderlich war.

Christian Bäumer nahm die Nachricht erstaunlich gefasst auf, stellte Kleber fest. Lag es daran, dass er mehr wusste, als er zugab oder war er nur ein abgewichster Hund?

Gab es neben der äußerlichen auch eine charakterliche Ähnlichkeit mit dem namhaften Politiker?

„Ist Ihnen bekannt, ob Frau Brause Feinde hatte oder in irgendwelche Schwierigkeiten steckte?"

„Nicht das ich wüsste. Sie ist eine zuverlässige Mitarbeiterin seit vielen Jahren, bei allen Kollegen beliebt, eine sympathische Frau. Von privaten Problemen habe ich nie gehört. Wer tut nur so etwas?", sagte Christian Bäumer mit belegter Stimme.

„Was genau für eine Aufgabe hatte Frau Brause in Ihrer Abteilung?"

„Sie bearbeitete Bauanträge, von der Errichtung von Einfamilienhäusern bis zu den Genehmigungen von Garagen oder Wintergärten. Jede Art von baulichen Veränderungen.

Dank Ihrer langjährigen Berufserfahrung wickelte sie die Anträge eigenverantwortlich und sachlich ab. Nie gab es irgendwelche Probleme mit Kunden oder Kollegen. Eine vorbildliche Kollegin", führte der Bauamtsleiter weiter aus.

„Gab es in letzter Zeit heikle Vorgänge, die von Frau Brause bearbeitet wurden, bei denen es zu Streitereien kam?"

„Nein. Es gibt immer wieder unterschiedliche Auffassungen, was genehmigungsfähig ist oder auch nicht. Dabei handelt es sich oft nur um unbedeutende Kleinigkeiten, die der Bauherr gerne anders plant, als es die Vorschriften zulassen.

Niemand wurde bisher deswegen gewalttätig. Erst recht ist es unvorstellbar, dass dafür jemand ermordet wird. Nein, unmöglich", kam die überzeugend klingende Antwort.

„Wenn Ihnen noch etwas einfällt, rufen Sie mich bitte an. Ich würde mir jetzt gerne den Arbeitsplatz von Frau Brause ansehen", sagte Kleber und stand auf.

„Kein Problem, ich begleite Sie zu ihrem Büro", erwiderte Christian Bäumer.

Als sie in dem Büro ankamen, beabsichtigte der Mitarbeiter gerade den Raum zu verlassen. „Herr Rosenbaum, Sie bleiben", wies der Chef seinen Mitarbeiter schroff an.

„Zeigen Sie dem Kommissar, was er zu sehen wünscht. Herr Kleber, bitte entschuldigen Sie mich. Ich habe Termine", verabschiedete sich Christian Bäumer grußlos und verließ den Raum.

Dem Mitarbeiter war förmlich anzusehen, dass ihm eine patzige Antwort auf den Lippen lag, die er sich zum Selbstschutz aber verkniff. So wie es aussah nicht zum ersten Mal.

Die Arbeitsatmosphäre in der Abteilung war scheinbar nicht so freundlich, wie der Chef suggerierte.

„Mein Name ist Kleber, Mordkommission Münster. Herr Rosenbaum, wir ermitteln in einem Mordfall und benötigen Informationen über ihre Kollegin Frau Brause. Würden Sie mir bitte etwas über sie erzählen", fragte Kleber und setzte sich auf den unfreiwillig frei gewordenen Schreibtischstuhl.

Die Aussagen des Arbeitskollegen entsprachen inhaltlich dem, was er vor wenigen Minuten gehört hatte.

Ihr Schreibtisch war aufgeräumt, so, als ob sie gewusst hätte, dass sie nicht mehr zurückkommen würde. Auf dem Schreibtisch stand ein gerahmtes Bild, auf dem ihm Sebastian Bauernfeind entgegen strahlte.

Wie sagte Ramona vor wenigen Minuten: Wir sollten der emotionalen Seite eine größere Bedeutung zumessen.

„Wie war sie denn so als Kollegin? Sie war ja eine sehr attraktive Frau. Haben Sie jemals Streitereien mit ihrem Freund oder anderen Männer mitbekommen?", spontan lehnte er sich ungewohnt weit aus dem Fenster.

Und in der Tat, der Kollege suchte sichtlich nach einer zitierfähigen Antwort. Es dauerte einige Sekunden zu lange, bevor er zu sprechen begann: „Ja, das war sie unstreitig. Sie war lustig, stets freundlich, jeder Kollege arbeitete gerne mit ihr zusammen.

Sie war nicht verheiratet und hatte keine Kinder. Mancher Kollege konnte sich demzufolge mehr mit ihr vorstellen, als nur staubige Baupläne zu wälzen.

Von Streitereien habe ich niemals gehört. Vielleicht mal ein wütend aufgelegter Telefonhörer, das kam schon mal vor, aber mehr war da nicht. Ansonsten war sie eine tolle Kollegin." Dabei strahlte sein Gesicht ein bisschen zu überschwänglich, angesichts der traurigen Gegebenheit.

„Wenn Ihnen noch etwas einfällt, zögern Sie bitte nicht, mich anzurufen", verabschiedete sich Kleber und übergab seine Visitenkarte.

Als Kleber nach wenigen Minuten Fahrzeit aus dem Auto stieg, wiesen die ihm bekannten Fahrzeuge den Weg zum Tatort.

Ein schummriger Februarabend in diesem öden Umfeld konnte für einen depressiven Menschen unter Umständen lebensgefährlich sein.

Eine Handvoll massiv vom Verfall bedrohter Häuser in einem naturbelassenen Umfeld bildeten einen krassen Gegensatz zu der nur wenige Fahrminuten entfernten Innenstadt von Greven. Es schien, als sei die Zeit an diesem Ort stehen geblieben.

Als er das Haus erreichte, kämpfte er sich auf dem Weg zur Haustür durch kniehohes Unkraut. Oder wuchsen auch Heilkräuter dazwischen? So genau kannte er sich darin nicht aus.

Zwischen dem Grünzeug standen diverse verrostete Stahlgebilde sowie kleine Steinskulpturen. Ein riesiger, roh bearbeiteter, Felsbrocken dominierte den Garten. Um den Felsen herum lagen bergeweise abgeschlagene Gesteinssplitter. Offensichtlich Spuren harter körperlicher Arbeit. Irgendwie ähnelte der Stein einem Schiff, auf dem ein Fahnenmast mit Segel aus verrostetem Stahl angebracht worden war.

Äußerst massiv, leider wenig gelungen.

Das Hausinnere war klein und eng, aber sauber und aufgeräumt. Die Möbel sahen aus, als hätten sie die besten Jahre längst hinter sich. Alles erweckte den Anschein, als hätte die Bewohnerin von der Hand in den Mund gelebt. Die Tapeten verloren ihre Haftkraft und lösten sich in den Ecken von den Wänden.

Die Liebe zum Detail steckte offenbar in den Kunstobjekten vor dem Haus.

Von der Spurensicherung hörte Kleber, dass nichts Auffälliges gefunden wurde. Keine Einbruchspuren, oder Anzeichen von Diebstahl, nichts außer diversen Fingerabdrücken.

Die Befragung der Nachbarn ergab keine hilfreichen Ergebnisse, war aber noch nicht abgeschlossen. Frau Sieglinde Silberwald lebte alleine und zurückgezogen in dem Haus, Kontakt zu den Nachbarn gab es kaum. Scheinbar beruhte dies auf Gegenseitigkeit. Jeder lebte in diesem versteckten Winkel von Greven sein abgeschirmtes Leben.

Da bleibe ich doch besser Stadtmensch.

Auf dem Weg zu seinem Auto läutete sein Handy.

„Ramona, was gibt`s?"

„Wir haben jemanden gefunden, der am Freitag etwas gesehen hat. Kannst du dich mit ihm vor dem Haus von Frau Brause treffen? Passt dir das?"

„Sehr gut, ich fahre gleich los. Ich schätze, ich brauche nur wenige Minuten."

Als er in die Straße einbog, stand ein Mann vor dem Haus des ersten Opfers. Er trug einen Blaumann und ließ keinen Zweifel an seiner beruflichen Tätigkeit aufkommen.

„Mein Name ist Krause, Gerd Krause. Ich bin Hausmeister und für die Häuser in dieser Straße zuständig. Ich war am Freitag in dem Nachbarhaus da drüben", während er mit ausgestrecktem Arm auf das gegenüberliegende Haus wies.

„Was genau haben Sie gesehen?"

„Tja, ich war da drüben im Haus, weil die Heizung ausgefallen war. Als ich zu meinem Wagen ging, sah ich dort drüben einen Mann aus dem Haus kommen. Er ist mir nur aufgefallen, weil sonst niemand auf der Straße war.

Er hatte den Mantelkragen hochgeschlagen und trug eine Mütze, von dem Gesicht war nichts zu erkennen."

„Kam er direkt aus dem Haus?"

„Ja, oder, besser gesagt, ich bin davon ausgegangen. Er war bereits auf dem Bürgersteig, als ich Ihn sah. Für mich sah es so aus, als ob er aus dem Haus gekommen war, in dem der Mord stattfand."

„Er könnte aber auch aus dem Nachbarhaus gekommen sein?"

„Gut möglich, halte ich aber für ausgeschlossen."

„Um wie viel Uhr war das?"

„Das haben mich Ihre Kollegen schon gefragt. So genau weiß ich das nicht mehr. Woher sollte ich wissen, dass dies nochmal wichtig werden würde.

So gegen 19 Uhr, schätze ich.

Aber nageln Sie mich jetzt nicht auf die Minute fest", versuchte er sich, ein Hintertürchen offenzulassen.

„Ist Ihnen sonst etwas aufgefallen. Können Sie die Person näher beschreiben? Größe, Haarfarbe, Statur, Alter?"

„Es war dunkel und bei dem schummrigen Laternenlicht war kaum etwas zu erkennen. Er trug eine Mütze, so dass weder Haare noch Gesicht zu sehen waren. Er hatte eine normale Statur, in etwa meine Größe. Und ich bin 1,76m groß", sagte der Hausmeister, dem ebenfalls nicht entgangen war, dass seine Beschreibung nahezu auf jeden zweiten männlichen Bürger Grevens zutraf.

„Wie alt schätzen Sie den Mann?"

„Schwer zu sagen", der Hausmeister gönnte sich eine kurze Pause und kratzte sich am Kinn. „Vielleicht so Anfang bis Mitte Vierzig."

„Haben Sie gesehen, ob er mit einem Auto wegfuhr?"

„Nein. Er schlenderte die Straße runter zu der Kreuzung, um dann in Richtung Innenstadt abzubiegen. Dann habe ich Ihn aus den Augen verloren. Ob er zu einem Auto gegangen oder zu Fuß kam, habe ich nicht gesehen", der Hausmeister fühlte sich sichtlich unwohl.

Er hätte der Polizei gerne weitergeholfen, aber er hatte nun mal nicht mehr gesehen.

Aus Loyalität konnte und wollte er dem Kommissar auch nicht mehr erzählen.

„Ist Ihnen etwas an der Bekleidung des Mannes aufgefallen? Können Sie die Mütze oder den Mantel näher beschreiben?"

Kleber versuchte, verborgene Details freizulegen.

„Wie ich schon sagte, es war dunkel. Der Mann trug eine dunkle Winterjacke, eine schwarze Mütze und einen dunklen Schal."

„Versuchen Sie bitte, die Jacke etwas genauer zu beschreiben. War es ein Mantel, oder eine Jacke, war diese kurz oder lang? Gab es ein auffälliges Logo, eine Beschriftung? Einen Pelzkragen oder eine Kapuze? Irgendetwas, an das Sie sich erinnern?"

Der Befragte tänzelte unruhig hin und her. Die Befragung war ihm sichtlich unangenehm. „Er trug etwas Schwarzes, ob Mantel oder Jacke, das weiß ich nicht. Eine Aufschrift ist mir nicht aufgefallen. Mehr kann ich Ihnen beim besten Willen nicht sagen, es war dunkel, wie gesagt. Ich habe Ihn nur flüchtig aus dem Augenwinkel gesehen."

Trotzig ergänzte er: „Wenn ich gewusst hätte, dass ich eine Personenbeschreibung von Ihm benötige, hätte ich ein Foto mit meinem Handy gemacht!"

Krähe auf schwarzem Grund.

„Wenn Ihnen noch etwas einfällt, melden Sie sich bitte bei mir. Jedes Detail ist wichtig für uns", sagte Kleber und verabschiedete sich. Er sah an dem Mann hinab zu seinen Schuhen.

Warum, in aller Welt, läuft der Kerl im Winter mit Sommerschuhen ohne Socken herum?

„Chef, ich störe nur ungern", flüsterte er devot und geheimnisvoll in sein Handy, obwohl er alleine war und – rein sachlich betrachtet – kein Grund vorlag, leise zu sprechen.

„Barfuß-Krause, was gibt es denn? Ich hoffe, es ist wichtig, sonst Gnade dir Gott", kam die knurrige Antwort von Claus Bokelmann.

„Das hoffe ich, aber sicher weiß ich es nicht. Sie sagten mir mal, ich soll mich unverzüglich bei Ihnen melden, wenn die Polizei in unseren Objekten auftaucht. Genau das ist heute eingetreten", antwortete der Hausmeister, schon etwas mutiger. Munter erzählte er von den Vorkommnissen am Freitagabend.

„Ok, halte mich auf dem Laufenden.

Und, Barfuß-Krause, das nächste Mal rufst du mich sofort an, nicht erst Stunden später, kapiert?"

Die Reaktion vom Chef fiel ungewohnt moderat aus, so, als wüsste er schon Bescheid?

„Alles klar, Chef. Dass Sie am Freitag ebenfalls in dem Haus waren, habe ich gegenüber dem Polizisten verschwiegen", ergänzte er unaufgefordert, sichtlich um Anerkennung bemüht.

„Was erzählst du für einen Blödsinn? Spinnst du? Du hast wohl zu viel getrunken! Du musst mich mit jemand anderem verwechseln. Lass dir bloß nicht einfallen, solch einen Schwachsinn zu verbreiten. Du hältst jedenfalls die Klappe! Sonst blüht dir was. Ob ich da war oder nicht, hat niemanden zu interessieren. Haben wir uns verstanden?", eine Frage, die keine Antwort verlangte.

„Jawohl, Chef! Verlassen Sie sich auf mich. Wie immer."

„Barfuß-Krause, wir verstehen uns. Ich zähle auf dich. Weitermachen", tönte der Chef wie auf dem Kasernenhof.

Ach du Scheiße! In diesen Strudel will ich auf keinen Fall hineingezogen werden.

Claus Bokelmann hatte den Seminarraum verlassen, um ungestört zu telefonieren. Als er den Raum wieder betrat, vernahm er, bei welchem Thema der Referent zwischenzeitlich angekommen war.

Das sollte jeder Hausverwalter wahrlich auswendig wissen.

„Wohnungseingangstüren gehören in einer Wohnungseigentümergemeinschaft zwingend zum Gemeinschaftseigentum. Das gilt selbst dann, wenn die Teilungserklärung die Türen zu den einzelnen Wohnungen dem Sondereigentum zuschreibt.

Über die äußere Gestaltung der Wohnungseingangstüren entscheiden daher alle Eigentümer gemeinschaftlich.

So, ich wünsche allen einen angenehmen Abend, vielleicht sehen wir uns nach dem Abendessen noch an der Hotelbar", beendete der Referent seinen Vortrag.

„Hajo, Lust auf ein kühles Blondes nach dieser trockenen Materie?", fragte Claus Bokelmann seinen Platznachbarn. Es bedurfte keiner Antwort, sie begaben sich schnurstracks auf den Weg zur Bar. Dem Barkeeper waren beide bestens bekannt. Der Mann hinter dem Tresen wusste sofort, was zu tun war.

„Sag mal, Claus, wie läuft es mit der Wöste II? Da muss es doch bald losgehen, oder?", fragte Hajo seinen langjährigen Freund, als sich beide auf Barhockern niederließen.

„Ja, es dauert nur noch wenige Tage, dann fangen die Ausschachtungsarbeiten an, so informierte mich Christian kürzlich."

„Das Geld aus dem Grundstücksverkauf kann ich gut gebrauchen. Der Verkauf der angrenzenden Fläche steht ebenfalls kurz vor dem Abschluss. Das wird dich in gleicher Weise erfreuen", sagte Hajo frohgelaunt.

Mit einem Augenzwinkern genehmigte er sich seinen kräftigen Schluck Bier.

„Ich begreife nicht, was du mit dem vielen Geld anstellst. Dir läuft das Geld zu den Ohren raus! Ihr habt einen riesigen Grundstücks- und Wohnungsbestand in den besten Lagen von Münster und Umgebung.

So viele Frauen, schnelle Autos und Pokerrunden gibt es doch gar nicht!

Aber egal, das ist deine Sache. Für Christian und mich bleibt zwar nur ein Hungerlohn übrig, aber wir freuen uns selbst über Kleinigkeiten. Kleinvieh macht bekanntlich auch Mist", sagte der Grevener Verwalter schmunzelnd und sah sich nochmals um, ob nicht jemand zum Kiebitzen hinter ihnen stand.

Das mit dem Kleinvieh war wahrlich eine glatte Untertreibung. Aber Hajo hielt es für unangemessen, das Thema weiter zu erörtern.

Der Deal stand ohnehin seit langer Zeit fest. Sie diskutierten die letzten Neuigkeiten aus Greven und tranken einige Runden Bier. Anschließend gingen sie auf ihre Zimmer, um sich für das Abendessen umzuziehen.

„Schreiben Sie bitte alles auf meine Rechnung", sagte Hajo und schob dem Keeper seine Platin-Kreditkarte zu. Hans-Joachim Schulze Lohoff war auf der silbernen Karte zu lesen.

Dienstag, 27. Februar 2018

Kleber betrat das Outdoorgeschäft und hielt Ausschau nach Sebastian Bauernfeind.

Die Verkaufsfläche war über zwei Etagen verteilt, so dass er längere Zeit benötigte, bis er ihn gefunden hatte.

„Guten Morgen, Herr Bauernfeind", sagte Kleber zu dem jungen Mann, der mit dem Rücken zu ihm stand und Winterjacken in ein Regal einräumte.

Kleber hätte ihn ins Präsidium vorladen können, hatte aber in der Vergangenheit beste Erfahrungen mit spontanen Vernehmungen gemacht. Er gab dem Befragten somit keine Zeit, sich auf das Verhör vorzubereiten und Antworten zurechtzulegen.

Als sich der Angesprochene umdrehte, war das Erstaunen in seinen Augen offenkundig.

„Was wollen Sie denn hier?", dabei sah er sich nervös um, ob jemand im Geschäft etwas von dem Besuch mitbekam. Niemand wurde gerne auf der Arbeit von der Polizei aufgesucht. Sebastian Bauernfeind war da keine Ausnahme.

„Können Sie bitte eine kurze Pause einlegen? Ich würde mich gerne mit Ihnen in dem Café nebenan weiter unterhalten", sagte Kleber freundlich.

„Ok, ich komme gleich. Gehen Sie schon voraus", antwortete er nach kurzem Zögern.

Er wirkte seltsam nervös, stellte Kleber überrascht fest.

Als sie im Café bei einer Tasse Cappuccino zusammensaßen, hielt sich Kleber nicht lange mit Vorreden auf.

„Herr Bauernfeind, als Sie sagten, der Abend sei harmonisch verlaufen, haben Sie mich angelogen.

Nachbarn erzählten, dass es in der Wohnung am Freitagabend lauten Streit gegeben hat. Leugnen Sie das?", begab sich Kleber in die Offensive.

„Nein, das stimmt nicht! Wir haben nicht gestritten. Wer erzählt so einen Blödsinn?", kam die schnell vorgetragene Antwort.

Nach kurzem Überlegen: „Sie meinen doch wohl nicht etwa die Trunkenbolde über der Wohnung von Laura? Die streiten sich doch jeden Abend im Vollrausch. Die veranstalten selber solch einen Lärm, die bekämen nicht mit, wenn unter ihnen eine Bombe einschlagen würde."

Kleber hakte unbeeindruckt nach: „Sie haben die Wohnung erst gegen 19 Uhr verlassen, nicht wie von ihnen angegeben um 18 Uhr. Sie wurden dabei beobachtet. Bestreiten Sie das?", baute Kleber weiter Druck auf, mit purer Harmonie kam er heute nicht weit.

„Ich habe doch gesagt, ich erinnere mich nicht an die genaue Uhrzeit. Ich weiß es einfach nicht. Eventuell war es später, das mag sein. Vielleicht war es 18.30 Uhr oder ein paar Minuten danach.

Sie können mir die Frage noch zehnmal stellen. Die Antwort wird deswegen nicht genauer."

„Was hatten Sie am Freitag an? Einen Mantel, oder eine Jacke?"

„Ich trug meine Winterjacke. Moment, die trage ich jetzt gerade", stellte er zu seiner eigenen Überraschung fest. Eine schwarze Jacke mit einer Kapuze, auf der das Logo eines Markenherstellers prangte.

„Trugen Sie eine Kopfbedeckung?"

„Nein. War es das jetzt? Ich muss wieder arbeiten. Ich kann es mir nicht leisten den ganzen Tag frei zu nehmen für Ihre Fragestunde", gab Sebastian Bauernfeind seinen Unwillen kund und erhob sich.

Für ihn war das Gespräch offensichtlich beendet.

Kleber hatte dem nichts entgegenzusetzen.

„Hallo Ramona, die Beschreibung des Hausmeisters trifft im Kern grob auf Sebastian Bauernfeind zu. Die Größenangabe passt nicht wirklich.

Wie zuverlässig Zeugenaussagen sind, wissen wir leider zu genüge.

Lass doch bitte prüfen, ob jemand in dem Haus, oder Nebenhaus, Besuch hatte oder erwartete. Oder ob andere Leute vor Ort unterwegs waren, Handwerker oder Vertreter beispielsweise.

Was für einen Eindruck hatten denn die Kollegen bezüglich der Glaubwürdigkeit von den Mietern über der Wohnung von Laura?"

„Die waren bei der Befragung schon ein bisschen angeheitert", gab Ramona unumwunden zu.

Na prima!

„Ich fahre jetzt weiter zum Bürgermeister", sagte Kleber und beendete das wenig ermutigende Gespräch.

Auf dem Weg nach Greven schaltete Kleber das Autoradio ein.

Eine Mitteilung am Ende der Nachrichten erweckte seine Aufmerksamkeit. Das Landgericht Duisburg teilt darin mit, dass die Einstellung des Verfahrens im Loveparade-Fall denkbar wäre.

Sieben Angeklagte könnten freigesprochen werden, drei gegen Zahlung von je 10.000 €. Des Weiteren droht ohnehin 2020 die Verjährung. Das Gericht stellte kollektives Versagen als Ursache für die einundzwanzig Todesfälle fest.

Keiner der Angeklagten habe gewissenlos gehandelt. Alle hätten sich bemüht, die Veranstaltung sicher zu gestalten. Man gehe von Multikausalität aus.

Was bedeutet das?

Einundzwanzig Menschen kommen zu Tode, ohne das einer zur Rechenschaft gezogen wird? Weil alle ein bisschen Schuld haben, bleiben alle straffrei?

Aus kommerziellen Gründen wird eine Großveranstaltung nach Duisburg geholt, obwohl die Örtlichkeit offensichtliche Schwachstellen aufwies. Andere Städte, wie Bochum, hatten aus Sicherheitsgründen das Event abgelehnt, erinnerte sich Kleber.

Nun übernimmt niemand die Verantwortung für die Todesfälle? Weder der Veranstalter, noch die Planungsbehörden der Stadt, die öffentlichen Genehmigungsstellen oder die Polizei?

Wie konnte das passieren? Stößt der Rechtsstaat mit der komplizierten Gesetzeslage an seine Grenzen?

Wäre mein Sohn, den ich leider nicht habe, bei dem Event zu Tode gekommen, könnte ich dieses Urteil akzeptieren? Mit großer Sicherheit nicht.

Wenn ich das als Polizist nur schwer nachvollziehen kann, wie muss es gutgläubigen Menschen, die an Recht und Ordnung glauben? Kleber war aufgewühlt. Er musste sich selbst disziplinieren.

„Es hilft keinem. Ich konzentriere mich auf die Dinge, die ich verändern kann. Ansonsten werde ich wahnsinnig, da hat Lissy schon recht", sagte Kleber in einem Selbstgespräch.

Er beruhigte sich allmählich und konzentrierte sich auf den Straßenverkehr.

Sein Gerechtigkeitsgefühl war jedoch schwer angeschlagen. Hoffentlich habe ich mich bis zum nächsten Verhör wieder beruhigt.

„Guten Tag, Herr Sauer, mein Name ist Kleber von der Mordkommission in Münster.

Ich möchte Ihnen ein paar Fragen stellen", ohne die Antwort abzuwarten, begab sich Kleber auf den Weg in die Besucherecke.

Der Bürgermeister lächelte höflich und bat seine Sekretärin, Kaffee für den Besuch zu bringen. Der Chef des Rathauses wirkte freundlich, sympathisch und umgänglich. Gleichzeitig strahlte er Souveränität, Selbstsicherheit und Autorität aus.

„Wie kann ich Ihnen helfen?", fragte Walter Sauer zuvorkommend.

„Frau Laura Brause war Mitarbeiterin in Ihrem Bauamt. Ich denke, als Chef der Behörde wissen Sie einiges, was über das normale Amtsgeschäft hinausgeht. Können Sie sich vorstellen, wer Frau Brause ermordet hat? Sind Ihnen Probleme zu Ohren gekommen? Hatte sie Feinde?", eröffnete Kleber das Gespräch.

Der Bürgermeister dachte einige Sekunden nach, dann schüttelte er leicht den Kopf.

„Natürlich habe ich von der schrecklichen Tragödie gehört. Ein Schock für uns alle. Frau Brause war eine sympathische, beliebte Frau. Wer macht so etwas? Wer ist fähig zu solch einer grausigen Tat? Ich begreife es nicht. Eine Tragödie", antwortete er sichtlich niedergeschlagen.

„Ich habe mit Herrn Bäumer, Ihrem Chef, kurz gesprochen. Wir haben beide keine Erklärung für dieses entsetzliche Verbrechen. Die Tat eines Geisteskranken oder eines Sexualtäters. Wissen Sie schon Näheres?"

„Entschuldigen Sie, über laufende Ermittlungen geben wir keine Auskunft."

„Ach ja, ich verstehe. Verzeihen Sie mir meine Neugier", antwortete der Bürgermeister.

„Kein Problem. Jetzt habe ich mal eine indiskrete Frage. Gibt es Hinweise, dass Frau Brause private

Beziehungen zu Mitarbeitern des Rathauses hatte, die über eine rein sachliche Ebene hinausgingen?"

Eine Nebelkerze, gezündet von Ramona. So viel zum Thema emotionale Ebene der Tat.

Der Bürgermeister schien für einen Moment seine Ruheposition verlassen zu haben, unruhig rutschte er auf seinem Ledersessel hin und her.

„Es liegt mir fern etwas Negatives über die Tote sagen, verstehen Sie mich bitte richtig. In den letzten Jahren gab es schon das ein oder andere Gerücht, das in die Richtung wies, die Sie ansprechen", das Thema war dem Dienstvorgesetzten sichtlich unangenehm.

„Herr Sauer, ich habe einen Mordfall aufzuklären, da ist kein Raum für vornehme Zurückhaltung.

Ich verspreche Ihnen, dass ich diskret mit Informationen umgehe. Wichtigen Hinweisen für unsere Ermittlung bin ich gezwungen nachzugehen. Nochmals. Haben Sie in dem Zusammenhang Namen gehört?", bohrte Kleber weiter.

Der Bürgermeister musste bei schwierigen Fragen offensichtlich in Bewegung bleiben; wieder rutschte er herum.

„Ja, bzw. nein. Auf einer Betriebsfeier offenbarte mir ein Mitarbeiter, in schwer alkoholisiertem Zustand, dass es im Bauamt manchmal über Tische und Bänke geht.

Frau Brause sei ein heißer Feger, erzählte er jedem, ob er es hören wollte oder nicht. Genau so formulierte es der Betrunkene, ein heißer Feger. Welchen Kollegen er damit meinte, vertraute er mir nicht an", sagte der sichtlich erleichterte Bürgermeister, ob seiner Courage, das Unaussprechliche ausgesprochen zu haben.

„Vielen Dank für Ihre Offenheit. Jetzt zum zweiten Mord in Ihrer Stadt, Frau Sieglinde Silberwald. Herr Sauer, Sie sind der Erste, den ich treffe, der beide Opfer kannte, ist Ihnen das bewusst?", wechselte Kleber ermittlungstechnische die Baustelle.

„Nein, das wusste ich nicht", antwortete der Bürgermeister erstaunt. „Ja, natürlich kannte ich Frau Silberwald, ich hoffe, ich bin jetzt nicht automatisch der Tat verdächtig", in der Hoffnung einen Scherz zu machen.

Leider blieb bei seinem Gegenüber das Lachen aus.

„Ich habe erfahren, dass Sie an der Ems das Projekt Skulpturenweg verfolgen, in dem auch Frau Silberwald involviert war. Erzählen Sie mir bitte mehr darüber, insbesondere welche Rolle Frau Silberwald bei diesem Vorhaben spielte."

„Gerne. Seit letztem Jahr stellen wir entlang der Ems Skulpturen auf. Das wird an vielen Orten praktiziert, um den Wohnwert und die Attraktivität der Stadt zu erhöhen. Quasi ein Aushängeschild, mit dem wir versuchen, der Stadt ein positives Image zu verleihen. Des Weiteren bieten wir zusätzliche Anreize für eine Vielzahl von Menschen, unsere Stadt zu besuchen. Von den Familien, die zum Einkaufen in die City kommen bis hin zu den Radfahrern, die zum Verweilen eingeladen werden. Da greifen viele Räder ineinander und die künstlerische Gestaltung entlang der Ems ist nur ein kleiner Baustein. All das kostet viel Geld, das wir nicht haben. Also brauchen wir für jedes Objekt einen Sponsor. Haben wir den gefunden, beschäftigt sich der Förderkreis mit der Umsetzung, der sich aus Künstlern, Unternehmern, Banken, Sponsoren und Mitarbeiter des Bauamtes zusammensetzt.

Sobald Sponsor und Künstler zueinandergefunden haben, wird in diesem Kreis alles Weitere organisiert. Am Anfang steht in der Regel der Sponsor, der eine

Idee entwickelt, welches Objekt er fördert und an welchem Ort es stehen soll."

„Was wissen Sie über Frau Silberwald? Hatte sie Feinde?"

„Nein. So gut kannte ich Frau Silberwald auch wieder nicht. Wir haben uns einige Male im Kreis des Fördervereins getroffen, ansonsten hatten wir keine Berührungspunkte.

Sie war an dem Fortschritt des Projektes interessiert, allerdings aus unverkennbarem Eigeninteresse. Sie hat eine größere Skulptur angefertigt, die sie gerne in das Emsprojekt einbringen wollte.

Leider fand sich kein Investor, für Ihre Emspünte. Das Schiff war den meisten schlicht zu groß und künstlerisch nicht gerade ein Durchbruch, wenn Sie verstehen, was ich meine."

Kleber verstand.

Selbst als Kunstbanause waren die Bedenken des Bürgermeisters mühelos nachvollziehbar.

„Feinde? Nein, Feinde hatte sie nicht, soweit ich weiß. Sie lebte sehr zurückgezogen. Finanziell ging es ihr nicht besonders, so dass sie auf Einnahmen aus dem Verkauf ihres Steinmonsters angewiesen war. Da war sie geradezu penetrant, aber deswegen bringt sie doch niemand um", bei dem letzten Satz guckte Herr Sauer etwas säuerlich.

Der Bürgermeister brachte weder ihrem Kunststil noch ihrer Person eine allzu große Wertschätzung entgegen, folgerte Kleber.

Er unternahm einen letzten Vorstoß: „Haben Sie eine Idee, warum der Mörder Frau Silberwald demonstrativ an den Fischen aufgehängt hat?"

„Nein, das ist mir unbegreiflich. Die Kunstmeile wird sehr gut von der Bevölkerung angenommen, da hatten wir bisher überhaupt keinen Ärger beim Aufstellen der Objekte." Den Streit mit der Bürgerinitiative, bezüglich der Standortwahl für die Kunstobjekte, wollte der Bürgermeister an dieser Stelle nicht weiter vertiefen.

„Herr Sauer, vielen Dank, dass Sie Zeit für mich hatten. Sollte Ihnen noch etwas einfallen, rufen Sie mich bitte an", sagte Kleber und reichte dem Bürgermeister seine Visitenkarte.

Im Treppenhaus folgte Kleber einer spontanen Inspiration. Die Flure schienen ihm mittlerweile vertraut und so fand er im Handumdrehen das Büro von Frau Brause.

„Hallo Herr Rosenbaum, darf ich Sie einen kurzen Moment stören?", unaufgefordert setzte er sich auf den unlängst freigewordenen Stuhl der Sachbearbeiterin.

„Ich habe gleich einen Termin...", brachte er leicht irritiert hervor.

„Es dauert nicht lange. Herr Rosenbaum, hatten Sie mit Frau Brause ein Verhältnis? Ich erinnere daran, dass ich in einem Mordfall ermittel. Also bitte keine Lügengeschichten", eröffnete Kleber, bekannt dynamisch, das Verhör.

Wieder zeigte die Überrumpelungstaktik Erfolg.

Volltreffer! Seine Instinkte sind voll in Takt.

Der Arbeitskollege von Frau Brause war ein miserabler Lügner, offenbar wusste er das selbst und versuchte es gar nicht erst zu vertuschen.

„Woher wissen Sie das?", war der zaghafte Verteidigungsversuch. Kleber antwortete erst gar nicht. Er wartete geduldig, während er ihn unverändert stumm ansah.

„Ja, es stimmt. Es ist aber schon lange vorbei. Seitdem sind wir nur Arbeitskollegen", antwortete er zögerlich.

Das Eingeständnis schien ihm unangenehm zu sein. Komisch, dachte Kleber, seine Kollegin war eine attraktive Frau. Es brauchte wahrhaft niemandem peinlich zu sein, dem Charme dieser Frau zu erliegen. Bei seinem unterdurchschnittlichen Aussehen müsste er doch stolz auf das Verhältnis mit einer so tollen Frau sein. Oder trauerte er der gemeinsamen Zeit nach?

„Seit wann sind Sie kein Paar mehr und wer beendete die Beziehung?"

„Das war Ende 2016, da beendete Laura unsere Beziehung", Rosenbaum senkte seinen Kopf, bis sein Kinn den Brustkorb berührte. Die Gedanken an die ehemalige Geliebte beschäftigten ihn offensichtlich auch noch nach langer Zeit.

„Wo waren Sie Freitagabend zwischen 18 und 22 Uhr?" Er riss den Kopf ruckartig nach oben. Die Augen weit geöffnet: „Was bedeutet die Frage? Werde ich etwa verdächtigt? Das ist doch hoffentlich nicht ihr Ernst?", das Leben kehrte in seinen Körper wieder zurück. Nach kurzem Zögern wurde ihm bewusst, dass er um eine Antwort nicht herumkam: „Am Freitag spiele ich Doppelkopf in einer Kneipe. Das wird Ihnen der Wirt und ein Dutzend andere Gäste bestätigen", antwortete er selbstbewusst mit kräftiger Stimme, den Blick direkt auf den Kommissar gerichtet.

Der Wirt einer Kneipe, im Schatten der Sankt Martinus-Kirche, bestätigte später seine Aussage.

Da während des Spiels regelmäßig viel getrunken wurde, entgegen den Grundsätzen ambitionierter Kartenspieler, verließen die Spieler am späten Abend schwankend und lauthals die Gaststätte. So auch am letzten Freitag.

„Wissen Sie, mit wem Frau Brause anschließend eine Beziehung hatte? Ich ermittel in einem Mordfall, Herr

Rosenbaum. Für galante Verschwiegenheit ist heute keine Zeit."

„Keine Ahnung, das weiß ich wirklich nicht", sagte er nicht wahrheitsgemäß.

„Kannten Sie das zweite Opfer, Frau Silberwald?"

„Nicht persönlich. Ich weiß nur, dass sie sich in dem Kunstprojekt engagierte. Ich hatte mal bei einer Besprechung einen kurzen Smalltalk mit ihr über belangloses Zeug. Mehr aber auch nicht", sagte der Ex-Lover von Laura Brause.

Als Kleber ihm im Rausgehen eine Visitenkarte übergeben wollte, fiel ihm rechtzeitig ein, dass dieser bereits im Besitz seiner persönlichen Kontaktdaten war.

Auf dem Weg zum Auto rief er Ramona an: „Veranlasse bitte, dass alle männlichen Kollegen von Frau Brause im Verantwortungsbereich des Bürgermeisters verhört werden, ob sie eine Beziehung zu Frau Brause hatten oder ob sie etwas diesbezügliches gehört haben.

Außer Herrn Rosenbaum und den Bürgermeister selbst, die habe ich schon verhört."

Kleber war zuversichtlich, einen ersten Einblick in die inneren Strukturen des Rathauses erhalten zu haben.

„Hallo Herr Peche, ich freue mich, dass Sie kurzfristig Zeit für mich haben", begrüßte der Bürgermeister den Chefredakteur der lokalen Zeitung.

„Kein Problem, Herr Sauer, dafür kennen wir uns doch lange genug", antwortete der Journalist mit gönnerhafter Miene.

„Ich komme gleich zum Kern, wenn es Ihnen recht ist", sagt der Bürgermeister, sichtlich bemüht sein Thema freundlich aber dennoch zielgerichtet vorzutragen.

„Aha, daher weht der Wind", registrierte der erfahrene Redakteur voll Vorfreude.

„Wie Sie bestimmt schon gehört haben, sind in unserer Stadt am Wochenende zwei Menschen ermordet worden. Eine schreckliche Geschichte!

Nicht nur für die beklagenswerten Frauen, die es getroffen hat.

Nein, auch auf unsere Stadt wirft das ein völlig falsches Bild. So, als wäre Greven eine Hochburg für Kriminelle.

Wir arbeiten hart daran, die Stadt attraktiv zu gestalten.

Plötzlich tauchen negative Schlagzeilen wie aus dem Nichts auf und machen alle unsere Bemühungen zunichte.

Das muss ich auf jeden Fall verhindern, Herr Peche. Unter allen Umständen. Die Polizei war soeben bei mir. Aktuell wird in alle Richtung ermittelt. Morgen wird es eine entsprechende Pressekonferenz geben", eröffnete der Bürgermeister das Gespräch.

Als ihn der Journalist unvermittelt ansah, fuhr er fort: „Im Rahmen der polizeilichen Ermittlungen könnten Mitarbeiter des Rathauses, insbesondere des Bauamtes, in den Focus geraten.

Ich bin sicher völlig zu Unrecht. Aber Sie wissen ja, wie schnell sich so etwas in die falsche Richtung entwickelt.

Darf ich Sie daher bitten, bei Ihrem Zeitungsartikel zu diesem Thema, Augenmaß walten zu lassen?

Ich will unbedingt verhindern, dass wegen wilder Gerüchte und Spekulationen meine Mitarbeiter in Verruf geraten, verstehen Sie?"

Wenn der Bürgermeister ein zustimmendes Nicken erwartet hatte, wurde er enttäuscht.

„Es liegt mir fern, Einfluss auf die Pressefreiheit zu nehmen. Damit wir uns da nicht falsch verstehen. Nichts liegt mir ferner. Ich wäre Ihnen äußerst dankbar, wenn

Ihre Berichterstattung möglichst sachlich die polizeilichen Ermittlungen begleitet."

„Da ist ein dickes Brett zu bohren", stellte der Bürgermeister – angesichts der zurückhaltenden Mimik – frustriert fest.

Der Journalist sah den Bürgermeister schweigend an, so, als würde er gedanklichen einen Masterplan skizzieren.

„Tja, Herr Sauer, Ihre Bedenken sind leicht nachvollziehbar. Schließlich sind Sie für das Wohlergehen aller Bürger verantwortlich. Das habe ich stets akzeptiert. Wie Sie wissen, vertrete ich eine objektive Berichterstattung.

Denken Sie zum Beispiel an das Treffen des Förderkreises im Rathaus Ende letzten Jahres. Ich finde das Projekt persönlich hervorragend, somit ist es mir leichtgefallen, auf Ihre Bitte hin, die negativen Äußerungen seitens der Bürgerinitiative unerwähnt zu lassen.

Glauben Sie mir, ich habe kein Interesse, mit effekthaschenden und spekulativen Beiträgen unsere Stadt in ein falsches Licht zu rücken.

Was allerdings die Unbescholtenheit des Bauamtes angeht, habe ich, verzeihen Sie mein offenes Wort, erhebliche Bedenken", dabei sah er den Bürgermeister nachdenklich an.

„Was wollen Sie damit andeuten? Ich habe volles Vertrauen zu meinen Mitarbeitern. Nein, Herr Peche, auf meine Leute lasse ich nichts kommen!", kam die vehemente Zurückweisung.

„Ihre schützende Hand über dem Rathaus in allen Ehren, aber ich fürchte, dass dieses Vertrauen nicht jeder mit Integrität zurückzahlt."

Der Chefredakteur legte seine Zurückhaltung ab.

„Herr Sauer, ihr Vertrauen in ihre Mitarbeiter in allen Ehren, aber mir liegen Unterlagen vor, die eindeutig belegen, dass Genehmigungen ihres Bauamtes käuflich erworben werden können."

Die Bombe war geplatzt.

Der Bürgermeister saß wie erstarrt in seinem Sessel.

Darauf war er sichtlich unvorbereitet. Er war ein strenger, aber umsichtiger Dienstherr, der bei Mitarbeitern und Bürgern gleichermaßen Sympathie und Anerkennung genoss. Dieses Vertrauen hatte er sich über die letzten Jahre kontinuierlich aufgebaut.

Er war überzeugt, dass alle im Rathaus an einem Strang zogen, der eine ein bisschen mehr als der andere, doch alle in die richtige Richtung.

Walter Sauer war schockiert.

War es möglich, dass er die Abläufe in seinem Amt nicht im Griff hatte und ihm die Mitarbeiter auf der Nase herumtanzten, ohne dass er davon etwas mitbekam?

Oder war es ein einzelner Mitarbeiter, der das ganze Rathaus leichtfertig in Misskredit brachte? Der Vorwurf des Journalisten traf ihn völlig unvorbereitet und mit voller Kraft.

Walter Sauer war erschüttert!

Allmählich realisierte er, dass ihn dieser Vorgang lange beschäftigen wird, unabhängig davon, zu welchen Ergebnissen die Polizei bei der Recherche auch kommen würde.

Vertrauen ist so scheu wie das Reh. Wenn man es einmal verjagt, dauert es lange, bis es wiederkommt.

Oder provozierte ihn der Journalist nur? War es denkbar, dass er diesen ungeheuerlichen Vorwurf erfunden hat, um einen Aufhänger für seinen nächsten Artikel zu haben?

Er antwortete zögerlich, mit leiser Stimme: „Ich gehe davon aus, dass Sie in der Lage sind, die unglaublichen Behauptungen zu beweisen."

„Sonst würde ich so schwere Vorwürfe niemals vorbringen, sein Sie sich sicher", kam ohne Zögern die Bestätigung.

„Was schlagen Sie vor? Wie geht es jetzt weiter?", warf der Bürgermeister den Ball zurück ins gegnerische Spielfeld.

„Das wollte ich mit Ihnen in aller Ruhe besprechen. Mir liegt nichts daran, Missmut oder Misstrauen zu verbreiten. Ich will ehrlich sein, ich habe mich auch gefragt, warum just in dieser Situation, als eine Mitarbeiterin des Bauamtes zu Tode kommt, mir vertrauliche Informationen aus diesem Amt zugespielt wurden.

War es reiner Zufall?

Oder versucht jemand, bewusst die Presse zu instrumentalisieren?

An einer unseriösen Berichterstattung habe ich kein Interesse", lenkte der Redakteur die Diskussion wieder in gemäßigte Bahnen.

Wenn er diesen Artikel veröffentlichen würde, lief er Gefahr, dass ihn die Polizei zwingt, seine Quelle preiszugeben. Das würde ihn in die Bredouille bringen, da er dem Informanten absolute Vertraulichkeit zugesagt hatte. Diese Bedenken behielt er besser für sich, aus verhandlungstaktischen Überlegungen.

Sichtlich wieder beruhigt suchte der Bürgermeister nach Lösungen: „Ich finde es ausgezeichnet, dass Sie so offen das heikle Thema zunächst mit mir besprechen. Dafür bin ich Ihnen auf jeden Fall etwas schuldig, wenn ich das so formulieren darf."

„Wir werden selbstverständlich über die Morde berichten, keine Frage. Aber ich bin mir unsicher, ob es sinnvoll wäre, über Interna des Bauamtes detailliert zu berichten. Das will gut überlegt sein. Das verbreiten von Gerüchten gehört so gar nicht zu unseren Kernkompetenzen.

Ich bitte dennoch um Verständnis, aber wir sind zunächst unserem journalistischen Auftrag verpflichtet.

Es ist wenig anspruchsvoll, nur über Feierlichkeiten von Vereinen, Jubiläen und karikative Veranstaltungen zu berichten.

Da wäre ein investigativer Beitrag eine spannende Abwechslung, nicht nur für unsere Leser."

Der Reporter kam auf den Punkt: „Wenn wir über ein alternatives Thema berichten könnten, das sich aus dem Tagesgeschäft hervorhebt, wäre uns schon sehr geholfen."

„Hm, ich verstehe", sagte der Bürgermeister nachdenklich. Ein freundliches Lächeln, ein kaum sichtbares Nicken, erweckte eine zustimmende Wirkung bei seinem Gegenüber.

„Ich weiß zwar nicht, wie wir unsere ohnehin gute Zusammenarbeit verbessern können, aber wir werden es versuchen", antwortete Walter Sauer diplomatisch.

Der Redakteur war mit dem Gesprächsverlauf ebenfalls zufrieden, ohne sich dies anmerken zu lassen.

Den Kontakt zum Chef des Rathauses zu intensivieren, war langfristig eine kluge Strategie. Insbesondere als Lokalreporter.

Er hatte ohnehin erhebliche Bedenken, einen so kritischen Artikel in der Lokalzeitung zu veröffentlichen.

Sie lebten in einer kleinen Gemeinschaft, in der man zusammenhielt. Ein fragiles Gebilde.

Nichts sollte das feine Räderwerk behindern.

Hoffentlich bleibt es auch so!

Die Kneipe, im Schatten der Sankt Martinus-Kirche, war ein beliebter Treffpunkt bei Jung und Alt.

Beim Eintreten eröffnete sich dem Besucher eine fast vergessene Welt.

Hier saß man am alten Holztresen und hörte zu Frischgezapftem den Geschichten zu, die von den Nachbarn zum Besten gegeben wurden.

Die liebevoll erhaltenen altertümlichen Einrichtungsgegenstände, angefangen von der Eingangstür, der Wandverkleidung, dem Kamin bis hin zu den historischen Bodenfliesen bildeten einen passenden Rahmen für eine ungezwungene Gesprächsrunde.

Hier wurde der direkte Kontakt bevorzugt. Niemand daddelte mit seinem Handy herum um zu chatten oder unsinnige Apps zu bearbeiten.

Kein Geldspielautomat, Flipper oder elektrische Dartscheibe zerstörte die Atmosphäre in dem kleinen gemütlichen Schankraum.

Die Spuren der Vergangenheit werden zudem charmant an den Wänden präsentiert: Viele Bilder mit Fotos von Gästen, den Stadtprinzen der vergangenen Jahre, längst verstorbenen Honoratioren als auch handgemalte Plakate, die zu früheren Feierlichkeiten einluden, waren Zeitzeugen einer bewegten Geschichte.

Ältere Herren verspeisten selbstgemachte Frikadellen zu ihrem Bier.

Kein Zigarettenrauch trübte die Sicht, da sich die Tabakfreunde vor die Tür verzogen.

In dem angrenzenden Festsaal studierte der Kirchenchor neue Lieder ein. Am nächsten Tag tönte das Halali des Jagdhornbläservereins durch die Räume und ab Mitternacht tanzte die Dorfjugend ausgelassen unter einer Diskokugel zu den neusten Hits.

Andernorts werden für sehr viel Geld Kommunikationszentren gebaut, dachte Walter Sauer zufrieden.

Als der Bürgermeister die wohlbekannte Kneipe betrat, wartete sein alter Schulfreund bereits auf ihn, lässig an einen Stehtisch angelehnt.

„Hallo Claus", sagte Walter Sauer und nahm ihn freundschaftlich in den Arm. „Wie ist die Lage? Oder besser gefragt: Was läuft?"

Der Verwalter verkniff sich die gerne zitierte Antwort eines womanizenden Playboys aus früheren Zeiten: Immer des Gschiss mit der Elli!

Ein Handzeichen genügte für die Getränkebestellung, man kannte sich.

Nachdem sie Belangloses diskutiert und einige Bier getrunken hatten, erzählte Walter Sauer von seinen heutigen Besuchern.

Beide waren seit der Schulzeit eng befreundet, seitdem passte kein Blatt zwischen sie. Sie hatten uneingeschränktes Vertrauen zueinander und Ehrlichkeit war ihr höchstes Gebot, selbst bei heiklen Themen.

Claus Bokelmann war ein geschäftstüchtiges Schlitzohr, der über allerbeste Beziehungen in Greven verfügte. Dennoch hatte er unerschütterliches Vertrauen zu ihm.

„Dann habt ihr offensichtlich einen Maulwurf im Rathaus. Walter, das ist nicht gut fürs Geschäft! Gar nicht gut", hierbei meinte Claus zweifelsfrei sein Eigenes.

Er führte eine Immobiliengesellschaft in Greven von der Verwaltung von Miet- und Eigentumswohnungen bis hin zur Projektplanung.

Entsprechend intensiv waren seine Kontakte zum Bauamt. Dass es hier schon mal zu kleineren Gefälligkeiten kam, wussten beide.

Wohnraum war knapp und alle hatten ein reges Interesse, möglichst unkompliziert neue Wohnungen zu bauen.

Insbesondere bei Vorhaben ohne Bebauungsplan gab es Interpretationsspielräume, die Claus geschickt, in bilateralen Gesprächen mit dem Bauamt, zu nutzen wusste.

Diskussionen in der Öffentlichkeit waren unerwünscht und schädlich fürs Geschäftsklima.

„Oh man. Das ist in der Tat verdammt ärgerlich. So ein Mist!", kam die nicht zitierfähige Antwort des Bürgermeisters. „Eine undichte Stelle ist eine Katastrophe. Wie ein faules Geschwür, dass den Körper allmählich vergiftet und zu stinken anfängt. Das ist unerträglich.

Ich werde mich schnellstens darum kümmern. Das ist definitiv Chefsache."

Ein weiteres Thema beschäftige den Bürgermeister. Gedankenverloren drehte er sein Bierglas in der Hand.

„Dass jetzt die Presse herum schnüffelt, stört mich extrem. Die Polizei wirbelt durch ihre Ermittlungen in den zwei Todesfällen genug Staub auf. Da brauche ich nicht eine weitere Baustelle.

Erst ärgert mich permanent der blöde Vogel - beide wussten, wer gemeint war - jetzt auch noch das.

Warum fällt der Peche zur Abwechslung nicht über die Bürgerinitiative her? Da hätte ich deutlich mehr Freude dran.

Das Störfeuer von dem Vogel bei dem Deichprojekt ist schon unangenehm genug. Das bekommen wir mit vereinten Kräften in den Griff. Aber was sich der Verrückte beim Erdwärme-Projekt in der Aue leistet, ist eine einzige Unverschämtheit", redete sich Walter Sauer in Rage.

„Stell dir vor, wir könnten die energetische Sanierung des Rathauses zum großen Teil mit EU-Mitteln finanzieren – ein wahrer Glücksfall für unsere Stadtkasse.

Nur dem Heini fällt nichts Besseres ein, als unter dem Mäntelchen des Umweltschutzes seinen ideologischen Kleinkrieg gegen uns zu führen. Ein Witz! Er fügt der Stadt Greven einen Schaden von mehreren Millionen zu und fühlt sich auch noch als Gutbürger. Wenn die Bürger in Greven das falsche Spiel von dem Gaukler besser durchschauen könnten, würde er am Pranger stehen, während Kinder mit faulen Eiern nach ihm werfen."

Sein alter Freund versuchte, ihn zu beschwichtigen. „Walter, immer ruhig Blut", und orderte eine Runde Grappa. Der Alkohol würde nichts ändern, ließ aber vieles erträglicher erscheinen.

„Immer wieder wirft mir dieser blöde Vogel Knüppel zwischen die Beine. Es ist zum Verrücktwerden!"

Jetzt war es an Claus, ebenfalls gedankenverloren vor sich hinzustarren.

Es dauerte fast ein halbes Bierglas, bevor er antwortete: „Walter, ich hätte da eine Idee. Die wird dir gefallen, da bin ich sicher. Die Aktion ist nicht ganz hoffähig, vorsichtig formuliert. Ich will dich nicht mit lästigen Details langweilen, lass mich mal machen. Du wirst zufrieden sein. Es ist besser, nur einer macht sich die

Hände schmutzig", lautete die geheimnisvolle Andeutung des Verwalters.

„Nichts Kriminelles, Claus. Das würde mich ruinieren." Der Bürgermeister kannte die teils ruppigen Methoden seines Freundes am Rande der Legalität und ahnte, dass er zum eigenen Schutz nicht über Einzelheiten informiert wurde.

„Es ist schon schlimm genug, dass mich mein eigener Schwager mit seinen Kungeleien in einem städtischen Betrieb in den Sog staatsanwaltlichen Ermittlungen hineingezogen hat, dieser Idiot.

Alles nur für eine Handvoll Euro. Total bescheuert! Dass ich von seinen Machenschaften keine Ahnung hatte, glaubt mir kein Mensch. Den Vorwurf der Vetternwirtschaft habe ich erst einmal am Hals.

Ich bringe den Kerl um!"

„War das jetzt ein Auftrag, gerichtet an meine Adresse?", fragte Claus Bokelmann belustigt.

Walter Sauer starrte seinen Freund entsetzt an.

Dann erst begriff er.

„Mit so etwas macht man keine Scherze, Claus. Du bringst es fertig und machst meine Schwester zur Witwe. Unterstehe dich, mein Lieber! Aber danke für das Angebot", und gab dem Wirt ein kurzes Zeichen. Eine weitere Herrenrunde war dringend fällig.

„Für was hat man sonst Freunde, Walter?", damit war alles gesagt.

Mittwoch, 28. Februar 2018

„Guten Morgen, Ramona! Ich habe uns einen Kaffee mitgebracht, damit wir zügig auf Touren kommen", platzierte Kleber gleich am frühen Morgen ungewollt einen Stimmungsaufheller.

Die Ausgangslage war trübe genug, da sollten wenigstens die Rahmenbedingungen stimmen.

„Übrigens, entzückend, dein Vintage-Look. Finde ich prima, dass du die Sachen aus deiner Familie aufträgst. Ich bin ebenfalls der Meinung, dem Konsumrausch zwingend Einhalt zu gebieten", sagte Kleber mit einem breiten Lächeln.

Erwartungsgemäß erntete er umgehend einen bitterbösen Blick seiner Assistentin, die sich sprunghaft von ihrem Schreibtischstuhl erhob. Demonstrativ stemmte sie ihre Arme in die Hüfte.

„Das ist ja wohl eine Frechheit! Ich gebe mein halbes Gehalt für Klamotten aus, um mich von meinem Chef dafür anmachen zu lassen. Und du? Du siehst nicht aus, als ob du zwei Mordfälle zu klären hast, sondern eher wie jemand, der gleich einen Termin auf dem Catwalk hat", kam prompt die Retourkutsche.

Eine Portion Koffein, gepaart mit einer Prise Selbstironie, stellten im Handumdrehen die Arbeitsbereitschaft im Team sicher.

Beschwingt nahm sie wieder auf ihrem Stuhl Platz, um damit zum Schreibtisch ihres Chefs zu rollen: „Guten Morgen, Kurt! Ich habe schon mal angefangen, das Whiteboard zu füllen", meinte Ramona.

„Ich war schneller fertig, als mir lieb ist", lachte sie laut und ungehemmt, was in der augenblicklichen Situation wie Galgenhumor klang.

An dem Board hingen wahrlich nicht viele Hinweise.

„Schön zu sehen, dass du trotz allem bester Laune bist. Ich fürchte, Schröder wird sie uns gleich mit Gewalt austreiben", Kleber hatte eine ungute Vorahnung.

„Bevor ich es vergesse, Ramona. Verzeih mir, dass ich dich am Sonntag so barsch abgewürgt habe. Das Evolutionsthema finde ich auch fesselnd. Aber der Zeitpunkt war denkbar ungünstig.

Anderes Thema. Lissy und ich würden uns sehr freuen, wenn ihr uns übernächsten Sonntag besuchen kommt. Falls erforderlich, können wir das Thema dann immer noch in großer Runde besprechen. Wenn es unbedingt sein muss."

„Oh ja, sehr gerne! Wusstest du übrigens, dass das Zusammenleben der Frühmenschen nur auf kleine, intime Gruppen ausgelegt war, in denen sich die Menschen gut kannten, Vertrauen zueinander hatten und in einer funktionierenden Hierarchie lebten?

Soziologen haben herausgefunden, dass eine Gruppe, die nur von Klatsch zusammengehalten wird, maximal aus 150 Personen besteht. Interessanterweise gilt dies gleichermaßen für Schimpansengruppen. Das ist bis heute die Obergrenze unserer natürlichen Organisationsfähigkeit.

Wie ist es also möglich, dass in Großkonzernen tausende Menschen zusammenarbeiten, die sich gegenseitig nicht kennen, also kein Vertrauen zueinander haben können?

Das Geheimnis ist unsere fiktive Sprache, alle glauben an gemeinsame Mythen, die nur in den Köpfen der Beteiligten existieren.

Zwei Katholiken glauben an Gott, zwei Mitarbeiter von Google glauben an die Existenz von Google, Aktien und

Dollars. Zwei wildfremde Juristen kooperieren effektiv, weil ..."

Klebers Geduldsfaden war bis zum Anschlag gespannt.

Er nutze schnell eine Atemholpause: „Ramona?"

„Ja, Kurt?"

„Können wir das bei einer gemütlichen Tasse Kaffee bei uns Zuhause besprechen?

Du hast bei der Auflistung der Zauberer der Neuzeit eine wichtige Gruppe vergessen: Die Journalisten! Die Kolumnisten werden nicht dem Mythos verfallen, blindlings zu glauben, dass die Polizei alles im Griff hat."

Ramona war sofort bewusst, wie recht Kurt hatte. Während sie in steinzeitlichen Dimensionen schwelgte, lag eine handfeste, unangenehme Fragestunde unabwendbar direkt vor ihnen.

„Entschuldige, Kurt! Was bieten wir der Presse an?"

Kleber begab sich zum Board, um alle Fakten durchzugehen: „Da ist Sebastian Bauernfeind, der die Wohnung gegen 19 Uhr verlassen hat. Angeblich lebte Frau Brause da noch. Richie muss den Zeitpunkt noch näher einkreisen.

Den von den Nachbarn gemeldeten Lärm, bestreitet er.

Ein Motiv ist nicht zu erkennen. Es gibt keine Spuren an dem Opfer, die den Täter eindeutig identifizieren.

Wer käme sonst infrage?

Die Beschreibung des Hausmeisters von dem Mann vor der Tür, trifft in etwa auf Sebastian Bauernfeind zu. Die Personenbeschreibung, insbesondere die Körpergröße, sowie Uhrzeit stimmen im Detail nicht überein.

Hat er einen anderen Mann gesehen?

Wenn das zuträfe, hätten wir keine Anhaltspunkte bezüglich des wirklichen Täters. Derzeit bleibt uns nur Sebastian Bauernfeind, wobei ich ernsthafte Zweifel

habe. Außerdem haben wir für die DNA-Spuren verschiedener Personen am Opfer keine Erklärung.
Bei Sieglinde Silberwald sieht es nicht besser aus, da tappen wir völlig im Dunkeln."
Die Ermittlung im Mordfall von Laura Brause liefen schon schleppend genug. Was Kleber mehr beschäftigte, war die Leere rund um das zweite Opfer. Kein Motiv, keine Ermittlungsansätze, einfach nichts. Es war frustrierend.
„Na ja, Chef, das ist nicht so ganz zutreffend. Wir haben ermittelt, dass Christian Bauernfeind direkt neben dem zweiten Opfer, Frau Silberwald, wohnt."
Überrascht zog Kleber seine Augenbrauen hoch.
„Aha, das sind echte Neuigkeiten." Die weiteren Überlegungen fielen, nach kurzer Bedenkzeit, weniger euphorisch aus: „Was bedeutet das schon? Vielleicht auch nur ein schlichter Zufall. Solange wir keine Verbindung zwischen den Taten finden, ist er nicht tatverdächtig. Er ist ein Freund des ersten Opfers und Nachbar des zweiten. Na und? Außerdem befindet sich Sebastian Bauernfeind in bester Gesellschaft.
Selbst der Bürgermeister kannte die Opfer. Wenn das der Maßstab wäre, wird es unübersichtlich."
Beide schmunzeln, obwohl es nichts zu lachen gab.
„Das halbe Rathaus wird heute vernommen, hoffen wir, das dabei etwas herauskommt", führte Ramona weiter aus. Große Hoffnung schwang nicht mit in der Aussage: „Hoffen wir, dass sich aufgrund der Presseveröffentlichung Zeugen melden, die neue Ermittlungsansätze eröffnen. Die Kollegen durchforsten fieberhaft die Historie der Opfer. Bisher gibt es keine Verbindung zwischen den Frauen", stellte Ramona fest.
„Mit der Mutter von Frau Brause habe ich telefoniert. Sie hatte keinen intensiven Kontakt zu ihrer Tochter, hin und

wieder ein Anruf. Laura hatte ihr Leben im Griff. Keinerlei Probleme, Streit oder Sorgen. Erst recht wusste sie nicht, wer ein Motiv gehabt hätte. Mit wem sie sich so trifft, ebenfalls nicht. Sie war völlig überrascht, zu hören, dass sie einen neuen Freund hatte. Offensichtlich war Frau Laura Brause nicht sehr mitteilsam gegenüber ihrer Mutter.

Ach so, noch etwas. Die Überprüfung der Finanzen brachte nichts Brauchbares. Bei Silberwald und Bauernfeind gibt es keine außergewöhnlichen Kontenbewegungen.

Bei Frau Brause fanden wir nichts Auffälliges, sie war eine perfekt organisierte Frau, die jeden Monat Geld auf die hohe Kante gelegt hat. Das war es dann aber auch schon." Nach einer kurzen Pause fragte sie: „Was denkst du, Kurt. Suchen wir einen oder zwei Täter?"

Kleber sah hinab zu seinen blankpolierten Schuhen. Er liebte das geordnete Leben, klare Strukturen, ein harmonisches Miteinander.

Ich sollte am Wochenende mit Lissy nach Sylt fahren. Abschalten, am Strand spazieren gehen, die Seele baumeln lassen. Abends in einem gemütlichen Restaurant Essen, anschließend den Tag mit einem Glas Wein ausklingen lassen.

Die Unzulässigkeit seiner abschweifenden Gedanken wurde ihm in diesem Moment schuldhaft bewusst.

„Wenn ich das wüsste. Ich gehe von einem Täter aus, ohne Beweise zu haben. Es ist eher ein Bauchgefühl", mit dieser für ihn untypischen Aussage war eine Bruchlandung beim Oberstaatsanwalt vorprogrammiert. Das wussten beide.

Als ob Schröder ein Seher wäre, betrat er schwungvoll das Büro.

„Morgen. Welche Erfolge kann ich der Presse melden?", der Chef hielt sich, seiner Linie treubleibend, nicht mit Smalltalk auf. Nachdem Kleber ihn über den derzeitigen Ermittlungsstand informiert hatte, lief sein Gesicht rot an.

„Wozu habe ich ihr Team um drei Mitarbeiter verstärkt, wenn absolut nichts dabei rauskommt? So trete ich unmöglich vor die Presse. Der Polizeipräsident wird toben, Herr Kleber!"

Aha, das eigentliche Problem lag am Satzende.

„Knöpfen Sie sich diesen Bauernfeind mal so richtig vor! Nehmen Sie Ihn mal hart ran, dann redet der schon. Jetzt sein Sie nicht so nachsichtig! Zeigen Sie mal unnachgiebige Härte. Dem muss das Wasser im A..., ähm, in den Adern kochen. Na ja, mit einem Tatverdächtigen stehen wir zumindest nicht völlig blank da", wortlos drehte sich Schröder auf dem Absatz um und verließ das Büro.

Zu der Frage, ob der Tatverdächtige mit einer Streife oder besser gleich mit der grünen Minna abgeholt werden soll, kam er nicht.

Chic und elegant durch die Wildnis.

Im Kern schützt die perfekte Outdoor-Bekleidung vor Nässe, Wind und sonstigen Wettereinflüssen und überzeugt durch praktische Details sowie bequeme Schnitte.

Das genügt den heutigen Ansprüchen schon lange nicht mehr. Outdoor-Bekleidung besticht mit optischen Highlights sowie coolen Hinguckern.

Sebastian war es ganz recht, heute Morgen bergeweise wetterfeste Eyecatcher einzuräumen.

So verschwendete er keine Zeit mit nervigen Kunden, die ihr profundes Fachwissen nur auf Nordexpeditionen live erworben haben können.

Zumindest hörte es sich bei einigen so an.

Gegen Mittag machte er früher Feierabend. Er brauchte Zeit zum Nachdenken. Der Tod von Laura setzte ihm stärker zu, als er es sich eingestehen wollte. Traurig dachte er an den letzten Nachmittag mit ihr. Es war alles so stimmig zwischen ihnen.

Er unternahm einen langen Spaziergang durch die Innenstadt, anschließend lief er eine Runde um den Aasee. In einem Café wärmte er sich auf und gönnte sich einen Kaffee und ein dickes Stück Kuchen.

Der Blick auf den See hatte eine beruhigende Wirkung. Zwischen den Steinen der Uferbefestigung bildeten sich dünne Eisplatten, auf denen sich einzelne Schneeflocken niederließen. Der Winter umklammerte Münster weiterhin mit eisigem Griff. Dick vermummte Spaziergänger ergaben sich ihrem Schicksal und liefen dick vermummt um den See. Im Unterschied zum Sommer, wo scheinbar jeder unternehmungslustig unterwegs war, strahlte der Winter, trotz eisiger Außentemperaturen, wohltuende Ruhe auf den aus, der sich ins Freie getraute.

Langsam legte sich bei Sebastian Bauernfeind die innere Anspannung und er bemühte sich erneut, seine wirren Gedanken zu sortieren.

Was war an dem Freitag, nachdem er die Wohnung von Laura verlassen hatte, passiert?

Er zermarterte sein Hirn, fand keinerlei Erklärung für das Unfassbare. Kein Streit, kein Ärger, keine Feinde, einfach nichts. Wenn er den Kommissar richtig verstanden hatte, starb sie, unmittelbar nachdem er Laura verlassen hatte. Lauerte der Mörder vor dem

Haus? Wie ist er überhaupt in die Wohnung eingedrungen? Welchen Grund hatte jemand, sie umzubringen? Laura war nicht reich, Raubmord war auszuschließen. Es war absolut unverständlich, egal wie lange er darüber nachdachte.

Zu allem Unglück war heute Morgen sein Auto nicht angesprungen. Deshalb war er gezwungen, am späten Nachmittag mit dem Zug nach Greven heimzufahren. Vom Bahnhof waren es nur wenige Gehminuten bis zum Haus. Als er in die Straße einbog, sah er den Polizeiwagen vor seinem Haus stehen.

Reflexartig suchte er Schutz und warf sich seitwärts in einen Strauch.

Was war denn jetzt los? Was will die Polizei von mir?

Bei dem Verhör hatte es nicht den Anschein, dass der Kommissar seinen Aussagen misstraute. Oder war ihm der Ermittler auf die Schliche gekommen? Das war nicht auszuschließen. Das wiederum stellte eine echte Bedrohung dar. Er war kein Jurist, aber sein Vergehen war unstrittig nicht mit einem Bußgeld abgetan.

Angst stieg in ihm auf und nahm Besitz von ihm.

Instinktiv duckte er sich tiefer in das Gebüsch. Langsam schlich er rückwärts, den Blick nach vorne auf den Polizeiwagen gerichtet. Als er sicher war, nicht mehr von den Polizisten gesehen zu werden, rannte er los.

Nach wenigen Metern erreichte er ein Trafohäuschen, hinter dem er sich versteckte. Schnaufend überlegte er, wie es weitergeht. Wer konnte ihm helfen, an wen sollte er sich wenden? War es nur ein Streifenwagen, der nach ihm suchte oder war er zur Fahndung ausgeschrieben und an jeder Ecke gab es Polizeisperren? Der Tod von Laura hat ihn ohnehin aus der Bahn geworfen. Aber jetzt auch noch die Gefahr, im Gefängnis zu landen?

„Das halte ich nicht aus. Mein Leben ist ein einziger Scherbenhaufen!" So kauerte er mehrere Minuten ratlos hinter dem kleinen Häuschen.

Das Versteck stellte sich als ein wenig vorteilhafter Rückzugsort heraus, da er in der Vergangenheit von Wildpinklern benutzt wurde und die Geruchsbelästigung ihm den Atem raubte.

Zwischendurch sah er mehrmals vorsichtig um die Ecke, um zu prüfen, ob der Polizeiwagen weiterhin vor dem Haus stand. Es gab nur eine Zufahrtsstraße zu den Häusern, so dass er dessen Abfahrt bemerkt hätte. Nichts bewegte sich.

Offensichtlich wartet die Polizei auf ihn.

Aber warum bloß? Es gab nur eine Erklärung.

Ich muss zunächst über die Konsequenzen in Ruhe nachdenken. Dafür war hier ein denkbar ungünstiger Ort. Sich erst einmal in Sicherheit bringen war das Gebot der Stunde.

„Erstmal weg von hier! Alles andere wird sich finden."

Geduckt lief er in den kleinen Wald, der an das Stromverteilerhaus angrenzte. Dabei passte er auf, dass auf der Sichtlinie zwischen ihm und seinem Haus das Trafohäuschen als Sichtschutz lag. Erst als er tief in den Wald eingedrungen war und sicher, dass er außerhalb der Sichtweite der Polizisten war, lockerte sich seine Anspannung.

„Wohin jetzt? Stehen Straßensperren nur auf den Hauptstraßen oder auch auf den Nebenstrecken?"

Vorsicht war geboten. Deswegen waren öffentliche Verkehrsmittel tabu. Ich muss mich zu Fuß durchschlagen, was die Zahl der Zufluchtsmöglichkeiten deutlich einschränkte.

Bei seiner bevorzugten Fluchtadresse würde ohnehin niemand die Tür öffnen.

Der einzige verbleibende Zufluchtsort ist bei Max auf seinem Boot. In Ermangelung vertrauenswürdiger Alternativen musste er es riskieren.

Er beschloss, zunächst im Schutz des Waldes die Dunkelheit abzuwarten, um dann entlang des Kanals zum Fuestruper Hafen zu gelangen.

Es war ein strammer Marsch durch die Dunkelheit im Schutze der Bäume. Die Sicht war lausig und der Weg holprig, so kam er nur langsam vorwärts. Dafür war das Risiko, entdeckt zu werden gering. Solange er den Kanal auf seiner linken Seite hatte, bestand keine Gefahr, sich zu verlaufen.

Auf dem langen Fußweg hatte er reichlich Zeit, über alles nachzudenken. Die momentane Sicherheit täuschte nicht darüber hinweg, dass sein Leben in Trümmern vor ihm lag. Eine ähnlich prekäre Lebenslage hatte er bisher nicht erlebt. Was war nur los?

Am Hafen angekommen, näherte er sich vorsichtig dem Boot seines Freundes, das friedlich vor sich hinschaukelte. Das Schiffsinnere war nur schwach erleuchtet.

Das muss Max sein, Gott sein Dank!

Vorsichtshalber wartete er einige Minuten in sicherer Deckung. Alle anderen Boote im Hafen schaukelten in völliger Dunkelheit gemächlich vor sich hin. Auf keinem der festgemachten Boote brannte Licht oder gab es Anzeichen, dass Besitzer anwesend waren.

Angesichts der Jahreszeit war das nicht sonderlich überraschend.

„Hallo Max, nicht erschrecken, ich bin es, Seb", sagte er leise, als er die Tür zum Innenraum öffnete.

„Was machst du denn hier?", sagte Max erschrocken, der mit einer Flasche Bier vor dem Fernseher saß und sich ruckartig aufrichtete, als sein Freund eintrat.

„Max, ich habe Scheiße gebaut!"

„Setzt dich erst mal hin. Du siehst echt fertig aus", während er für seinen Freund eine Flasche Bier aus dem Kühlschrank holte. Erwartungsvoll sah er ihn an.

„Das hat hoffentlich nichts mit dem Tod deiner Freundin zu tun, oder?"

„Nein, wo denkst du hin. Aber irgendwie auch doch", begann er stockend, sichtlich bemüht die passenden Worte zu finden.

Als er sich in die Sitzecke fallen ließ, spürte er, wie müde und durchgefroren er war. Die angenehme Wärme in dem Raum, verbunden mit der Chance, endlich mit einem Freund die verworrene Situation zu besprechen, ließ wieder Hoffnung in ihm aufkommen.

„Mit dem Tod von Laura habe ich nichts zu schaffen. Ich weiß nicht, was passiert ist. Ehrlich!", sagte er mit trauriger Miene. Den Verlust von Laura begriff er immer noch nicht.

„Hast du denn eine Idee, wer Laura das angetan hat? Sie wurde doch nicht ohne Grund ermordet, da wird es ein Motiv geben. Garantiert. Sprach sie nie davon, dass sie bedroht wird oder in irgendwelche krummen Geschäfte verwickelt war?"

„Nein! Da war nichts. Ich schwöre es dir! Das hätte ich gemerkt, ganz sicher. Sie hatte einen kleinen Job im Rathaus. Weder finanziellen Probleme, noch Zoff mit Verwandten, Bekannten oder ehemaligen Freunden. Sie erhielt keine merkwürdigen Anrufe oder Briefe.

Sie war stets bester Laune und Stress war ein Fremdwort für sie. Schließlich arbeitete sie im Rathaus, wenn du weißt, was ich meine.

Nie wirkte sie abwesend, so, als müsse sie schwierige Probleme lösen. Eine völlig entspannte, ausgeglichene, fröhliche, unkomplizierte Frau. Genau darum habe ich sie so geliebt, Max."

„Seb, das ist unmöglich! Du übersiehst etwas, das gibt es doch gar nicht. Wenn es kein Raub oder Sexualdelikt war, dann muss es ein Motiv geben, das du übersiehst."

Sebastian Bauerfeind ließ sich nachdenklich mit der Flasche Bier in der Hand in die Rückenlehne des Sofas fallen.

Max hatte Recht. Wenn ein Psychopath in Greven sein Unwesen treiben würde, hätte er davon gehört. Also muss es einen Grund für die Ermordung von Laura geben. Aber welchen?

Er durchforstete seine Erinnerungen an die gemeinsame Zeit mit Laura. Er hatte keinen blassen Schimmer, warum sie sterben musste. Da gab es keinerlei Anhaltspunkte oder Anzeichen. Oder war er so unsensible, dass er die augenscheinlichsten Hinweise übersah?

Max wartete geduldig, ohne seinen Freund beim Grübeln zu stören. In dieser Sekunde spürte er, dass ihn sein Freund nicht anlog.

„Du hast mir bisher nicht verraten, was du für einen Blödsinn angestellt hast", fragte Max nach einer Weile.

Nachdem er lange Zeit mit starrem Blick auf seine Bierflasche verbrachte, begann er zu berichten, erst langsam, dann immer hastiger:

„Laura plauderte, als sie schon ein klein wenig betrunken war, Dinge von ihrem Chef aus. Dass er seine Position im Bauamt ausnützt, um sich Geld in die Tasche zu stecken. Dabei beschrieb sie haarklein, wie diese Geschäfte im Detail abliefen.

Zunächst wollte ich gar nichts davon wissen, aber je länger sie von den krummen Geschäften erzählte, umso mehr interessierten mich die Machenschaften von dem

Typ. Tage später beschloss ich, mir von dem Kuchen ein Stück abzuschneiden.

Du weißt, ich habe immer von der Hand in den Mund gelebt. Damit sollte endgültig Schluss sein. Ich legte Ihm einen Zettel in den Briefkasten mit der Forderung, mir 20.000 € zu geben, sonst würde ich die Öffentlichkeit über seine Privatgeschäfte informieren, die ich in dem Brief detailliert beschrieben hatte.

Die Übergabe des Geldes habe ich exakt festgelegt mit Ort und Zeit. Wenn er zahlt, wäre er mich für immer los. Es gäbe auch nichts zu verhandeln.

Das Risiko, dass er die Polizei einschalten würde, war ohnehin nicht sehr groß.

Was soll ich sagen, es funktionierte. Zur vorgegebenen Zeit fuhr er mit seinem Auto auf die A1 in Richtung Münster und warf auf Höhe der Emsumflutbrücke, kurz hinter der Auffahrt, den beschwerten Umschlag mit dem Geld über das Geländer. Aus einem sicheren Versteck sah ich, dass er persönlich hinter dem Steuer saß und nicht irgendein Helfer.

Es war ohnehin äußerst unwahrscheinlich, dass er eine weitere Person in das schmutzige Thema einweihen würde.

Alles lief wie am Schnürchen.

Ich packte mir den Umschlag und verschwand mit dem Geld. Bis heute!

Als ich von der Arbeit nach Hause kam, stand ein Polizeiwagen vor der Tür. Die kamen nicht, um freundlich Hallo zu sagen. Sie warteten gezielt auf mich. Meine Knie schlotterten vor Angst, ich bekam Panik. Tja, jetzt bin ich hier."

„Du bist ja völlig irre!

Wenn die dich erwischen, gehst du für Jahre in den Knast!", Max schüttet sein Bier um, so heftig sprang er auf.

Beide standen sich wie Boxer gegenüber, schrien sich raufend minutenlang an. Sebastian rechtfertigte sein Verhalten, während Max ihm heftige Vorwürfe machte.

„Wir sind zwar alleine im Hafen, dennoch sollten wir nicht so rumschreien", sagte Max, der sich zuerst beruhigte und sich wieder hinsetzte.

„Max, ich gehe nicht in den Knast, auf keinen Fall. Jetzt, wo Laura tot ist, hält mich ohnehin nichts mehr in Greven. So toll, wie ich sagte, ist der Job in Wirklichkeit gar nicht. Ohne Laura ist hier alles sinnlos.

Ich werde versuchen, ins Ausland abzuhauen, egal wohin, nur weg von hier."

Das hörte sich nicht nach einem soliden Plan an, stellte Max nüchtern fest.

„Falls dich die Polizei sucht, darfst du dich weder auf dem Flughafen noch am Bahnhof sehen lassen. Selbst trampen wäre zu gefährlich. Hat der Kommissar versucht, dich telefonisch zu erreichen? Das wäre doch das Einfachste für ihn gewesen."

An sein Handy hatte er die ganze Zeit überhaupt nicht gedacht. Im Geschäft hatte er es ausgeschaltet und am Nachmittag war er tief in Gedanken versunken, ohne ans Telefonieren zu denken.

Er zog sein Handy aus der Jackentasche, um es einschalten, als Max es ihm aus der Hand riss.

„Bist du wahnsinnig! Die könnten dich sofort orten. Schalte es bloß nicht ein. Am besten, du wirfst es gleich in den Kanal."

„Da habe ich im Moment gar nicht daran gedacht. Danke für den Hinweis. Aber was nun? Ich muss hier unbedingt weg, egal wie", sagte Sebastian. Er steckte in der Falle. Die ausweglose Lage machte ihn zunehmend nervös. Wie soll es jetzt bloß weitergehen? Es muss doch einen Ausweg geben.

Da fiel Max plötzlich das Boot ein, das mutterseelenallein ein paar Meter weiter vertaut am Steg lag.

„Wie wäre es, wenn du dich auf dem Kanal aus der Schusslinie bringst? Du könntest mit dem Boot bis ins Ruhrgebiet fahren und versuchen, von dort weiter zu kommen. Auf dem Wasser fällst du gar nicht auf", äußerte Max eine kühne Idee.

Das könnte klappen. Warum nicht!

„Seb, ich habe es! In zwei Wochen fliege ich ohnehin nach Marokko, um meine neue Stelle im Hotel anzutreten. Du versuchst, dich ebenfalls bis dorthin durchzuschlagen. Vor Ort wird uns schon einfallen, wie es weitergeht.

Du musst dich bis in den Süden von Spanien durchschlagen. Von dort aus setzt du mit einem Seelenverkäufer über nach Marokko.

Geld hast du ja genug. Was hältst du davon?"

Max glühte regelrecht.

Dieser Husarenritt begeisterte beide. Sie waren sofort Feuer und Flamme und nicht mehr zu bremsen.

„Am liebsten würde ich gleich mit dir kommen. Das geht aber leider nicht, es wäre zu auffällig."

Bis in die frühen Morgenstunden tüftelten sie an der Fluchtroute.

Beiden entging, dass sie in ihrem Eifer die Suche nach dem Motiv für Lauras Ermordung aus den Augen verloren hatten.

Die Flucht war beschlossen.

Donnerstag, 1. März 2018

„Wo ist er denn?"

Selten dämliche Frage.

Ramona registrierte, dass ihr Chef die Betriebsbereitschaft, trotz reichlich Kaffee, noch nicht erreicht hatte. Geduldig wiederholte sie die morgendliche Botschaft.

„Christian Bauernfeind verließ gestern Mittag das Geschäft und ist seitdem verschwunden. Er ist nicht Zuhause angekommen, die Streife stand vergeblich bis spät abends vor seiner Tür, vor der auch sein Auto parkte.

Dann brach die Polizei die Haustür auf und untersuchte die Wohnung, ohne Befund. Telefonisch ist er nicht erreichbar. Soeben haben wir erfahren, dass er heute Morgen unentschuldigt der Arbeit ferngeblieben ist."

Wo er sich derzeit aufhält, wissen wir nicht. Taktvoll verkniff sich Ramona diesen Hinweis.

„Wir haben nichts gegen ihn in der Hand. Dass wir ihn erneut verhören, hat er nur unserem Chef zu verdanken." Kleber war sichtlich konsterniert.

„Habe ich mich so getäuscht? Warum taucht er unter, wenn er unschuldig ist? Ramona, begreifst du das?"

„Nein, das verstehe ich ebenso wenig. Zunächst wirkt es wie ein Schuldgeständnis, der Oberstaatsanwalt wird es ähnlich werten."

Schnelle Erfolge standen hoch im Kurs in der obersten Führungsetage.

„Ok, lass ihn zur Fahndung ausschreiben. Wir müssen herausfinden, was mit ihm los ist", ordnete Kleber entgegen seiner inneren Überzeugung an.

Kleber verstand die Welt nicht mehr. Hat er sich so getäuscht? Ich muss mich heute Abend dringend ablenken und eine Trainingseinheit für den Marathon in zehn Tagen absolvieren. Wenigstens mein Privatleben funktioniert reibungslos. Das soll auch so bleiben.

„Ramona, gibt es sonst etwas Neues?"

„Bei der Befragung der Mitarbeiter im Rathaus gab es andeutungsweise Hinweise, dass Christian Bäumer, der Chef von Frau Brause, möglicherweise ein Verhältnis mit ihr hatte. Ich habe ihn vorgeladen. Das ist doch Chefsache, sehe ich das richtig?"

Ramona erwartete keine Antwort auf ihre Frage.

„Dann wurde von Mitarbeitern mehrfach der Name Otto Vogel erwähnt. Der empfindet scheinbar große Freude, Projekte vom Bürgermeister zu torpedieren, dazu gehört auch der Skulpturenweg.

Wie das mit den Morden zusammenhängt, ist unklar. Es ist ebenso schleierhaft, warum eine ältere Frau an den Fischen aufgehängt wurde. Die Kollegen prüfen derzeit, ob es nicht, insbesondere zum Opfer Sieglinde Silberwald, Verbindungen gibt.

Mit dem Ex von Sieglinde Silberwald habe ich Kontakt aufgenommen. Er ist Professor für Kunstgeschichte in Münster. Zur Tatzeit war er mit seiner Freundin eine Woche in Italien auf Studienreise. Wir überprüfen das derzeit, aber wie es aussieht, hat er ein Alibi für die Tatzeiten.

Er sagte mir, dass sie schon lange geschieden sind und die Ex seitdem von seinem Geld lebt. Da er genug verdient, gab es nie Streit wegen der Unterhaltsleistungen. Obwohl er sich sicher war, dass er deutlich zuviel bezahlt, nachdem sie vor einigen Jahren grundlos ihren Job bei einem Architekturbüro in Greven aufgegeben hatte.

Um sich ihren künstlerischen Neigungen zu widmen, wie sie sagte.

Da dies nichts einbrachte, finanzierte sie ihr Künstlerleben auf der Suche nach Selbstverwirklichung ausschließlich über ihn. Die Adresse von dem Architektenbüro habe ich dir auf den Schreibtisch gelegt."

Wie gesagt, brotlose Kunst.

Das war für Kleber leicht verständlich. Wenn die schöpferische Gestaltung das Ergebnis eines kreativen Prozesses ist, stand Frau Silberwald definitiv am Anfang ihrer Bemühungen.

„Der Zeitungsartikel führte bisher zu keinen verwertbaren Spuren. Die Kollegen prüfen eine Vielzahl eingegangenen Meldungen. Aber derzeit sieht es nicht danach aus, als ob die Bevölkerung uns Arbeit abnehmen würde.

Ach so, noch etwas. Freitagmittag wurde von Nachbarn ein Claus Bokelmann vor der Wohnung von Frau Brause gesehen.

Der gesamte Gebäudekomplex, also auch die Wohnung von Frau Brause, wird von seiner Verwaltungsgesellschaft betreut."

Die Grevener Morde werden uns noch lange Zeit auf Trab halten, stellte Kleber frustriert fest.

„Es gibt, wie soll ich sagen, eine etwas heikle Information", fuhr Ramona geheimnisvoll fort.

„Wir sind hier nicht beim heiteren Beruferaten. Was gibt`s denn?"

„Wir haben festgestellt, dass sich Laura Brause und Sebastian Bauernfeind bei einer Demo gegen Massentierhaltung in Steinfurt kennengelernt haben. Es gibt Anzeichen, dass sich beide im extrem radikalen Flügel der Bewegung engagiert haben. Der hat die katastrophalen Zustände in dem familiären Schweinemastbetrieb der Landwirtschaftsministerin von NRW angeprangert.

Denkbar, dass dieser Kreis radikaler Tierschützer auch verantwortlich war für die Veröffentlichung von Filmaufnahmen aus Ställen des Familienbetriebs.

Im Juli letzten Jahres gab es sogar eine Online-Petition mit über 50.000 Unterschriften, die die Entlassung der Ministerin forderten. Zudem wurde Strafanzeige gegen die Landwirtschaftsministerin gestellt.

Aber es wird womöglich noch wilder.

Vor einigen Tagen reichte eine Tierschutzorganisation beim Verwaltungsgericht Münster Klage gegen den Kreis Steinfurt ein. Der Vorwurf: Das Veterinäramt des Kreises nimmt die tierschutzrechtlichen Verstöße in der Schweinemast der Ministerin nicht ernst.

Außerdem ist nicht zu erkennen, wie das mit den beiden Morden zusammenhängen soll.

Eines steht fest: Wenn wir bei den Ermittlungen der Ministerin zu nah kommen, wird das reflexartig unseren Chef auf den Plan rufen."

Mit ihrer Umschreibung heikle Information hatte sie zweifelsfrei untertrieben.

Das Telefon läutete und Ramona hob den Hörer ab, um ihn nach wenigen Sekunden wieder kommentarlos aufzulegen.

„Christian Bäumer ist soeben eingetroffen."

„Lass doch bitte diesen Bokelmann für morgen vorladen. Eventuell bringt uns der Verwalter weiter", sagte Kleber, als er den Raum verließ.

„Guten Tag Herr Bäumer, schön, dass Sie Zeit für uns haben", versuchte Kleber, eine angenehme Gesprächsatmosphäre aufzubauen.

Die finstere Miene des Besuchers stand im krassen Gegensatz zu seinen harmonischen und symmetrischen Gesichtszügen. Begeisterung sah anders aus.

Das ist ok, dachte Kleber. Ich bin nicht auf eine harmonische Stimmung angewiesen.

„Warum haben Sie mir bei unserem letzten Gespräch verschwiegen, dass Sie mit der ermordeten Laura Brause ein Verhältnis hatten?", fragte Kleber mit versteinertem Gesicht.

„Warum hätte ich das tun sollen? Das ist reine Privatsache. Das geht Sie überhaupt nichts an", kam die überhebliche Antwort des Schönlings.

„Das sehe ich anders. Sie waren immerhin ihr Chef, oder finden Sie es allgemein üblich, dass ein Chef seine Position amourös ausnutzt?"

Christian Bäumer schien eine patzige Antwort auf den Lippen zu liegen, besann sich dann jedoch eines Besseren.

„Haben Sie ein Alibi?"

„Meine Frau wird Ihnen gerne bestätigen, dass ich Zuhause war."

Kleber sah sein Gegenüber länger interessiert an.

„Durchaus aufschlussreich, Herr Bäumer. Ich habe Sie noch gar nicht gefragt, für welche Zeit Sie überhaupt ein Alibi benötigen", stellte Kleber mit fragendem Blick fest.

Sollte der Verhörte unsicher geworden sein, so war das zumindest an seiner Pokermiene nicht ablesbar. Er saß völlig unbeeindruckt auf dem Stuhl, keine nervösen Zuckungen, kein fliehender Blick, kein unruhiges rumgerutschte.

„Wie ich hörte, passierte es am Freitagabend. Zu dieser Zeit war ich Zuhause."

„Gibt es weitere, aus Ihrer Sicht, unwichtige Informationen, die Sie uns verschwiegen haben, Herr Bäumer?"

„Nein."

„Bis wann hatten Sie ein Verhältnis mit Ihrer Mitarbeiterin und wer beendete es?"

„Wir haben uns vor einem Jahr getrennt, ich wollte es so. Sie wurde mir zu anstrengend, wenn Sie wissen, was ich meine."

„Nein, Herr Bäumer, ich weiß nicht, was Sie meinen."

„Ich bin verheiratet, ich habe einen anstrengenden Job, da bleibt nicht viel Zeit für sonstige Vergnügungen. Laura forderte, dass wir mehr zusammen unternehmen. Dazu hatte ich weder Zeit noch Lust. Wir haben uns dann getrennt. Danach waren wir nur noch Arbeitskollegen. Das klappte reibungslos, völlig ohne Stress. Frau Brause war kein Kind von Traurigkeit. Es dauerte nicht lange und sie hatte einen Ersatz gefunden, was mir sehr Recht war. Alles war ok."

Heißer Feger!

„Können Sie mir sonst etwas über Frau Brause erzählen, das uns bei den Ermittlungen hilft?", setzte Kleber nach.

„Nein, wie gesagt, wenn Sie alle Männer unter Mordverdacht stellen, die mit Frau Brause ein Verhältnis hatten, empfehle ich Ihnen dringend, eine Aufstockung Ihres Teams zu beantragen."

Diesmal wusste Kleber, was er meinte.

„Was ist mit Frau Silberwald? Haben Sie Informationen, die uns weiterhelfen könnten?", fragte Kleber.

„Nicht wirklich. Wir haben uns einige Male in dem Förderverein für den Skulpturenweg getroffen, dem wir beide angehören beziehungsweise angehörten. Privat hatte ich keinen Kontakt zu Ihr."

„Haben Sie eine Vorstellung, wer eine so große Wut auf Frau Silberwald hatte, dass er sie an einem Kunstobjekt aufhängt?

Hat der Mord in Verbindung mit der Skulptur irgendeine Bedeutung, was meinen Sie?"

„Nein, da sehe ich keinen Zusammenhang. Das Kunstprojekt ist für die Stadt wichtig, aber andererseits nicht kriegsentscheidend. Für die Künstler ist es eine Plattform sich zu präsentieren, um ihre Kunst zu vermarkten, alles völlig legitim. Bei Frau Silberwald war es nicht anders. Sie versuchte ihr...", Christian Bäumer rümpfte verächtlich die Nase, „ihr Kunstwerk zu verkaufen."

Kleber war der Hintergrund für den Nasenrümpfer hinlänglich bekannt.

„Was hat es denn mit der Bürgerinitiative Emsaue auf sich? Ich habe gehört, hier gab es Streit?"

„Als Streitereien würde ich das nicht bezeichnen. Die Initiative erlaubt sich eine eigene Sicht der Dinge, die manchmal schwer nachvollziehbar ist.

Das war eher eine Diskussion mit der Stadtverwaltung, nicht mit den betroffenen Künstlern. Nein, dieser Disput hatte nichts mit Frau Silberwald zu tun. Darf ich jetzt gehen?"

Christian Bäumer, Leiter des Bauamtes und der Bürgermeister waren bisher die einzigen Personen, die beide Opfer kannten.

Sind das jetzt meine Hauptverdächtigen?

Neben Sebastian Bauernfeind?

Schiff ahoi!

Kalter, nasser Nebel lag über dem Hafen. Die passende Jahreszeit für die vor Anker liegenden Sportgeräte war noch nicht gekommen.

Nur auf einem Boot gab es erste vorsichtige Lebenszeichen.

Sebastian und Max waren seit den frühen Morgenstunden damit beschäftigt, das Boot für die Flucht vorzubereiten. So leichtsinnig der Besitzer mit dem Thema Schutz seines Eigentums umging, so fürsorglich hatte er das Boot – netterweise – winterfest gemacht.

Das Wichtigste: Der Tank war voll!

Der Eigner vermied damit Korrosionsschäden am Tank, unfreiwillig schaffte er gleichzeitig eine perfekte Ausgangslage für Sebastians Flucht.

Die leeren Wassertanks hingegen waren zu verschmerzen.

Max war es während der kalten Jahreszeit gewohnt, unter der Woche allein im Hafen zu sein. Lediglich am Wochenende hat sich der ein oder andere Eigentümer blicken lassen, um nach dem Rechten zu sehen. Heute Morgen gab es keinerlei Anzeichen, dass jemand ihr Treiben beobachtet.

Mit mulmigem Gefühl startete er den Motor.

Der ultimative Anwesenheitscheck!

Jetzt würde der Letzte im Hafen mitbekommen, dass hier etwas passiert. Er schaltete den Motor schnell wieder ab. Sofort legte sich nebelgetränkte Stille über das Wasser.

Sie warteten angespannt einige Minuten, dann waren sie sich sicher, dass die Hafenausfahrt zu keiner Menschenansammlung führen würde.

„So Seb, los geht's! Wir sehen uns in Marokko wieder", Max schloss seinen Freund in die Arme.

„Ich wäre gerne mitgekommen, ich muss nur noch einiges regeln. Aber ich komme in ein paar Tagen nach, ehrlich. Ich freue mich wahnsinnig auf unseren gemeinsamen Neuanfang. Wahrscheinlich bin ich aufgeregter als du. Vermassel nicht alles und lass dich nicht erwischen.

Wenn wir erst einmal in Marokko sind, verschlingt dich der afrikanische Kontinent auf nimmer Wiedersehen.

Seb, das passt definitiv besser zu uns als ein bürgerliches Leben auf dem Land, du wirst schon sehen. Wir beide! Wie in alten Zeiten!", Max strahlte Freude und Zuversicht aus, von der sich auch Sebastian anstecken ließ.

Max löste die Leinen, während er den Anlasser betätigte. Der Motor sprang sofort an und schnurrte wie ein Kätzchen.

Die Flucht begann!

Das Hausboot vom Anlieger ins freie Wasser zu manövrieren, war schwieriger als zunächst gedacht. Umständlich setzte Sebastian mit dem Boot mehrmals vor und zurück, bis sich das Schiff allmählich aus seiner Parkbucht heraus ins freie Wasser drehte.

Je länger er mit dem Steuerruder hantierte, desto mehr kamen die vergessen geglaubten Erinnerungen an den letzten Törn wieder zum Vorschein und seine Nervosität legte sich allmählich. Als er das Boot endlich in die richtige Startposition gebracht hatte, schaute er nochmal ans Ufer, von wo aus ihm sein Freund zuwinkte.

„Wir sehen uns auf afrikanischem Boden", rief er ihm zu. Entschlossen schob er den Gashebel nach vorne.

Jetzt nur nicht zu lange über alles nachdenken, sonst verlässt mich der Mut und ich gebe das waghalsige Unternehmen gleich hier auf der Stelle auf.

Ohne sich nochmal umzudrehen, beschleunigte er und fuhr langsam aus dem Hafenbereich.

„Mach`s gut, mein Freund. Du hast einen langen gefährlichen Weg vor dir. Ich hoffe, du schaffst es und wir starten zusammen in ein neues Leben", sagte Max leise, wobei Zweifel am Gelingen des Vorhabens aus seiner Sicht mehr als berechtigt waren.

Davon erzählte er Sebastian nichts, da er zum Gelingen der Flucht Optimismus und Zuversicht benötigte.

Die Probleme kämen schon von ganz alleine.

Tief in Gedanken sah er, wie das weiße Hecklicht sowie das rote und grüne Seitenlicht hinter der milchigen Nebelwand verschwanden. Langsam drehte er sich um und schlenderte nachdenklich zurück zum Hausboot.

Wann würde das Fehlen des Bootes auffallen?

Mit geringer Geschwindigkeit fuhr Sebastian den Seitenarm entlang, bis er bereits nach wenigen Augenblicken die Einmündung zum Kanal sah.

Nur das Tuckern des Dieselmotors war zu hören. Sonst nichts.

Nebelschwaden hingen über dem Wasser und verliehen der ganzen Aktion eine geheimnisvolle Atmosphäre. Als er in den Kanal einbog, hatte er das Gefühl, Boot und Gewässer mittlerweile völlig zu beherrschen. Das spiegelglatte Wasser erleichterte zudem seine Manöver.

Weit und breit war kein Schiff zu sehen.

„Es läuft", rief er frohgelaunt aus.

Aus Vorsichtsgründen hielt er sich in der Mitte des Fahrwassers, obwohl er wusste, dass auf dem Kanal das Rechtsfahrgebot galt. Wenn ihm ein Schiff entgegenkäme, würde er schnell nach rechts ausweichen. Von der lange zurückliegenden Regelkunde war noch bei ihm hängengeblieben, dass er flussaufwärts Vorfahrt hat. Es war nicht viel, was er behalten hat, aber er musste die nächsten Stunden damit auskommen. Es wird schon klappen, sprach er sich Mut zu.

Die Stille um ihn herum übte eine beruhigende Wirkung auf ihn aus. Die Anspannung fiel von ihm ab und er hatte erstmals die Ruhe, die aufwachende Natur entlang des Kanals wahrzunehmen.

Wiesen und Wälder lagen links und rechts des Wassers, umhüllt von milchigen Nebelschwaden.

Auf einer Wiese weideten Rinder und der Nebel gab lediglich die Sicht frei auf deren Köpfe. Es schien, als schwebten die Hörner schwerelos über die Weide, ohne Unterleib.

„Ich bin nicht auf einer Butterfahrt!"

„Jetzt konzentriere dich endlich wieder. Was sagte Max noch? Nach einigen Kilometern gilt es eine Schleuse zu passieren."

Sie hatten gestern Abend im Internet versucht herauszufinden, wie das Schleusen eigentlich funktioniert. Wenn sie alles richtig verstanden hatten, werden die Schleusen von einem Wärter bedient, der den gesamten Schleusungsvorgang regelt.

Was passiert, wenn dort Schiffe ebenfalls auf die Schleusung warten?

Dürfen mehrere Boote gleichzeitig in die Schleuse fahren oder nur einzeln?

Die Hebeanlage sollte zu dieser Zeit geöffnet sein, absolut sicher war er nicht. Er würde situativ entscheiden, was zu tun ist. Schon war es mit der inneren Ruhe vorbei, Sebastian rasten blitzartig Fragen durch den Kopf, auf die er keine Antworten fand.

So ein Mist! Auf was hatte er sich da eingelassen?

Leicht verunsichert fuhr er weiter den Kanal hoch, ohne dass er einen Blick für die verschlafene Landschaft hatte.

Nach einer Stunde Fahrt tauchte ein Hindernis mitten auf dem Fahrwasser auf. Wie aus dem Nichts.

Die Schleuse!

Er war ohnehin nicht schnell unterwegs, aber nun verlangsamte er die Fahrt nochmals, in der Hoffnung, dadurch mehr Zeit zum Überlegen zu gewinnen. Die Schleuse blockierte vollständig die Fahrrinne und wirkte bedrohlich und unüberwindbar, wie eine Staumauer.

Was war zu tun?

Gott sei Dank lichtete sich der Nebel, wodurch er die Umrisse des Hindernisses besser erkannte.

Als er näher an die Schleuse heranfuhr, sah er ein grünes Licht. Eine Ampel!

Ein weiteres Schiff war nicht zu sehen und das war offensichtlich das Zeichen für ihn in die Schleuse einzufahren. Als er näher kam, sah er die Öffnung in der Staumauer, die den Schiffen die Einfahrt in die Schleusenanlage ermöglicht. Mit gedrosseltem Tempo fuhr er in die Schleuse, in der innigen Hoffnung, nicht durch ein mögliches Fehlverhalten die Aufmerksamkeit des Schleusenwärters auf sich zu ziehen.

Direkt neben der Schleuse stand ein kleines Haus, ähnlich wie er es bei der Einfahrt in einen Bahnhof schon öfters gesehen hatte. In diesem Terminal muss der Wärter sitzen. Zu sehen war der Chef des Ganzen allerdings nicht.

Mitten in der Schleuse kam er zum Stehen. Was würde nun passieren? War irgendetwas zu erledigen? Er wusste lediglich, dass er das Boot mit dem Tau an einem Poller festzumachen hat. Bloß nicht das Tau fest verknoten, sonst gibt es bei ablaufendem Wasser eine böse Überraschung. An diese peinliche Aktion seinerzeit konnte er sich schwach erinnern.

Viel mehr wusste er nicht.

Höflichkeit kommt immer gut an, dachte er und streckte seinen Arm zum Fenster hinaus. Er winkte lächelnd in Richtung des Terminals, wo er den Wärter vermutete. Keine Reaktion. Eine gespenstische Ruhe breitet sich unverändert auf die Szenerie.

Seine Unruhe drohte in Hektik umzuschlagen.

Toll! Ich tappe gleich in die erste Falle. In diesem Moment fiel ihm ein, dass er nicht mal den Namen des Schiffs kannte, geschweige denn die Schiffskennzeichnung. Ich bin geliefert, bevor es überhaupt losgeht.

Plötzlich kam Bewegung in die Hebeanlage. Sein Herz schlug heftig vor Freude, als er sah, wie sich die Schleusentore, wie von magischer Hand gesteuert, langsam schlossen. Nachdem der Vorgang beendet war, realisierte Sebastian kurze Zeit später, dass der Wasserstand in dem künstlichen Wasserbecken anstieg.

Nach einer knappen halben Stunde öffneten sich die Tore vor ihm zur Fahrt in die neue Freiheit.

Er löste das Boot vom Poller und drückte den Gashebel voll durch. Das Boot schoss regelrecht in den vor ihm liegenden Kanal, zumindest fühlte es sich für ihn so an.

Unverändert gab es keine Lebenszeichen an Land und auf dem Wasser. Keine Polizeisirene war zu hören, aus keinem Megaphone dröhnte sein Name. Geschafft!

Beschwingt fuhr er weiter in Richtung Ruhrgebiet. Wenn die Polizei Straßenbarrieren aufgestellt hat, so lagen diese hinter ihm. Es war äußerst unwahrscheinlich, dass der Fahndungsbereich über die Grenzen von Münster hinausging.

Für so wichtig hielt er sich auch nicht.

Es war zudem beruhigend, dass er bis zu diesem Moment keine einzige Menschenseele auf seiner Flucht zu sehen bekam.

So fuhr er mehrere Stunden auf dem Kanal, ohne dass etwas Auffälliges geschah.

Die nachlassende Anspannung, gekoppelt mit dem monotonen Brummen des Dieselmotors ermüdete ihn. Eine kleine Pause wäre jetzt nicht übel.

Die größte Gefahr war gebannt und unter Zeitdruck stand er ebenfalls nicht. Bis Marokko war es weit, dennoch war er zuversichtlich, in zwei Wochen den vereinbarten Treffpunkt zu erreichen.

Hinweisschilder wiesen darauf hin, dass er sich kurz vor Lüdinghausen befand. Auf einer Brücke vor ihm überquerte soeben ein Zug den Kanal. In den Zügen würde die Polizei vergeblich nach ihm suchen, ebenso in Autos und Flugzeugen.

Stolz stellte er fest, dass sein Plan ausgesprochen clever war.

An der Zugüberführung angekommen, befestigte er das Boot unter der Brücke an einem Poller. Ein klug gewähltes Versteck. Selbst aus der Luft war er hier nicht zu orten.

Er gewann nach und nach das Gefühl, dass er sich mit den Herausforderungen weiterentwickelt.

Nachdem er eins der mitgenommenen Brote gegessen und ein kaltes Bier getrunken hatte, überkam ihn eine bleierne Müdigkeit. Ein kleines Nickerchen kann nicht schaden, dachte er und machte es sich in der Eckgarnitur gemütlich. Bevor sein Kopf das Kissen berührte, schlief er bereits.

Irgendetwas kitzelte an seiner Nase.

Er wachte auf, schläfrig öffnete er die Augen. Die Sonne war es, die schräg durch das Fenster hineinfiel. An der hellen Decke, direkt über ihm, tanzten die Lichtreflexe von der Wasseroberfläche draußen. Zufrieden drehte er sich noch einmal um. Leichte Wellen platschten sanft an den Rumpf des Bootes.

Die Bootsfahrt fing langsam an, Spaß zu machen. Nachdem er sich einen Kaffee aufgebrüht hatte, fühlte er sich frisch gestärkt für die vor ihm liegenden Abenteuer.

Er löste die Leinen und fuhr weiter.

Stunde um Stunde entfernte er sich von Greven, der Stadt, in der er gehofft hatte, Ruhe zu finden. Was mit Laura passiert war, übertraf seine Vorstellungskraft, unverändert. Es war unfassbar, egal wie lange er darüber nachdachte.

So fuhr er, tief in Gedanken versunken, immer weiter. Mittlerweile so routiniert, dass ihn der erste ihm entgegenkommende Lastenschlepper nicht aus der Ruhe brachte und er souverän an ihm vorbeifuhr.

Es dämmerte bereits, als er überlegte, wo er über Nacht festmachen konnte, ohne Aufmerksamkeit zu erwecken. Steuerbord entdeckte er ein Hinweisschild, das nach wenigen Metern einen Campingplatz ankündigte. Sollte der Zeltplatz für Naturbegeisterte genauso schwach belegt sein wie der kleine Yachthafen in Fuestrup, so käme ihm das sehr gelegen. Einen Versuch war es wert. Er steuerte auf eine Anlegestelle zu, hinter der sich Wohnwagen an Wohnwagen reihte.

Als das Boot ordentlich vertäut war, marschierte er auf ein größeres Gebäude zu, das offensichtlich der Mittelpunkt der Anlage war.

Nirgendwo brannte ein Licht. Welch ein Glück!

Um sich absolute Sicherheit zu verschaffen, marschierte er ein paar Meter weiter in Richtung der aufgereihten Wohnmobile, fand aber kein Anzeichen von Campern.

Als er zufrieden zum Boot zurückging, spürte er, wie hungrig er war. Mit dem Anlegeplatz war er äußerst zufrieden und er war sich sicher, nicht aufzufallen. Er aß ein Brot bei einer weiteren Flasche Bier. Nochmals durchdachte er den morgigen Plan in allen Details. Es wird auf jeden Fall ein aufregender Tag.

Im Bewusstsein, für den morgigen Tag bestens gerüstet zu sein, schlief er entspannt ein.

Der Wizard-Stammtisch fand sich, wie jeden Donnerstagabend, in einer gemütlichen Ecke der Kneipe ein.

Der Vorschlag, mal ein anderes Lokal auszuprobieren, wurde strikt von allen abgelehnt. Hier fühlte sich alle wohl: angenehmes Publikum, hervorragendes Essen, dezentes Stimmgewirr, sympathische Bedienung, ein zwangloses Miteinander.

…wo dich keiner fragt, was du hast oder bist, wo die Leute mit dem Pils in der Hand an der Theke stehen und gleich jeder mit jedem per du ist. Die kleine Kneipe an unserer Ecke…

„Jenny, eine Runde für die Jungs! Heute läuft`s!", Hühner-Harry legte beim letzten Stich die vierte Narrenkarte, so dass Double-Doc völlig unerwartet die Runde verlor. „Das gibt es doch nicht! Eine Frechheit!"

Nach einem kräftigen Schluck Bier, angereichert um einem Tresterbrand, war der Ärger schnell verflogen und der übliche Schwatz wurde fortgesetzt.

„Habt ihr das Theater um die Landwirtschaftsministerin aus Steinfurt verfolgt? Das ist nur peinlich, was sich unsere Politiker leisten", brachte Pumpe, dessen tatsächlichen Namen niemand kannte, ein neues Thema zur Diskussion.

Er leitete ein Unternehmen für Spezialmaschinen, insbesondere Pumpentechnik, was ausschlaggebend für seinen Spitznamen war.

Claus Bokelmann stimmte dem durch heftiges Kopfnicken zu. Vor zwei Jahren war er zur Stammtischrunde gestoßen, nachdem einem Spieler infolge langjähriger Inhaftierung die Spielberechtigung entzogen worden war.

Der vom scheinbar friedlichen Tischler begangene Doppelmord schlug seinerzeit hohe Wellen in Greven und sorgte für langanhaltende Diskussionen.

Als Pumpe seinen alten Freund Claus als Ersatzspieler vorschlug, stimmten alle am ersten gemeinsamen Kartenabend freudig zu. Claus Bokelmann war gesellig, stets frohgelaunt und unterhaltsam. Er passte perfekt zu der bierseligen Runde.

„Die Politikverdrossenheit in unserem Land kommt nicht von ungefähr, wenn du siehst, mit welch unfähigen Menschen Ämter besetzt werden."

„Geht ihr jetzt nicht zu weit? So kurz im Amt hatte ich eher den Eindruck, dass sie von Ihren politischen Gegnern systematisch abgekocht wurde", versucht Hühner-Harry, mit bürgerlichem Namen Heribert, Objektivität in das Gespräch einzubringen.

Hühner-Harry war ein erfolgreicher Rassegeflügelzüchter aus Nordwalde mit reichlich Erfahrung in der Aufzucht von Hühnern, aber, so wurde in der Runde gelegentlich angemerkt, wenig Ahnung von Politik.

„Ich denke, Mitleid ist das Letzte, was sie braucht!", erwiderte Pumpe, sichtlich um Haltung bemüht.

„Was ihr diskutiert, in allen Ehren, aber euch fehlt leider der intellektuelle Tiefgang", sagte Double-Doc und beugte sich etwas nach vorne.

Als Doktor der Physik und Chemie hatte er stillschweigend die Rolle des Besserwissers übernommen. Da er stets klug und humorvoll agierte, ergaben sich alle gerne in die Rolle des Zuhörers. Somit wussten alle, was nun folgen würde.

Alle lehnten sich, schicksalsergeben, in ihren Stühlen zurück.

Erfahrungsgemäß würde es länger dauern.

„Die Parteiendemokratie leidet unter zwei adversen Selektionen, oder wie man sagt, unter nachteiligen Auswahlkriterien für unsere Volksentscheider.

Wie soll ich euch Pappnasen das verständlich machen?

Also, auf dem Gebrauchtwagenmarkt wurde dies untersucht. Dabei wurde festgestellt, dass sich qualitativ höherwertige Autos gegenüber Fahrzeugen mit minderer Qualität nicht durchsetzen können.

Auf die Politik übertragen: Die Diäten der Bundestagsabgeordneten betragen das Doppelte bis Dreifache des Einkommens des Durchschnittsbürgers. Jeder der weniger verdient, hat einen natürlichen Anreiz, Politiker zu werden, jeder der mehr verdient nicht.

Löbliche ist die Ausnahme eines namhaften Manager von BlackRock. Aber der musste sich geradezu dafür entschuldigen, dass er, obwohl er blendend verdient, einen schlechter bezahlten Posten in der Politik anstrebt.

Das führt leider dazu, dass die besserverdienende Elite aus den politischen Entscheidungsstrukturen verdrängt wird. Es ist nicht korrekt, aber Fakt ist, dass es eine klare Korrelation zwischen Einkommen und Intelligenz gibt. Die höhere Intelligenz wird, was nachvollziehbar und logisch ist, zur Erzielung eines überdurchschnittlichen Einkommens eingesetzt.

Gerade dieser Personenkreis wäre für die Politik wichtig. Aber nein, fatalerweise werden die geistig minderbemittelten durch die Bezahlstruktur in die politischen Ämter gespült.

Die Intellektuellen bleiben in der Führung unseres Landes außen vor. F.J. Strauss, eine seltene Ausnahme in diesem Punkt, ließ sich einmal zu folgender Aussage hinreißen, wobei er genau diesen Personenschlag im Visier hatte:

Man muss sich die Gestalten nur ansehen!"

„Bist du jetzt endlich fertig mit deinem Vortrag?", versuchte Hühner-Harry dem Monolog ein Ende zu bereiten.

„Moment, nur schnell noch einen Satz, dann kann es weitergehen. Das zweite Problem ist das Listensystem. Jeder der Karriere machen will, ist gut beraten, der Parteiführung zu Willen zu sein.

Wer dagegen Rückgrat zeigt, wird abgestraft und bei der Vergabe von Posten nicht berücksichtigt. Das Fazit ist, dass durch die Bezahlstruktur sowie das Listensystem rückgratlose minderbemittelte Politiker Karriere machen.

So, habt ihr das verstanden?

Meiner Meinung nach bräuchten wir deutlich mehr Politiker, die Erfolge als Manager nachweisen können. Ob ich diesen Personenkreis persönlich mag oder nicht spielt keine Rolle. Aber eine intellektuelle Blutauffrischung würde unseren Politikern guttun.

So, ich habe fertig!"

„Was könnte die Situation verbessern? Geringere Bezahlung würde den Anreiz für die geistigen Tiefflieger reduzieren, oder?"

Claus begeisterte die These sichtlich.

Pumpe fand ebenfalls Gefallen an dem Gedanken: „Genau. Die gesamte Parteienlandschaft müsste sich gestandenen Persönlichkeiten aus Wirtschaft und Wissenschaft öffnen, nicht nur Lehrern und Beamten. Ich habe vor Kurzem gelesen, dass von den Abgeordneten fast 20% Beamte sind, während der Anteil der Beamten an der Zahl der Beschäftigten gerade mal 3% beträgt, also deutlich überrepräsentiert sind. Genau in dem beamtenhaften Denken unserer Politiker liegt das Problem. Du hast völlig Recht, Double-Doc!"

Die Begeisterung stand Claus ins Gesicht geschrieben. „Ihr habt beide absolut recht.

Mein Vorschlag: Gesteuert über die Listenplätze, sollte eine festgelegte Quote an Wissenschaftlern und Unternehmern politische Ämter übernehmen, damit es endlich mal ein Ende hat mit dem überbordenden Verwaltungsdenken."

Double-Doc freute sich sichtlich über die positive Resonanz in der Runde: „Wenn ich vor diesem Hintergrund höre, dass im Bundestag über eine Frauenquote in der Politik nachgedacht wird, denke ich, dass das der falsche Ansatz ist. Nichts gegen Frauen, ganz im Gegenteil, aber niemand wird ernsthaft behaupten, dass Frauen die besseren Politiker sind.

Was brächte das an qualitativer Verbesserung?

Nichts. Reiner Populismus, pure Klientelpolitik!

Das ist planwirtschaftliches Gedankengut, wozu das führt, wissen wir. Mit dem gleichen Recht wäre eine Quote für Linkshänder vertretbar.

Die Politik hat sicherzustellen, dass die üblichen Marktmechanismen auch in der Politik funktionieren", es hörte sich an wie das Schlusswort von Double-Doc. Seine Körperspannung, sein energischer Blick, die Anspannung löste sich. Sein freundliches und sympathisches Lächeln kehrte zurück.

„Jenny, bring uns doch bitte eine Runde Grappa. Wir haben mal wieder ein Weltproblem gelöst. Das muss gefeiert werden", sagte Pumpe in Richtung Theke.

Der weitere Abend verlief, wie üblich, in ausgelassener Atmosphäre. Zu fortgesetzter Stunde verließ die Runde das Lokal, lediglich Pumpe und Claus blieben ein paar Minuten länger vor der Tür stehen.

„Pumpe, was ist bloß in Greven los? Erst Laura, jetzt die Silberwald? Hast du eine Erklärung dafür?", fragte Claus.

Beide ermordeten Frauen waren ihnen persönlich bestens bekannt. Im Rathaus gingen die Unternehmer ein und aus.

Sie lebten mit und von der boomenden Baukonjunktur in Greven. Aus nicht selbstlosen Gründen waren sie dem Förderkreis für das Deichprojekt beigetreten und engagierten sich als Sponsoren.

Bestens angelegtes Geld, selbst für Kunstbanausen.

„Um die Silberwald ist es ja nicht schade, die war ohnehin verrückt. Aber Laura, welch ein Verlust. Sie war ein Rasseweib", in Pumpes Stimme klang echte Trauer mit.

„In der Tat. Laura war eine raffinierte Mischung aus Brandstifter und Feuermelder. So ein verdammter Mist, alles klappte mit ihr angenehm und reibungslos. Jetzt baue ich mir mühsam wieder eine tragfähige Connection zum Nachfolger auf. Das kostet Zeit und Geld."

Die Frage, wer ihm das alles bezahlen würde, stellte er gar nicht erst.

„Die Laura war ja ganz wild hinter unserem Schönling her. Christian erzählte mir mal, dass es wirklich nett mit ihr sei, aber dass sie zu anhänglich war.

Er wurde sie einfach nicht mehr los.

Mit seiner Frau bekam er wegen der ständigen Affären regelmäßig Stress, wie er mir im Vertrauen erzählte. Jetzt ist Laura tot, erwürgt. Traust du Ihm so etwas zu, unserem Christian?"

Pumpe sah seinen Freund fragend an.

Der zuckte mit den Schultern. „Woher soll ich das wissen? Aber im Kern eher nicht, aus all seinen anderen Liebeleien hat er sich immer elegant rausgemogelt.

Der belatscherte die Frauen so lange, bis Ihm alle aus der Hand fressen. Nein. Und außerdem beendete er das Verhältnis schon vor langer Zeit. Das ergibt wenig Sinn. Zuletzt war sie angeblich mit so einem Alternativen zusammen. Ist sie eventuell an einen Psychopathen geraten? Wer weiß das schon. Du siehst den Leuten nur vor den Kopf!"

Dass er am Todestag in der Wohnung von Laura war, erwähnte Claus selbst gegenüber seinem Freund besser nicht.

„Was ist mit der alten Silberwald passiert? Liebe kann da unmöglich im Spiel gewesen sein."

Unpassenderweise schmunzelte Claus.

Die Gedanken von Pumpe bewegten sich in die gleiche Richtung, wie er durch kurzes Nicken zu erkennen gab. Als beide sich ihres taktlosen Verhaltens bewusst wurden, sahen sie verschämt zu Boden.

„Die Silberwald habe ich kennengelernt, als sie vor Jahren für ein Architekturbüro am Niederort gearbeitet hat. Unattraktiv war sie schon damals, aber sie war eine durchaus gute Sachbearbeiterin, mit der ich irgendwie zurechtkam", schwelgte Claus in alten Erinnerungen.

„Zu der verrückten Künstlerin kann ich denkbar wenig sagen. Ich habe sie nur aus der Entfernung bei einigen Gelegenheiten gesehen, mehr nicht. Ihren Chef kenne ich besser. Ist jetzt auch egal, sie ist tot. Ich habe keine Ahnung, was in diesem verträumten Greven auf einmal los ist", sagte Pumpe mit grimmiger Miene.

„So leid es mir um die Frauen tut, viel schlimmer ist, dass die Polizei so lange rumschnüffeln wird, bis sie etwas gefunden haben. Dabei werden sie jede Menge Dreck aufwirbeln, sehr viel Dreck!

Wir sind beide, denke ich, gut beraten, in nächster Zeit einen großen Bogen um das Rathaus zu machen. Ich für meinen Teil werde alle weiteren Projekte auf Eis legen und warten, bis wieder Gras über die Sache gewachsen ist. Ich weiß, wie so etwas läuft, das kann ich dir sagen.

Vor ein paar Jahren gab es schon einmal einen mysteriösen Mord in Greven. Mit dem alten Kiffermann, dem Vater von Holger, mussten wir seinerzeit höllisch aufpassen, dass wir mit unseren Geschäften nicht in den Fokus der Ermittlungen gerieten. Obwohl wir gar nichts mit den damaligen Morden zu schaffen hatten.

Der Platz des Mörders in unserer Wizard-Runde wurde frei und du bist an seine Stelle getreten. Schon vergessen?"

Claus hatte dies tatsächlich total verdrängt. Natürlich wurde er seinerzeit über die Geschehnisse detailliert informiert. Für was hat man sonst einen Stammtisch? Er erinnerte sich wieder, dass sie zwei Abende kaum zum Kartenspielen kamen, so intensiv wurden die Morde diskutiert. Es war letztlich nur eine spannende Geschichte, die ihn nicht persönlich betraf.

Pumpe hatte völlig Recht. In der aktuellen Situation war es äußerst ratsam, nicht aufzufallen oder gar das Interesse der Polizei zu wecken.

Schlagartig wurde ihm bewusst, dass er unter Umständen einen weiteren Fehler begangen hatte. Warum hatte er das Gespräch mit Pumpe nicht einen Tag früher geführt, dann hätte er sich anders entschieden.

Jetzt war es zu spät. Da war nichts mehr zu ändern.

Die Würfel waren gefallen!

„Was ist los, Claus? Du siehst so nachdenklich aus", fragte Pumpe, dem die Veränderung bei seinem Freund auffiel.

„Alles im Lot."

„Soll ich dich nach Hause fahren?", fragte Pumpe, der, obwohl er nur wenige Meter zu laufen hatte, sich nach jedem Kneipenbesuch hinters Steuer setzte.

„Nein, lass mal. Ich gehe zu Fuß, da habe ich Zeit zum Nachdenken."

Sie verabschiedeten sich wortlos und nahmen sich freundschaftlich in die Arme, bevor sich Pumpe in Richtung seines Wagens in Bewegung setzte, der unübersehbar in der Seitenstraße vor der Kneipe stand.

Als Claus loslief, wurde er nach wenigen Metern von dem röhrenden Ferrari überholt. Er war tief in Gedanken versunken und nahm das Spektakel daher nicht wahr.

Er hat schwere Fehler begangen. Der eine war nicht mehr gutzumachen. Den anderen musste er dringend mit Barfuß-Krause besprechen, bevor er morgen der Polizei gegenübertritt.

Freitag, 2. März 2018

„Hallo, Herr Bokelmann, schön das Sie Zeit für uns haben", begrüßte ihn Kleber.

„Meine Kollegin Frau Jäger", die den Besuch ebenfalls mit einem freundlichen Lächeln begrüßte.

„Wir wissen, dass Sie am Freitag, also dem Tag, an dem Frau Brause ermordet wurde, vor ihrem Haus gesehen wurden. Was hat Sie dort hingeführt?"

Der Befragte war etwa in seinem Alter und wirkte auf den ersten Blick sympathisch, dachte Kleber.

„Wir hatten in einem Haus Probleme mit der Heizung. Um die eigentliche Reparatur kümmerte sich der Hausmeister. Wenn in dieser kalten Jahreszeit die Heizung ausfällt, ist das ein konfliktgeladenes Thema. Niemand sitzt gerne frierend in seiner Wohnung. Damit sich gar nicht erst großer Unwillen aufschaukelt, nehme ich in solchen Fällen sofort Kontakt mit den betroffenen Mietern auf. Ich bitte um Verständnis, versuche zu schlichten. Bei dieser Gelegenheit habe ich in den Nachbarhäusern die Mieter angesprochen, ob mit ihrer Heizung alles in Ordnung ist. Gott sei Dank, war nur eine Anlage ausgefallen, so dass ich die Siedlung gegen Mittag verließ."

„Waren Sie in der Wohnung von Frau Brause?"

Ich versuchte, Mieter in ihrem Haus zu erreichen. Sie war aber nicht da.

„Kennen Sie Frau Brause persönlich?"

„Ja, natürlich. Ich habe eine Immobilien- und Verwaltungsgesellschaft in Greven. Dadurch ergeben sich Kontakt zum Bauamt und damit automatisch auch zu Frau Brause."

„Wenn Sie Frau Brause über viele Jahre kannten, können Sie mir sicherlich etwas zu ihrer Person sagen. Hatte sie Schwierigkeiten oder Probleme, gab es Streit?"

„Ich fürchte, da kann ich Ihnen nicht weiterhelfen. Wir haben immer problemlos und harmonisch mit ihr zusammengearbeitet.

Sie war eine sympathische Frau, die meines Wissens nach, keine Feinde hatte. Überall...", Claus Bokelmann wurde abrupt unterbrochen.

„...und überall gut ankam, stimmt`s?", vollendete Kleber treffsicher den Satz.

Sichtlich irritiert stimmte Claus Bokelmann zu: „Ganz genau."

Warum wird eine allseits beliebte Frau brutal ermordet? Lag das Motiv in ihrem Verhalten begründet, allen gefallen zu wollen?

„Herr Bokelmann, hatten Sie mit Frau Brause ein Verhältnis?", Kleber schaltete den Angriffsmodus ein.

Der Befragte sah den Kommissar verblüfft an. Dann schüttelte er heftig den Kopf: „Natürlich nicht. Wie kommen Sie darauf? Ich finde ihre Frage unverschämt, wenn ich das so sagen darf", die Entrüstung wirkte glaubhaft.

„Sie dürfen. Dennoch frage ich erneut: Hatten Sie mit Frau Brause eine Beziehung?"

Claus Bokelmann rutsche unruhig auf dem Stuhl rum, sagte aber nichts. Offensichtlich beabsichtigte er, das Problem auszusitzen.

„Finden Sie es nicht eigenartig, dass die Mitarbeiterin im Bauamt, die für die Genehmigung ihrer Bauanträge zuständig ist, gleichzeitig ihre Mieterin ist? Ausgerechnet an ihrem Todestag, tauchen Sie vor ihrem Haus auf?

Reichlich viele Zufälle, finden Sie nicht?"

Kleber lehnte sich in seinem Stuhl zurück und wartete geduldig auf Reaktionen. Wie zwei Schachspieler saßen sich beide schweigend gegenüber.

Einer taktierte den anderen.

Lässig zog Kleber den Ärmel der Anzugjacke gerade, obwohl es nichts zu begradigen gab. Seine Hände lagen ruhig ineinander verschränkt auf dem Tisch. Alles saß perfekt, angefangen von dem modischen Haarschnitt über den eleganten Anzug bis hin zu den Manschettenknöpfen. Geradezu gelangweilt sah er sich im Verhörraum um. So, als müsse er irgendwie die Zeit überbrücken, bevor es weiterging.

Der Verwalter räusperte sich, sein fahriger Blick wanderte hilfesuchend durch den Raum. Da Ramona es ihrem Chef gleichtat, saßen ihm zwei Pokerspieler vis-a-vis, die gebannt auf seine Antwort warteten und ihn anstarrten.

Nach einer gefühlten Ewigkeit gab er den Kampf auf.

„Ja, wir hatten vor langer Zeit ein Verhältnis. Wir trafen uns regelmäßig aus geschäftlichen Gründen, manchmal habe ich sie zum Essen eingeladen. Irgendwann ist es dann passiert. Ganz ohne Berechnung, wie Sie mir womöglich unterstellen. Da gab es keine Bevorzugung bei den Anträgen, nur weil wir ein Paar waren. Das hielt Laura fein säuberlich auseinander. Ich hätte es gar nicht gewollt. Irgendwann war es wieder zu Ende. Wir waren seitdem gute Freunde, mehr nicht."

„Am Freitag betraten Sie nicht ihre Wohnung?"

„Das sagte ich doch!"

„Wann waren Sie zuletzt in der Wohnung von Frau Brause, Herr Bokelmann?"

„Das weiß ich nicht mehr. Unser Verhältnis endete vor vielen Jahren. In der Zeit danach kam es gelegentlich vor, dass ich ihr fehlende Unterlagen zu den Bauanträgen Zuhause vorbeibrachte, wenn es mal eilig war. Vermutlich letztes Jahr im November oder Dezember, so genau weiß ich das nicht mehr."

„Gab es Gefälligkeiten seitens Frau Brause, die Ihnen das Leben, wie soll ich sagen, als Bauherr ein wenig erleichterten?"

„Selbstverständlich nicht! Wo denken Sie hin?"

„Haben Sie eine Idee, wer dermaßen wütend auf Frau Brause war, dass er sie brutal ermordete?"

Warum war der Verwalter nur so nervös? Anfangs wirkte er wie ein Geschäftsmann, den nichts aus der Bahn warf. Im Laufe des Verhörs verlor er immer mehr an Souveränität. Was war der Grund?

Hatte er etwas zu verbergen?

„Dass Frau Brause in einer Ihrer Wohnungen lebte, war sicherlich auch ein völlig normaler Vorgang für Sie. Habe ich Recht?"

„Ich verstehe nicht, was Sie mir unterstellen. Ich verwalte mehrere hundert Wohnungen in Greven. Da war es leicht für mich, ihr bei der Wohnungssuche behilflich zu sein. Ist das jetzt etwa auch schon strafbar?"

Die zeitweilig verloren gegangene Kampfkraft kehrte zurück.

„Ich gehe jetzt", mit diesen Worten erhob er sich vom Stuhl.

„Kannten Sie Frau Silberwald, Herr Bokelmann?", fragte Ramona, die bisher das Verhör schweigend verfolgt hatte.

„Ja, flüchtig. Wir engagierten uns beide in dem Grevener Kunstprojekt. Einige Male trafen wir uns bei Projektbesprechungen. Ansonsten hatte ich zu ihr keine Berührungspunkte. Nein, ich hatte kein Verhältnis mit ihr und eine Wohnung habe ich ihr auch nicht besorgt, falls Sie das fragen wollten. War es das jetzt endlich?", durch sein Verhalten signalisierte er unzweifelhaft, dass es sich nicht um eine Frage handelt, die einer Antwort bedurfte.

Dass er Sieglinde Silberwald aus früheren Zeiten kannte, musste an dieser Stelle ja nicht weiter breitgetreten werden. Oder?

„Wo waren Sie letzten Sonntag zwischen sieben und acht Uhr?", fragte Ramona.

„Im Bett. Zusammen mit meiner Frau."

Wortlos verließ er den Verhörraum.

Beide Polizisten ließen das Gespräch einige Augenblicke auf sich wirken. Jeder hing seinen Gedanken nach.

„Ramona, lass doch bitte prüfen, was diesen Verwalter gegebenenfalls mit den Opfern verbindet. Die sollen jeden Stein umgraben. Ich habe große Zweifel, ob wir mit dem Bauernfeind den Richtigen im Visier haben."

Ramona nickte zustimmend und fasste die Ergebnisse auf ihre eigene Art zusammen: „Es wird eine Mitarbeiterin vom Bauamt und eine Künstlerin ermordet.

Nach jetzigem Ermittlungsstand kennen wir vier Personen, die Kontakt zu beiden Opfern hatten, die unterschiedlicher nicht sein könnten.

Der Bürgermeister, sein Mitarbeiter, der das Bauamt leitet, ein Verwalter, der wiederum mit dem Bürgermeister und dem Bauamtsleiter irgendwelche Geschäfte macht, sowie ihr Freund.

Drei davon hatten ein Verhältnis mit Frau Brause. Warum nicht auch der Bürgermeister? Vielleicht wäre es ratsam, nicht nur den Bauernfeind, sondern auch die anderen drei Gestalten ins Kreuzverhör zu nehmen."

Obwohl möglicherweise scherzhaft von seiner Assistentin formuliert, realisierte Kleber, dass dieser Vorschlag – auch nach längerem Überlegen – gar kein so schlechter Gedanke war.

Der Leiter des Bauamtes hatte schon Recht. Wenn wir jeden, der mit Frau Brause irgendwann einmal ein Verhältnis hatte, als potenziellen Täter einstufen, sollte ich bei Schröder eine Teamaufstockung beantragen.

„Ramona, haben wir den Bauernfeind immer noch nicht zu fassen bekommen? Wo ist der bloß untergetaucht?", wechselte Kleber das Thema.

„Chef, leider nichts Neues."

„So geht das nicht weiter", und donnerte mit der flachen Hand auf den Tisch. Kleber sprang auf. Nervös und gereizt lief er im Raum umher. „Untersuche bitte nochmal sein gesamtes Umfeld nach Anhaltspunkten für einen Unterschlupf. Irgendwo muss sich der Bauernfeind versteckt halten!

Freunde, Nachbarn, Arbeitskollegen. Irgendwo muss er untergekrochen sein. Weit kann er nicht gekommen sein, also hat er höchstwahrscheinlich in der Nähe von Greven ein Versteck gefunden.

Mach dem ganzen Laden Feuer unter dem Hintern! Ich verlasse mich auf dich", sagte Kleber.

Ramona spürte, dass auch unter ihrem eigenen Hintern ein Feuer zu lodern anfing.

„Man muss auch delegieren können, Chef. Alles klar, wird erledigt", erwiderte seine Assistentin mit einem Augenzwinkern, in der Hoffnung die Stimmung etwas aufzuhellen.

Kleber nickte zufrieden, dennoch verflog der Unmut über den Ermittlungsstand nur langsam.

An ihrem Schreibtisch angekommen, rief sie die Einsatzleitung an und ließ sich den Ermittlungsstand mitteilen.

Unverändert gab es keine Hinweise auf den Gesuchten. Wo hat er sich nur versteckt? Wer stand ihm so nah, dass er ihm helfen würde, sich vor der Polizei zu verbergen?

Zunächst rief sie bei seinem Arbeitgeber an und ließ sich mit dem Geschäftsführer verbinden. Der war stinksauer, dass ihn Sebastian Bauernfeind im Stich gelassen hatte. Wo er sich versteckt halten könnte, wusste er nicht. Er vermittelte am Telefon nicht den Eindruck, dass sich beide persönlich nahestanden und er bereit gewesen wäre, ihm bei der Flucht zu helfen.

„Ach ja, er erzählte einmal etwas von einem Freund, den er aus früheren gemeinsamen Zeiten im Ausland kennt. Max heißt der. Er arbeitet in Greven irgendwo als Koch. Genaueres weiß ich nicht."

„Max, sagten Sie. Und wie weiter?"

„Keine Ahnung. Sie sind doch bei der Polizei."

„Vielen Dank. Wir kommen alleine zurecht."

Die nächste Stunde verbrachte Ramona damit, alle Restaurants in Greven und Umgebung abzuklappern.

Bei einem Landgasthof unweit von der Innenstadt entfernt, war ihr das Glück endlich hold.

„Ja, bei uns arbeitet ein Max als Koch. Was hat er denn ausgefressen?", fragte der Chef des Restaurants.

„Keine Sorge, gar nichts. Machen Sie sich keine Gedanken. Ich habe nur ein paar Fragen an ihn. Wie erreiche ich ihn am besten?"

„Er kommt erst heute Abend ins Restaurant. Ich gebe Ihnen gerne seine Handynummer. Sein Name ist Max Zirbel."

„Das ist sehr nett von Ihnen. Vielen Dank und einen schönen Tag noch."

Ramona griff sofort zum Hörer.

„Spreche ich mit Herrn Zirbel?"

„Ja, wer ist da?"

„Mein Name ist Ramona Jäger von der Mordkommission in Münster.

Kennen Sie Herrn Sebastian Bauernfeind?"

„Ja, was ist mit ihm?"

„Wo finden wir ihn?"

Ramona glaubte, ein kaum wahrnehmbares Schnaufen zu hören, bevor er nach einigen Sekunden sagte: „Keine Ahnung, woher soll ich das wissen."

Max Zirbel schwieg, nur sein Atem war zu hören. Keine weiteren Fragen, keine sonstige Reaktion. Er schien einfach abzuwarten, was passiert.

Eigenartig und sonderbar zurückhaltend für einen guten Freund, dachte Ramona.

Ich an seiner Stelle hätte jede Menge Fragen an die Polizei.

„Wo halten Sie sich derzeit auf, Herr Zirbel?"

„Warum wollen Sie das wissen?", fragte er verunsichert.

„Wo sind Sie jetzt? Herr Zirbel, ich weise Sie darauf hin, dass wir in einem Mordfall ermitteln. Also nochmal. Wo befinden Sie sich im Moment?"

Wieder keine Reaktion.

Dann antwortete der Koch zögerlich: „Auf einem Boot."

„Wo genau liegt dieses Boot?"

Ramona hatte Mühe, Ruhe zu bewahren.

„In dem Yachthafen Marina Alte Fahrt in Fuestrup. Ich gehe gleich zur Arbeit. Im Augenblick passt es mir gar nicht und…"

„Herr Zirbel. Sie bleiben, wo Sie sind. Ich bin in einer viertel Stunde bei Ihnen. Und, Herr Zirbel, ich meine es genauso, wie ich es sage. Bleiben Sie auf dem Boot, ansonsten bekommen Sie eine gehörige Portion Ärger mit der Polizei. Haben wir uns verstanden?"

„Ok, ich warte hier auf Sie", antwortete er, offensichtlich von ihrer taffen Art beeindruckt.

„Kurt, ich glaube, du kommst besser mit", sagte Ramona, als sie in seinem Büro angekommen war. „Es gibt eine Spur und ich, als Arbeitsbiene, würde gerne auf deine höher bezahlte Weitsicht zurückgreifen."

Als sie in dem Hafen ankamen, wartete ein Mann am Anleger. „Danke, dass Sie auf uns gewartet haben", begrüßte Ramona versöhnlich den jungen Mann.

„Mein Name ist Kleber, Hauptkommissar aus Münster. Herr Zirbel, ich komme gleich zur Sache. Wir haben zwei Morde in Greven aufzuklären. In dem Zusammenhang müssen wir dringend mit ihrem Freund Sebastian sprechen. Wir haben keine Zeit zu verlieren, demzufolge haben wir so gar kein Verständnis für irgendwelche Spielchen. Habe ich mich klar und verständlich ausgedrückt?"

Der Angesprochene nickte zaghaft.

„Wo finden wir ihren Freund?"

Max Zirbel sah die Polizisten schweigend mit düsterem Blick an.

Sie hatten sich beide auf die gemeinsame Zukunft gefreut. Wieder ein freies, unbeschwertes Leben zu führen. War der neue Lebensabschnitt zu Ende, bevor er angefangen hat? War die Situation noch zu retten?

Aber wie müsste er sich dann jetzt verhalten? Es dämmerte ihm allmählich, dass er sich und Sebastian nur weiter in den Schlamassel reiten würde, wenn er weiterhin den Unwissenden mimte. Es war zu befürchten, dass die aufkommende Unsicherheit in seinem Gesicht abzulesen war. Offenbar las der Kommissar wie in einem offenen Buch seine Gedanken.

„Herr Zirbel, Ihren Freund zu schützen in allen Ehren, aber glauben Sie nicht, dass es besser ist, einzusehen wenn das Spiel vorbei ist?", fragte Kleber einfühlsam.

Erneut nickte Max Zirbel, die Verteidigungslinie war durchbrochen.

Das macht mein Chef recht ordentlich, dachte Ramona.

„Sebastian ist seit gestern mit einem Hausboot auf dem Kanal unterwegs, Richtung Ruhrgebiet", antwortete er leise.

Sein schlechtes Gewissen gegenüber seinem Freund belastete ihn spürbar.

„Das darf ja wohl nicht wahr sein!", brach es aus Kleber hervor.

Ramona ging sofort die Frage durch den Kopf, ob bei einer Fahndung automatisch auch die Schifffahrtswege kontrolliert werden. Sie würde das nachher noch mit der Einsatzleitung besprechen.

„Haben Sie Ihm ihr Boot für die Flucht zur Verfügung gestellt?"

„Nein, ein Boot im Hafen war nicht abgeschlossen und der Zündschlüssel lag offen herum. Der Besitzer hat sich schon viele Wochen nicht um das Boot gekümmert. Da dachten wir, es würde so schnell nicht auffallen, wenn Sebastian damit flieht", erwiderte Max Zirbel.

Na bravo! Von den beiden konnten selbst die erfahrenen Polizisten noch einiges lernen.

Der frühe Vogel fängt den Wurm.

Sebastian fühlte sich ausgeschlafen und voller Tatendrang. Vorsichtig schob er die Gardine an die Seite und sah nach draußen. Über dem Campingplatz lag unverändert eine Ruhe wie auf einem Friedhof. Auf dem Weg entlang des Kanals war ebenfalls keine Menschenseele zu sehen.

In der Nacht war es empfindlich kalt geworden und die ersten Sonnenstrahlen des Tages brachten kaum Wärme mit sich. Echtes Frühlingsfeeling würde heute nicht aufkommen. In den nächsten Tagen sollten die Temperaturen jedoch kräftig ansteigen.

Er kochte sich einen Kaffee und aß das letzte mitgebrachte Hasenbrot.

Weitere Reisevorbereitungen waren nicht nötig, nach wenigen Minuten war er startklar. Der Motor sprang bei der ersten Umdrehung des Zündschlüssels problemlos an. Das mittlerweile vertraut gewordene Nageln und Scheppern des Diesels war wie ein Zeichen für den Aufbruch vergleichbar mit dem Schwenken der Zielflagge in der Formel 1.

Nicht ganz so rasant nahm das Hausboot allmählich Fahrt auf. Er fühlte sich prächtig. Es läuft!

Auf der Backbordseite erweckte ein Hinweisschild seine Aufmerksamkeit.

„Schlepperfreunde Olfen" war dort zu lesen. Waren die Schlepperbanden mittlerweile in der Mitte der Gesellschaft angekommen? Machen sie es sich schon in einem eigenen Vereinsheim gemütlich? Es musste eine andere Erklärung geben, die ihm spontan nicht einfallen wollte.

Das Leben fühlte sich herrlich an. Lässig, mit einem Pot Kaffee in der Hand, steuerte er wie ein erfahrener Seebär das Schiff über den Kanal. Nach einigen

Minuten sah er ein weiteres Hinweisschild: Kanalbrücke, Lippe neue Fahrt.

Davon erzählte Max am letzten Abend. An dieser Stelle überquert der Dortmund-Ems-Kanal die Lippe. Spätestens hier musste er sich vorbereiten, das Schiff zu verlassen. Nach einigen hundert Metern mündet der Wesel-Datteln-Kanal in den Dortmund-Ems-Kanal und an dieser Kreuzung der Wasserstraßen lag Datteln, sein Zielort.

Von hier aus wollte er zu Fuß weiter.

Aber erstmal brauchte er einen Ankerplatz für das Boot, ohne aufzufallen. Wichtig war, dass er genügend Zeit hatte, sich sicher und unerkannt vom Kanal zu entfernen. Wenn das herrenlose Boot im Laufe des Tages entdeckt werden sollte, musste er idealerweise möglichst weit vom Kanal entfernt sein, um seine Spuren bestmöglich zu verwischen.

Er hoffte, dass das verlassene Boot nicht sofort mit seiner Flucht in Verbindung gebracht wird, so dass die Polizei ihm nicht so schnell auf die Schliche kommt.

Vor ihm tauchte plötzlich ein Boot auf, das sich mit voller Kraft näherte. Wo kam das Boot so schnell her? Es tauchte wie aus dem nichts auf!

Es war ein kleines, schnittiges Boot, das über das Wasser zu fliegen schien, deutlich schneller als sein träges Hausboot. Der Rumpf des Bootes war blau, in einer Farbe gestrichen, wie er sie nur von Polizeiautos kannte.

Als das Boot näher kam, entzifferte er die Beschriftung.

Blitzschnell erloschen die letzten Zweifel.

Bisher lief doch alles perfekt und niemand nahm vom ihm Notiz. Wie war das nur möglich?

Mit versteinerter Mine sah er den Mann, der lässig am Bug stand.

Mit einer Hand hielt er sich an einem Tau fest, mit der anderen winkte er ihm freundlich zu.

Man kennt sich halt.

„So, Herr Bauernfeind, bezüglich Ihrer Flucht haben Sie sich wirklich was Nettes einfallen lassen. Fasst wäre ich geneigt zu sagen: Kompliment!"

Kleber erinnerte sich an die Fluchtversuche des Verdächtigen in seinem letzten Fall vor drei Jahren in Greven. Erst war er der vom Täter gelegten falschen Fährte auf den Leim gegangen und auch bei der Flucht des Täters nach Indien hatte er den Kürzeren gezogen. Diese Wunde schmerzte ihn auch noch nach Jahren.

„Da Sie heute, anders als am Montag, nicht als Zeuge befragt werden, sondern des Mordes angeklagt sind, ist keine Zeit für Lobhudeleien. Dann erzählen Sie mal, was heute vor einer Woche in der Wohnung Ihrer Freundin tatsächlich vorgefallen ist."

Sebastian Bauernfeind riss vor Schreck die Augen weit auf, erhob sich von seinem Stuhl und schrie den Kommissar an. „Was erzählen Sie denn da für einen Blödsinn! Ich habe ihnen doch genau erzählt, wie es war. Wozu denn jetzt dieses stumpfsinnige Gelaber?"

„Hinsetzen!", sagte Kleber in aller Ruhe.

„Sie haben mir gar nichts zu sagen! Wollen Sie mir den Mord an meiner Freundin unterschieben? Dass ich nicht lache!"

„Hinsetzen oder ich lass Ihnen Handschellen anlegen. Noch haben Sie die Wahl."

Die unverändert korrekte Haltung des Kommissars, seine Ruhe und Souveränität irritierte ihn.

Der meint es offensichtlich erst. Nach kurzem Zögern nahm er wieder auf seinem Stuhl Platz.

„Hören Sie Herr Kommissar, jetzt mal im Ernst. Als ich die Wohnung am Freitag verließ, lebte Laura. Das schwöre ich! Ich dachte, dass Sie mich...", abrupt stoppte der Redefluss.

„Was dachten Sie denn, Herr Bauernfeind? Ich höre."

„Also...", stammelte Sebastian Bauernfeind, dabei versuchte er dem forschenden Blick des Polizisten zu entgehen.

War es möglich, dass der Bulle gar nichts von seiner Erpressung des Bauamtsleiters wusste? Warum sonst, stand vor zwei Tagen der Polizeiwagen vor seiner Tür? Warum suchte ihn die Polizei Zuhause auf? Sebastian verstand gar nichts mehr.

In was bin ich da hineingeraten!

„Nun, Herr Bauernfeind, ich höre. Damit erst gar keine Missverständnisse aufkommen. Die einzige Chance, die Ihnen bleibt, ist jetzt und hier die Wahrheit zu sagen. Glauben Sie nicht, dass Sie mit wilden Fabelgeschichten hier rauskommen.

Der Oberstaatsanwalt wird Sie mit Hochgenuss des Mordes an Ihrer Freundin anklagen. Des Weiteren ist vorstellbar, dass er nichts dagegen hätte, den zweiten Mord an der Künstlerin Frau Silberwald in einem Aufwasch zu erledigen."

Das war nicht einmal eine Übertreibung!

„Moment mal! Was passiert hier gerade? Jetzt schieben Sie mir auch den Mord an der alten Schrulle unter?", Sebastian Bauernfeind war sichtlich erschüttert.

„Das gibt es doch gar nicht!"

Der Bulle und seine gutaussehende Streetworkerin waren nicht unsympathisch. Dennoch ließen sie keinen Zweifel aufkommen, dass sie ihn nicht mehr vom Haken lassen. Ich bin erledigt! Max ist gezwungen, sein neues Leben in Marokko alleine aufzubauen.

„Ok, ich sage Ihnen alles. Mit den beiden Morden habe ich nichts zu schaffen, ehrlich", eröffnete Sebastian Bauernfeind sein Geständnis.

„Laura erzählte mir gelegentlich einiges über ihren Job im Bauamt. Dass Kollegen und die Arbeit in Ordnung wären. Dabei erwähnte sie beiläufig, dass ihr Chef, dieser aalglatte Fatzke, Christian Bäumer, eine Menge Geld in sein privates Portemonnaie abzweigt. Sie hat mir bis ins Detail dargelegt, wie diese krummen Geschäfte liefen. Da habe ich mir überlegt, dem Heini eins auszuwischen. Gesagt, getan. Ich habe ihn erpresst, ohne dass Laura davon etwas mitbekam. Alles klappte tadellos.

Tja, bis der Polizeiwagen am Mittwoch bei mir vor der Tür stand. Da bekam ich Panik. Ich dachte, die Polizei wäre mir auf die Schliche gekommen. Deshalb bin ich Hals über Kopf geflüchtet.

Na, den Rest kennen Sie selbst."

Anschließend erläuterte er detailliert, wie die Geldübergabe organisiert war.

Welch aufschlussreiche Einblicke in das Kleinstadtleben. Selbst an den scheinbar friedlichsten Orten entwickelt sich offensichtlich kriminelle Energie. Aber genau darin begründete sich seine Jobgarantie.

Das Geständnis erstaunt Kleber zwar, aber es bestätigte letztlich nur seine anfängliche Vermutung.

Das würde Schröder ganz und gar die Laune verderben, da sich soeben der einzige Tatverdächtige verabschiedet hat.

Sebastian Bauernfeind glaubte bei der Punkerin, sogar ein Lächeln erkannt zu haben.

„Wie haben Sie Herrn Bäumer die Forderung übermittelt?"

„Ich habe ihm Zuhause einen Brief in den Briefkasten gelegt. Das war`s. Ich habe zu keiner Zeit persönlich Kontrakt zu ihm aufgenommen. Offensichtlich waren die Angaben zu seinen Privatgeschäften zutreffend und überzeugten ihn."

„Wo haben Sie das Geld versteckt?" In seiner Wohnung hatten sie nichts gefunden.

„Die Schrulle nebenan stellte doch ihren gesamten Garten voll mit Müll. Außer ihr selbst, denkt wohl niemand ernsthaft, dass es sich um hochwertige Kunstgegenstände handelt. Alles war zugewuchert, freiwillig würde doch niemand ihr Grundstück betreten. Das Verletzungsrisiko wäre einfach zu hoch für einen Eindringling.

Ich habe das Geld unter den dicksten Stein gelegt, der dort rumliegt. Das Versteck erschien mir totsicher."

Die Aussage bezüglich der Vorgartengestaltung deckte sich passgenau mit Klebers Wahrnehmung.

„Haben Sie eine Idee, wer ein Motiv hatte, ihre Freundin bzw. ihre Nachbarin zu ermorden?"

„Absolut nicht. Die Kunstwerke von der Schrulle sind abgrundtief hässlich, aber deswegen bringt man sie doch nicht gleich um. Laura war hingegen eine supernette sympathische Frau, überall beliebt. Niemand hatte einen Anlass, wütend oder zornig auf sie zu sein.

Mit der Erpressung ihres Chefs kann es unmöglich zusammenhängen, davon wusste sie schließlich gar nichts.

Ich bin unverändert ratlos, was an dem Freitag mit ihr passiert ist."

Das Statement klang absolut glaubhaft.

„Herr Bauernfeind, haben Sie Kontakt zu einem radikalen Flügel von sogenannten Tierrechtlern?", fragte Ramona. Ein Segen, dass ich sie habe, den Punkt hätte ich doch glatt vergessen.

„Nein, aktuell nicht mehr. Ich hatte im letzten Jahr überlegt, ob ich mich aktiv in den Tierschutz einbringe. Zum Einstieg in das Thema habe ich an einer Aktion teilgenommen, dabei aber erkannt, dass die Verhältnismäßigkeit der Mittel nicht gegeben war. Nur über Missstände reden, bringt den gequälten Kreaturen gar nichts.

Für Tiere kämpfen, dabei aber Menschen in Gefahr bringen und sich über bestehende Rechte hinwegzusetzen, war nicht mein Ding. Wir hatten überlegt, wie wir uns in das Thema einbringen, ohne Gesetze zu brechen. Jetzt ist Laura tot. Ich begreife es nicht. Es ist der blanke Horror", bei den letzten Worten sank er immer weiter in sich zusammen.

Die Trauer erschien, bei aller Skepsis, glaubhaft.

In Haft blieb er trotzdem.

Nachdem Sebastian Bauernfeind abgeführt worden war, sortierten sich beide erst einmal gedanklich.

„Kurt, das hörte sich glaubhaft an. Die Erpressung hat funktioniert. Welchen Grund hatte er, die beiden Frauen umbringen? Was war sein Motiv? Ich fürchte, wir stehen wieder komplett am Anfang."

„Da hast du leider Recht", stimmte Kleber, schweren Herzens, seiner Assistentin zu.

„Daraus ergeben sich folgende Konsequenzen: Wir kommen nicht umhin, Schröder mitzuteilen, dass wir blank dastehen. Das wird kein angenehmes Gespräch. Andererseits ist mit dem Leiter des Bauamtes ein neuer Player auf der Liste der Verdächtigen aufgetaucht. Lass bitte Familie Bäumer unverzüglich ins Präsidium vorladen. Ich bin mal gespannt, was sie uns zu erzählen haben", die freudige Erwartungshaltung war Kleber ins Gesicht geschrieben.

Kleber war erfahren genug, den Leiter des Bauamtes dabei nicht zu unterschätzen.

„Was glauben Sie eigentlich, wer Sie sind!

Uns wie Verbrecher vorführen zu lassen!

Das wird ein Nachspiel haben, das schwöre ich Ihnen!"

Der Einstieg in das Verhör verlief erwartungsgemäß holprig.

Christian Bäumer stemmte beide Hände in die Hüfte und baute sich drohend vor den Ermittlern auf.

Kleber ließ ihn seinen Ententanz in aller Ruhe zelebrieren.

Das wird schon, es dauert nur eine Weile.

Kleber und seine Assistentin sahen ihn unverändert freundlich an.

Als seine Aufführung ergebnislos verpuffte, wurden erste Zeichen der Verunsicherung erkennbar. Kleber ließ auch die nächsten Sekunden kommentarlos verstreichen.

Schweigend sahen sie einander an.

Dann eröffnete Kleber leise aber bestimmt das Verhör:

„Schön das Sie Zeit für uns haben. Bitte nehmen Sie doch Platz."

Der Bauamtsleiter zeigte Ansätze, theatralisch nachzulegen, besann sich dann aber eines Besseren.

„Warum haben Sie mir bei unserem Gespräch am Montag verschwiegen, dass Sie erpresst wurden?"

„Wie kommen Sie denn darauf? Das ist doch Blödsinn! Haben Sie mich deswegen hierher zitiert? Dann wird unsere Unterredung nicht lange dauern."

„Beantworten Sie bitte meine Frage. Wann das Verhör beendet ist, entscheide ich. Damit das klar ist, Herr Bäumer."

Kleber hob deutlich seine Stimme an.

„Warum haben Sie mir in einem Mordfall eine so wichtige Information vorenthalten? Und hören Sie bitte mit dem Kinderkram auf. Wir verfügen über entsprechende Beweise Ihrer Erpressung."

„Wer ist das Schwein? Sagen Sie mir sofort seinen Namen. Ich bringe ihn um!"

Bäumer verlor die Selbstbeherrschung und sprang auf.

„Wer war es? Los reden Sie!"

Entweder war er ein brillanter Schauspieler oder er wusste es tatsächlich nicht.

„Das tut nichts zur Sache. Warum sind Sie nicht zur Polizei gegangen? Wieso diese Heimlichtuerei?"

Der innere Kampf war nahezu physisch spürbar. In leitender Funktion bei kriminellen Handlungen erwischt zu werden, war eine extrem unangenehme und gefährliche Situation. Für diese Analyse benötigte man nicht einmal Phantasie.

Christian Bäumer hatte wieder seine Contenance zurückgewonnen. Der emotionale Ausrutscher war beendet.

„Das ist allein meine Sache. Gibt es sonst noch etwas? Ansonsten gehe ich jetzt."

„Ihre Mitarbeiterin und ehemalige Geliebte wird ermordet. Ihnen werden krimineller Handlungen im Amt vorgeworfen, und Sie glauben, mit alledem nichts zu tun zu haben. Verstehe ich Sie richtig?", fragte Kleber gefährlich leise.

„Was Frau Brause angetan wurde, bedauere ich sehr. Aber mit ihrem Tod habe ich definitiv nichts zu schaffen. Außerdem habe ich ein Alibi, schon vergessen?

Dann der Tod von Frau Silberwald. Welches Motiv unterstellen Sie mir?

Nein, Herr Kommissar, auch diesen Mord lass ich mir nicht in die Schuhe schieben. Ich habe keinen blassen Schimmer, wer für die Morde verantwortlich ist.

Ich bin unschuldig, in beiden Fällen.

Dass ich auf die Erpressung eingegangen bin, hatte rein politische Gründe. Ich kann es mir in meiner Position nicht leisten, ins Gerede zu kommen.

Der erpresste Betrag war ohnehin kaum nennenswert, dafür hätte es sich nicht gelohnt, meinen makellosen Leumund aufs Spiel zu setzen. Die der Erpressung zugrundeliegenden Vorwürfe sind absolut haltlos und unberechtigt. Begehen Sie nicht den Fehler, daraus ein Schuldanerkenntnis abzuleiten.

Gelangen jemals Details an die Öffentlichkeit, werde ich mit aller rechtlichen Härte dagegen vorgehen. Haben Sie verstanden, Herr Kommissar?"

Gelassen und souverän trug der Bauamtsleiter seine Argumente vor, er hatte die völlige Selbstkontrolle zurückgewonnen. Mit einem leichten Lächeln wiederholte er seine Eingangsfrage: „Darf ich jetzt gehen?" Ein gespielt unterwürfiges „Bitte" fügte er devot hinzu.

„Meine Frau würde ich auch gerne wieder mit nach Hause nehmen, wenn Sie nichts dagegen haben. Wo haben Sie sie eigentlich versteckt?", setzte er amüsiert sein Spiel fort.

Aalglatter Fatzke, keine unpassende Umschreibung.

„Wo waren Sie vergangenen Sonntag zwischen sieben und acht Uhr, Herr Bäumer?", fragte Ramona.

167

„Wissen Sie, ich arbeite jeden Tag außergewöhnlich hart und engagiert. Da genieße ich es am Sonntag, länger mit meiner Frau im Bett zu verweilen.

Wenn Sie verstehen, was ich meine."

„Warten Sie bitte draußen, Herr Bäumer. Nachdem wir Ihre Frau verhört haben, steht einer Überführung in ihr Haus nichts im Weg", antwortete Kleber. Mit einer eleganten Handbewegung entließ er den Bauamtsleiter mit einem Lächeln.

Mit frostigem Blick folgte dieser der Aufforderung.

Frau Bäumer, die in einem Nebenzimmer gewartet hatte, wurde kurz darauf in den Verhörraum geführt. Eine attraktive, selbstbewusste und, auf den ersten Blick, sympathische Frau betrat den Raum. Wortlos nahm sie auf dem Stuhl Platz. Ausdruckslos sah sie die Polizisten an.

Welch ein Kontrast. Wie war das noch: Gegensätze ziehen sich an.

Kleber begrüßte sie und erklärte ihr, warum sie heute ins Präsidium vorgeladen wurde. „Frau Bäumer, sagen Sie uns bitte, wo ihr Mann war am Freitag, den 23. Februar zwischen 17-20 Uhr und am Sonntag, den 25. Februar zwischen sechs und acht Uhr?"

„Da waren wir Zuhause", antwortete sie mit weicher Stimme. Ihre Augen blieben unverändert auf Kleber gerichtet, völlig entspannt und gelassen, so, als würde sie dreimal täglich in einem Verhör sitzen.

„Wussten Sie, dass ihr Mann erpresst wurde, Frau Bäumer?"

„Ja, er erzählte davon."

„Haben Sie den Erpresserbrief zu sehen bekommen?"

„Nein, mein Mann hat mir nur davon erzählt", wiederholte sie. „Details haben mich niemals interessiert", fügt sie gedankenverloren hinzu.

„Ihr Mann wurde mit vertraulichen Unterlagen erpresst. Haben Sie eine Idee, wer der Erpresser sein könnte?"

Kleber nahm ein kurzes Augenrollen wahr, sie sah für einen Moment zur Decke. Dann fixierte sie ihn wieder mit festem Blick: „Nein, woher soll ich das wissen?"

„Ihr Mann war der Vorgesetzte von der ermordeten Frau Brause, mit der er früher ein Verhältnis hatte. Wäre es denkbar, dass sie Ihren Mann erpresst hat?"

Der Gesprächsverlauf zeigte Spuren. Sie wirkte nicht mehr so souverän, ihre Gelassenheit verflog zunehmend.

„Haben Sie gewusst, dass ihr Mann ein Verhältnis mit seiner Mitarbeiterin hatte, Frau Bäumer?"

„Ja, das wusste ich. Wir haben seinerzeit darüber gesprochen. Danach war der Ausrutscher für mich erledigt. Ob Frau Brause meinen Mann erpresst hat, weiß ich nicht. Ich habe sie einige Male bei Veranstaltungen im Rathaus gesehen, ansonsten haben wir nicht miteinander gesprochen."

„Kennen Sie das zweite Opfer, Frau Sieglinde Silberwald?"

„Nein, den Namen habe ich noch nie gehört."

„Ok, Frau Bäumer, das war es für den Moment. Vielen Dank für Ihren Besuch."

Als sie alleine im Raum waren, mussten sie die neuen Informationen erst einmal verarbeiten.

„Bezüglich der Aussagen von Frau Bäumer bin ich unsicher, ob Sie die Wahrheit sagt. Eine sympathische Frau, die fest zu ihrem Mann steht. Bereit, sich für ihn aufzuopfern.

Höchstwahrscheinlich sogar zu lügen.

Die Untreue ihres Ehemannes hat sie, nach meiner Empfindung, härter getroffen, als sie es sich eingesteht. Ihr Mann hatte in dem gesamten Gespräch nur einen wackligen Moment. Ich glaube, er weiß tatsächlich nicht, von wem er erpresst wurde", fasst Kleber sein Fazit zusammen.

„Kurt, wenn das stimmt, hätte er kein Motiv, Frau Brause umzubringen", ergänzte Ramona seine Überlegungen und sah ihn fragend an, den Kopf dabei leicht zur Seite gebeugt.

„Ach, übrigens. Ich habe mit dem Chef des Architekturbüros in Greven gesprochen.

Sieglinde Silberwald hat ohne ersichtlichen Grund vor zehn Jahren ihren Job gekündigt. Auch auf Nachfrage war sie nicht bereit, über ihre wahren Beweggründe Auskunft zu geben. Sie war eine zuverlässige Sachbearbeiterin, mit der es nie Probleme gab. Die Kunden waren ebenfalls äußerst zufrieden mit ihr.

Mir fehlt die Phantasie, was der damalige Job mit ihrer Ermordung zu tun hat, nach so vielen Jahren. Ihr Chef ist ebenfalls meiner Meinung. Was denkst du?"

Wo sie Recht hat, hat sie Recht.

Bei dem ersten Opfer treten wir auf der Stelle, beim Zweiten sind wir noch nicht einmal losgelaufen.

Ein beeindruckender Ermittlungsstand sah irgendwie anders aus.

Samstag, 3. März 2018

Die Frau auf dem Foto, mit der er körperlich, eng umschlungen, eine Einheit bildete, war nicht seine Hilde!

Otto Vogel traute seinen Augen nicht. Er begriff nicht, was in diesem Augenblick passiert.

Eben noch kommentierte er gestenreich die Weltpolitik, im nächsten Moment stand er ungeschützt selbst im Mittelpunkt. Die Zeitung lag ausgebreitet vor ihm, auf der seine Schüssel mit selbstgemachtem Müsli und linksgedrehtem bulgarischen Joghurt aus dem Reformhaus soeben einen feuchten Ring auf dem Papier formte.

Das Foto zog er nur zur Hälfte aus dem Briefkuvert. Kein Absender.

Nach wenigen Schrecksekunden schob er es wieder zurück in den Umschlag. Sicher und geschützt vor neugierigen Blicken.

Er verstand gar nichts.

Es prallten in diesem Moment Welten aufeinander, die sich bisher kollisionsfrei durch den Weltraum bewegten, ohne Risiko einander näher zu kommen.

Ohne jede Vorwarnung trat die Katastrophe ein!

Bis vor wenigen Minuten war er ein ambitionierter Lokalpatriot, der sich dafür einsetzt, dass, im Gegensatz zu Münster, in Greven noch wenige Brutpaare der Feldlerche in der Kroner Heide ihr Frühlingslied in luftiger Höhe zwitschern.

Sein Engagement bei der Bürgerinitiative brachte ihm zudem vielerorts Anerkennung ein. Keinen Zuspruch erhielt er von kommunaler Seite, was ihn wenig störte. Nein, es bereitete ihm sogar große Freude. In der

Sache war dies für Außenstehende eher unverständlich, passte aber perfekt zu seinem Persönlichkeitsprofil.

„Von wem haben wir denn Post bekommen?", fragte seine Frau Hilde, die soeben die Küche betrat.

„Das geht dich absolut nichts an!", antwortete er wirsch. Den Zusatz „Blöde Kuh" unterdrückte er noch so eben.

„Hast du nichts zu tun? Lass mich in Ruhe. Ich muss dringend was erledigen. Ich bin gegen Mittag wieder zurück."

Otto Vogel steckte den Umschlag ein, zog sich eine Jacke über und verließ das Haus. Er brauchte Zeit, um über das Unfassbare nachzudenken.

Nach wenigen Minuten Fußmarsch erreichte er den Emsdeich. Für die „umkämpfte Zone" entlang der Ems hatte er heute kein Auge.

Auch die Ansiedlung der Flatter-Ulme in der vor ihm liegenden Emsaue, ähnlich wie in Gimbte, vermochte ihn heute nicht zu begeistern.

Langsam löste er sich aus seiner Schockstarre und betrachtete die Situation zunehmend analytischer. Die Bildqualität war miserabel, dennoch war er zweifelsfrei zu erkennen. Im Gegensatz zu der schlanken Frau, deren Gesicht abgewandt war.

Die zu sehende Aktion wäre mit Hilde ohnehin unvorstellbar.

Otto Vogel war sicher, dass die Aufnahme in dem Club entstanden war, den er regelmäßig einmal im Monat aufsuchte. Aber wie kam das Foto zustande? Wer hatte es auf ihn abgesehen?

Bei der zu sehenden Kür war er stark abgelenkt und gab sich seiner Lust hin. Dennoch hätte er bemerkt wenn jemand mit der Kamera oder dem Handy, die intimen Szene beobachtet hätte. Demzufolge wurde die

Aufnahme höchstwahrscheinlich mit einer versteckten Kamera geschossen. Das erschien logisch.

So eine Sauerei. Den Clubbesitzer werde ich mir gleich heute Abend vorknöpfen. Der kann was erleben!

Den vorschnellen Gedanken verwarf er sofort wieder. Das würde nur mehr Aufmerksamkeit hervorrufen, die er wahrlich nicht gebrauchen konnte.

Was wird damit bezweckt, ihm ein Foto zuzuschicken, mit dieser gewaltigen Sprengkraft?

Erpressung?

Eine Kampfansage kirchlicher Würdenträger?

Öffentlich Bloßstellung?

Moralapostel auf Pilgerkurs?

Sollte er als Lehrer fertiggemacht werden?

Letzteres erschien ihm am wahrscheinlichsten.

Nicht auszudenken, wenn seine Schüler in den Besitz dieses Fotos gelangen und er auf dem Schulhof zum Pausenclown würde.

Er war gewohnt, immer das letzte Wort zu haben. In der Schule ohnehin, aber im Laufe der Jahre übertrug sich seine Überheblichkeit auf den kompletten Privatbereich.

Anfangs partnerschaftlich mit Hilde verbunden, wurde er zum Despoten. Bei der Bürgerinitiative versteckte er sich geschickt hinter der komplizierten Rechtslage. Er engagierte sich des Weiteren bei einer Naturschutzorganisation, wodurch er seinen Einsatzwillen für die Gemeinschaft dokumentierte. Vermeintlich für das Gemeinwohl kämpfend, stand doch ausschließlich die eitle Selbstinszenierung im Vordergrund.

Dieses egozentrische Selbstbild droht, durch das Foto empfindlich zu leiden.

Was würde als Nächstes passieren? Er hatte keine Ahnung.

Er war gezwungen zu warten. Ihm waren die Hände gebunden. Es war unmöglich, was zu unternehmen, geschweige denn verhindern.

In Gedanken versunken, lief er an den drei Fischen vorbei. Hier wurde vor ein paar Tagen die Künstlerin Sieglinde Silberwald aufgeknüpft. Alte Erinnerungen wurden wach.

Dass er sie vor Jahren bei einem Treffen der Vogelfreunde Greven in einem staubigen Hinterzimmer eines Landgasthofes zwischen Suppe und Mittag vernascht hatte, hatte er längst vergessen.

Der Name „Vogelfreunde" bezog sich ausnahmsweise mal nicht auf seine Person.

Lustlos durchstöberte er die Eingangspost.

Er hatte den interessantesten Beruf der Welt, dennoch gab es Momente der Trost- und Freudlosigkeit, hervorgerufen durch stupide Routine. Es waren zwar immer wieder andere Personen oder Vereine betroffen, aber viel zu häufig standen Jubiläen, Stadtfeste, Veranstaltungen öffentlicher Einrichtungen oder sonstige Ereignisse im Vordergrund, die im ständig wiederkehrenden Rhythmus journalistisch gestaltet und aufbereitet wurden.

In dieser trüben Stimmung öffnete er einen unscheinbaren Briefumschlag ohne Absender, in dem nur ein einziges Foto lag.

Als er das Foto betrachtete, wurde er blitzartig hellwach. Das Bild war eindeutig.

Was soll ich denn damit? War das ein übler Scherz? Er begriff nicht, wo die Verbindung zwischen dem Foto und seinem Job lag.

Als er sich den auf dem Bild abgebildeten Mann näher betrachtet, ahnte er den Hintergrund.

„Den Vogel kenne ich doch", sagte er freudestrahlend. Vielleicht eine Spur zu euphorisch für einen neutralen Journalisten.

Die Frau kannte er, auch nach längerem Betrachten, nicht.

Das ist ja interessant. Der ideologische Vorreiter von Greven mal in einer bisher unbekannten Rolle.

Henning Peche schmunzelte, wenngleich ihm klar war, dass das Material journalistisch unbrauchbar war. Dennoch...

Was war nur auf einmal in dieser Kleinstadt los?

Zuerst werden zwei Frauen brutal ermordet, dann spielt ihm Guido Rosenbaum Material über dunkle Machenschaften im Bauamt zu. Jetzt erhält er plötzlich pikante Einblicke in das Leben einer öffentlich bekannten Person.

Was soll das Ganze? Da ist jahrelang kaum etwas los in dieser Kleinstadt und nun das.

Der drohende Abriss einer Kirche brachte die Gemüter der Gemeinde dabei noch am stärksten in Wallung.

Jetzt diese Anhäufung von spektakulären Ereignissen, die scheinbar nichts miteinander zu tun hatten.

Mord, Korruption, Ausleben von Phantasien, da gab es keinen gemeinsamen Nenner.

Henning Peche grübelte lange über die verschiedenen Puzzle-Steine nach. Rational ließ sich keine Verbindung herstellen, aber tief in seinem Innern, schoben sich langsam einzelne Bausteine zu einem fiktiven Gebilde zusammen.

Es gab skurrile Überschneidungen der beteiligten Personen: Laura Brause, Sieglinde Silberwald, Christian Bäumer, Guido Rosenbaum und Otto Vogel.

Laura Brause, Christian Bäumer und Guido Rosenbaum arbeiten im Bauamt.

Sieglinde Silberwald, Christian Bäumer und Otto Vogel kennen sich vom Emsdeichprojekt.

Otto Vogel sorgte für Stress beim Bürgermeister, somit auch bei seinen Mitarbeitern Christian Bäumer und Guido Rosenbaum.

Alle hatten direkt oder indirekt Kontakt zum Bauamt.

Walter Sauer, der Bürgermeister, kennt alle.

Nur, was fange ich mit diesen Erkenntnissen an?

Guido Rosenbaum, den er gezwungen hatte, ihm seinen Namen preiszugeben, da er sonst die überlassenen Unterlagen nicht weiterverarbeiten könne, hat er Geheimhaltung zugesichert.

Das anonym zugeschickte Bild von Otto Vogel war unverwertbar.

Dem Bürgermeister hat er vor wenigen Tagen eine zurückhaltende Berichterstattung im Zusammenhang mit den polizeilichen Ermittlungen rund um das Bauamt in Aussicht gestellt.

Mit seinem Drang zum investigativen Journalismus war es unvereinbar, die ihm zugeleitete Information nicht weiter zu verwerten. Diese Chance durfte er sich nicht entgehen lassen.

Er konnte es drehen und wenden wie er wollte, irgendwie stand Walter Sauer immer im Mittelpunkt der Überlegungen.

Aber welche Beweggründe steckten dahinter?

Dass er verstrickt war in den Mord an seiner Mitarbeiterin, konnte er sich nicht vorstellen. Dass er an den Machenschaften in seinem Rathaus persönlich partizipiert, war ebenfalls recht unwahrscheinlich.

Dafür war er zu clever.

Dass er eine Künstlerin erdrosselt, nur weil sie ihm mit ihrem monströsen Stein den Nerv tötet, wäre verständlich, aber unlogisch.

Habe ich ihn nicht erst vor wenigen Tagen angesprochen und um attraktive Beiträge gebeten? Jetzt habe ich aufregendes Material in Händen, ohne die Möglichkeit es zu verwenden. Wahrhaft eine Schande.

Plötzlich wurde ihm bewusst, dass der größte Nutznießer einer negativen Berichterstattung über das Privatleben des Herrn Vogel vermutlich der Bürgermeister selbst wäre.

War es denkbar, dass Walter Sauer ihm das Foto von Otto Vogel geschickt hat?

Aber wie ist er bloß an das Foto gelangt? Für so skrupellos hielt er den Bürgermeister nun doch nicht, obwohl der mit allen Wassern gewaschen war und er ihm so einiges zutraute.

Es war Stoff für eine wirklich gute Story. Gleichermaßen war aber auch das Potenzial für einen Rohrkrepierer vorhanden.

Kleber wäre stolz auf seine Analyse der Grevener Ereignisse gewesen.

Montag, 5. März 2018

Der Besprechungsraum war bis auf den letzten Platz gefüllt. Sogar Schröder war pünktlich erschienen.

„Zunächst der Fall Brause. Todeszeitpunkt, Freitag der 23. Februar zwischen 19 und 20 Uhr.

Neben der im vaginalen Bereich festgestellten DNA von ihrem Freund Sebastian Bauernfeind, wurden zwei weitere DNA-Spuren auf der Haut sichergestellt. Geschlechtsverkehr hatte Frau Brause nur mit ihrem Freund. Die DNA der zwei weiteren Personen konnten wir bislang nicht zuordnen.

Nachdem Sebastian Bauernfeind flüchtig war, haben wir ihn zur Fahndung ausgeschrieben und ihn nach einer abenteuerlichen Flucht über den Dortmund-Ems-Kanal gefasst. In dem Verhör ergab sich, dass er nicht wegen des Mordes an seiner Freundin geflüchtet war, sonder weil er glaubte, wir hätten seine Erpressung aufgedeckt. Über Frau Brause war er an Informationen über ihren Chef gelangt, Christian Bäumer, Leiter des Bauamtes Greven.

Dieser zahlte 20.000 € an ihn. Das Geld wurde zwischenzeitlich sichergestellt. Die einzige Verbindung zwischen Herrn Bauernfeind und dem zweiten Opfer, Sieglinde Silberwald, besteht darin, dass beide direkt nebeneinander wohnen.

Nach heutigem Ermittlungsstand gehen wir davon aus, dass Sebastian Bauernfeind für keinen der Morde verantwortlich ist.

An Christian Bäumer, der früher ebenfalls ein Verhältnis mit Frau Brause hatte, sind wir dran. Für beide Tatzeiten gab ihm seine Frau ein Alibi. Christian Bäumer weiß, nach eigener Angabe, bis heute nicht wer ihn erpresst hat. Wenn das stimmt, hätte er kein Motiv, seine Mitarbeiterin umzubringen. Die Künstlerin Frau Silberwald kennt er über ein Projekt der Stadt Greven, für das beide tätig sind. Ein Motiv ist weit und breit nicht in Sicht.

Dann wurde Freitagmittag der Chef der Hausverwaltung, Claus Bokelmann, vor dem Haus von Frau Brause gesehen. Seine Gesellschaft verwaltet alle Häuser in der Straße.

Auch Herr Bokelmann hatte vor längerer Zeit ein Verhältnis mit Frau Brause. Er ist ein umtriebiger Unternehmer, der regen Kontakt zum Bauamt und damit zu Frau Brause hatte. An ihm sind wir dran.

Im Fall von Frau Silberwald kommen wir nicht vom Fleck. Sie wurden am Sonntag, den 25. Februar zwischen 6.30 und 7.30 Uhr erwürgt.

Die Hautreste unter ihren Fingernägeln stammen von ihr selbst. Als sie an der Skulptur abgelegt wurde, lebte sie noch. Ob der Täter auf Nummer sicher gehen wollte oder ob der Ablageort eine Botschaft beinhaltet, ist unklar.

Es gibt kein Motiv, keine Zeugen, keine sonstigen Anhaltspunkte.

Zwischen den Opfern haben wir bisher keine Verbindung entdeckt. Das führt erneut zur Frage, ob wir einen oder zwei Täter suchen. Außer Sebastian Bauernfeind, dem Freund von Frau Brause und Nachbar von Frau Silberwald, gibt es drei weitere Personen, die beide ermordeten Frauen kannten:

Der Bürgermeister, Herr Sauer, der Leiter des Bauamtes, Herr Bäumer und der Verwalter Bokelmann.

Alle drei Personen waren zusammen mit Frau Silberwald in einem Kunstprojekt der Stadt Greven tätig. Frau Brause arbeitete mit den Herren Sauer und

Bäumer zusammen, während sie Bauanträge von Herrn Bokelmann bearbeitete. Mit den Herren Bäumer und Bokelmann war Frau Brause zudem früher liiert.

Dann haben wir da noch Herrn Rosenbaum. Ein Arbeitskollege von Frau Brause, der ebenfalls in früheren Zeiten ein Verhältnis mit ihr hatte. Der hat allerdings ein Alibi. Eine Beziehung von ihm zur Frau Silberwald ist nicht erkennbar.

Heißer Feger, ging es Kleber erneut durch den Sinn.

Es bleibt der Knackpunkt, dass wir keine Querbeziehungen zwischen den Opfern finden, was uns ermittlungstechnisch neue Impulse geben würde.

Trotz der Pressemitteilung gab es keine brauchbaren Hinweise aus der Bevölkerung, so dass sich unsere Ermittlungen um den beschriebenen Personenkreis drehen.

Die Vita der zuvor erwähnten Personen ist schnellstmöglich bis zu den Kindertagen zurückzuverfolgen. Alle möglichen Querverbindungen sind zu checken.

Des Weiteren ist auffällig, dass uns dieses Kunstprojekt ständig über den Weg läuft. Wie das mit den Morden zusammenhängt, ist unklar. Die Befragung aller Beteiligten von diesem Emsdeichvorhaben ist zwingend erforderlich. Vielleicht bringen uns die Kunstinteressierten auf eine neue Spur."

Für eine Woche Ermittlungsarbeit war das Ergebnis grauenhaft, das war allen im Raum bewusst. Schröder stand mit verschränkten Armen und grimmiger Miene in der Tür.

Als die Besprechung zu Ende war, stürmte Schröder ungebremst auf Kleber zu.

„Das ist eine Frechheit! Das ist weniger als nichts, das ist ein Fiasko!

Was ist überhaupt in dieser Kleinstadt Greven los?
Das eine Opfer scheint mit jedem im Dorf geschlafen zu haben, die andere lebte im luftleeren Raum."
„Herr Schröder, die Ergebnisse werden dem Polizeipräsidenten genauso wenig schmecken wie uns", damit kam er der nächsten, zu erwartenden Attacke zuvor.
„Wir brauchen dringend die Genehmigung von Ihnen, DNA-Proben von den Herren Bäumer und Bokelmann zu nehmen."
„Herr Kleber, bloße Vermutungen reichen für solch massive Eingriffe in die Persönlichkeitsrechte nicht aus. Das wissen Sie doch. Und überhaupt, wie stellen Sie sich das vor?", der Oberstaatsanwalt wippte nervös hin und her.
„Da haben Sie zweifelsfrei Recht, Herr Schröder. Ich stelle mir soeben vor, wie die Reaktion des Präsidenten aussieht, wenn er gezwungen wäre, mit leeren Händen zur nächsten Pressekonferenz zu marschieren."
Der Leberhaken saß.
„Zu allem Unglück hat er leider Recht. Ramona, das geht so nicht weiter. Wir haben die Karre voll in den Dreck gefahren. Die Gülle steht uns bis zur Unterlippe!", sagte Kleber mit zorniger Miene, nachdem sich ihr Chef wutschnaubend entfernt hatte.

Greven war eine aufblühende Stadt, hungrig nach Wohnraum.
Wer annimmt, dass dies nur an der Nähe zu Münster liegt, irrt. Die Zahl der täglichen Auspendler ist nahezu identisch mit den Einpendlern, also den Menschen, die

außerhalb von Greven wohnen, aber in Greven arbeiten.

Geschickt haben es die Stadtoberen verstanden, sowohl für die Bewohner als auch für ansässige Firmen, Schulen und Behörden zugkräftige Rahmenbedingungen zu schaffen. Damit das künftig auch so bleibt, werden ortsnahe Wohngebiete erschlossen.

Die Erschließung eines neuen Bauabschnittes stand an diesem Montagmorgen an.

Ein Arbeitstrupp, ausgestattet mit schwerem Gerät, hatte sich morgens in Richtung Baugebiet in Bewegung gesetzt.

Der erste Arbeitsschritt bestand darin, die Basics zu schaffen. Angefangen von der Energieversorgung bis zu Ableitungen für Schmutz- und Regenwasser und einer Baustraße.

Gegen Mittag hatte der Bagger erste Spuren in das bis dahin unberührte Gelände gepflügt. Bei dem Bautrupp handelte es sich um ein eingespieltes Team eines ortsansässigen Bauunternehmers.

Alle wussten, was zu tun ist. Jeder Handgriff saß.

Als sich die Schaufelzähne erneut in das Erdreich gruben, gab es plötzlich ein hässliches Schleifgeräusch, wie es entsteht, wenn Metall auf Metall reibt.

„Wartet! Hört auf! Da liegt was im Boden", wurde der Baggerführer von seinem Kollegen angeschrien, der Mühe hatte, den Motorenlärm zu übertönen.

Mit Schaufeln legten sie das kleine sichtbare Metallstück frei. Zum Vorschein kam eine verrostete Kante, die wie das Teilstück von einem Kanister oder Fass aussah.

„Stopp! Hört mal auf zu graben. Ich rufe den Chef an. Der soll sich das besser selbst ansehen", sagte der erfahrene Vorarbeiter.

Er rümpfte seine Nase, so, als hätten sie soeben einen V1-Marschflugkörper entdeckt.

In der Tat hatten sie Ähnliches freigelegt.

Eine Bombe war eingeschlagen.

Der Vergleich mit einer V1 war nicht unpassend.

Horst Kiffermann erkannte beim ersten Blick auf den unheilverkündenden Fund das Desaster und rief unverzüglich Christian Bäumer an.

Nun standen sie alleine auf der Baustelle. Den Bautrupp hatte der Bauunternehmer vorsorglich nach Hause geschickt.

„Man sieht nicht viel, aber der Gestank, der aus dem Fass aufsteigt, ist ekelerregend", sagte Horst Kiffermann. Der Bauamtsleiter kniete sich zu dem verrosteten Behälter hinab, um sich sofort wiederaufzurichten. „Horst, das stinkt wie die Pest. Was ist das für eine Brühe?"

„Ich habe keine Ahnung. Egal was drin ist.

Es ist eine Katastrophe, Christian!"

Beide standen wie erstarrt vor dem aus dem Boden herausragenden Stückchen Blech, das aus der Entfernung so harmlos aussah, als hätte es jemand achtlos weggeworfen. Horst Kiffermann dachte unweigerlich an die Naturkatastrophe in Fukushima.

Der Vergleich schien zutreffender, als beiden lieb war!

Sie diskutierten lange und intensiv, wogen Vor- und Nachteile gegeneinander ab, um anschließend die weitere Vorgehensweise zu beschließen.

„Wir haben keine Wahl. Es ist unmöglich, es unter den Teppich zu kehren!

Wir wissen nicht, was in dem Fass drin ist. Wir haben keine Ahnung, wie viele von den Fässern dort lagern und über welche Fläche sie verteilt im Boden liegen. Erst recht nicht wie lange. Wir wissen nicht, ob es gesundheitsgefährliche Substanzen sind, die, falls wir sie unsachgemäß bergen, das Leben von Menschen in Gefahr bringen. Wir haben keine Ahnung, ob nicht eine Wasserverunreinigung droht.

Nein, da werden wir nichts riskieren. Ich bin sicherlich kein Weichei, ganz bestimmt nicht. Aber das hier, ist definitiv eine Nummer zu groß", faste Horst Kiffermann seine Analyse zusammen.

Christian Bäumer hätte ihm gerne widersprochen, sah jedoch widerwillig ein, dass der Bauunternehmer Recht hatte.

„Die Konsequenzen sind nicht abschätzbar.

Die Bodenschutzbehörde wird die Baustelle stoppen und das Kommando übernehmen. Der Umfang der Sanierungsmaßnahmen wird ebenfalls festgelegt. Die Dauer der Sanierungsarbeiten ist zu alledem schlicht unvorhersehbar. Aber etwas ist meines Erachtens viel dramatischer. Unter Umständen wird es sehr, sehr teuer.

Das Zeug hat das Potential, uns alle zu ruinieren!

Wenn der Verursacher nicht ermittelt wird, bleibt die Stadt auf der Rechnung hängen.

Das ist ein Desaster!

Zu allererst werde ich jetzt den Bürgermeister anrufen. Der bekommt einen Herzinfarkt, wenn er davon hört!"

„Was ich überhaupt nicht verstehe", begann Horst Kiffermann: „Wie konnte das passieren? Habt ihr kein

Bodengutachten erstellt? Die hätten doch bei den Bodenproben die Verunreinigung festgestellt."

„Natürlich haben wir ein Gutachten erstellen lassen, was denkst du denn. Die haben nichts gefunden. Auf dem Acker haben vorher nur ein paar Pferde geweidet, sonst war hier seit Menschengedenken nichts los. Keine Tankstelle, kein Firmengelände. Tote Hose. Das war immer landwirtschaftlich genutzte Fläche. Ob der Gutachter ausreichend viele Bohrungen beauftragt hat, wird zu klären sein. Wie es letztlich ausgeht, läßt sich absolut nicht einschätzen."

„Also eine wilde Deponie? Es muss doch jemand mitbekommen haben, als hier Fässer verbuddelt wurden."

„Für mich sieht es eher so aus, als lägen die Fässer schon ewig hier. Aber egal. Ich habe wenig Hoffnung, dass die Übeltäter so nett waren, ihr Firmenlogo auf den Fässern zu hinterlassen", stellte Christian Bäumer nüchtern fest.

„Christian, ich muss los. Ruf mich an, sobald du weißt, wie es weitergeht", Horst Kiffermann verabschiedete sich und schlug Christian Bäumer aufmunternd auf die Schulter. „Jetzt sag nicht es wird schon, bitte nicht", schnitt Christian Bäumer ihm das Wort ab. Entsprechend wortlos verließ der Bauunternehmer den Fundort.

Für die Stadt war dieser Fund dramatisch genug.

Leider hatte die drohende Umweltkatastrophe auch das Potenzial, seine private Bilanz zu verhageln.

„Hallo Claus, kannst du sprechen? Ich habe schlechte Nachrichten. Der reinste Horror!", fluchte er.

Er informierte seinen Geschäftspartner kurz und sachlich.

„Ruf sofort Hajo an, wir treffen uns heute Abend bei ihm. Lass dich auf keinen Fall abwimmeln. Ich hole dich in einer Stunde ab, dann fahren wir zu ihm."

Anschließend informierte er den Bürgermeister.

Soll der sich um das ganze Drama kümmern. Hauptsache sein Name taucht nicht in den Schlagzeilen auf. Angeblich besitzt der Bürgermeister die höher bezahlte Einsicht.

Zeitgleich sah sich der Hauptkommissar, an anderer Stelle, einer ähnlichen Erwartungshaltung ausgesetzt.

„Was gibt es so Wichtiges, dass ihr mir die Bude einrennt? Claus, wir haben uns doch erst letzten Montag auf dem Seminar getroffen?", unbeeindruckt von seiner Frage schoben sich Claus Bokelmann und Christian Bäumer an ihm vorbei ins Haus.

„Wir müssen reden. Es gibt Dringendes zu klären."

Der Besuch kannte sich im Haus bestens aus und fand problemlos den Weg ins gemütliche Wohnzimmer. Für einen Unkundigen eine gar nicht so leichte Aufgabe, in dem riesigen Haus.

„Bring einen Schnaps mit, den benötigen wir dringend", sagte Claus. Hajo ahnte, dass dies kein normaler Besuch unter Freunden werden würde.

„Was ist los, Jungs? Warum seid ihr hier? Was wollt ihr?" Hajo stellte eine Flasche Korn mit Gläsern auf den Tisch.

Ohne Umschweife berichtete Christian von dem Fund im Neubaugebiet. Alle waren erfahren genug, um das Risikopotential dieser Katastrophe einzuschätzen. Vor Schreck fiel Hajo fast das Schnapsglas aus der Hand. Kommentarlos schenkte er nach.

Ach, du Scheiße!

Das gibt ein heilloses Durcheinander. Wie hoch werden die Sanierungskosten? Wer kommt dafür auf? Wie lange wird der Baustopp dauern? Wie wird dieser Rechtsstreit ausgehen?

Wenn die Kosten bei der Stadt hängenbleiben, wird der Bürgermeister anordnen, den Verkäufer des Grundstückes an die Stadt, in Regress zu nehmen.

Also ihn!

Das weitaus größere Risiko für ihn persönlich ging allerdings von den Deals mit Luigi und den beiden Besuchern aus.

Das gibt ein Desaster, dachte Hajo, bei dem sich erste Schweißperlen auf der Stirn bildeten.

„Jetzt hör mal zu, Hajo. Du wirst verstehen, dass wir von unserer Vereinbarung, die wir seinerzeit geschlossen haben, zurücktreten. Es wird das Beste sein, wenn alles in einer Hand bleibt. Ich meine in deiner Hand", Claus ließ die Katze aus dem Sack.

„Wir haben doch in einer vertraulichen Vereinbarung geregelt, dass das angrenze Grundstück zur Fundstelle, welches ich demnächst an die Stadt Greven verkaufen werde, zum Teil euch gehört. Wo ist das Problem? Das hat doch nichts mit dem verseuchten Grundstück zu tun, auf dem jetzt dieses Fass gefunden wurde. Ich glaube, ihr übertreibt.

Wartet doch erst einmal ab, was dort überhaupt gefunden wird. Wir finden eine Lösung, garantiert.

Seid nicht so schissig! Bleibt cool, Männer!"

Die Angsttropfen auf der Stirn standen allerdings nicht im Einklang mit seiner markigen Aussage.

„Ne, Hajo, lass mal gut sein. Wir tun so, als gäbe es diese stillschweigende Vereinbarung gar nicht. Es ist und bleibt dein Grundstück.

Wenn es so ist, wie du sagst, umso besser für dich. Dann verbleibt der volle Verkaufspreis allein bei dir.

Wo ist das Problem? Wie du soeben treffend formuliert hast: Du gibst uns das Geld zurück, dass wir dir damals im Voraus gezahlt haben. Alles ist anschließend in bester Ordnung. Wie du schon sagtest: Bleib cool!"

Genau darin lag das Problem. Ihr Unwissenden!

„Jetzt seid doch nicht so dünnhäutig. Komm, wir trinken noch einen Schnaps", versuchte Hajo, die Stimmung aufzubessern.

„Hajo, wir haben uns entschieden. Wir sind nicht zum Verhandeln hier. Gib uns unser Geld zurück und der Vorgang ist erledigt."

„Claus, ich habe dir doch schon vor einer Woche gesagt, dass es bei mir finanziell derzeit nicht so rosig aussieht. Ok, wenn ihr unbedingt meint, drehen wir den Deal zurück. Nur mit der Zurückzahlung müsst ihr mir ein wenig Zeit einräumen, einverstanden?"

Claus Bokelmann und Christian Bäumer sahen sich kurz an:

„Ok, aber keinesfalls bis zum Sankt-Nimmerleins-Tag!"

Der heutige schreckliche Fund zeigte Wirkung bei den stillen Teilhabern und stimmte sie milde.

Christian hatte sich die überlassenen Grundstücksrechte ohnehin erschlichen.

Als Leiter des Bauamtes besaß er auf die Genehmigung des Flächennutzungsplanes keinerlei Einfluss. Gegenüber Hajo hatte er das seinerzeit natürlich etwas anders dargestellt und suggeriert, dass im Rathaus ohne ihn quasi nichts läuft.

Es wäre ein schönes Zusatzgeschäft gewesen.

Schade.

Was war nur in seinem beschaulichen Greven los?

Er war Bürgermeister mit Herz und Blut. Gelegentlich taktierte er auch schon mal, das gehörte zur Inszenierung. Im Grunde seines Herzens aber war er ein aufrichtiger Mensch, der sich um das Wohlergehen der Bürger kümmert.

Im Moment wurde es bei rauer See allerdings ziemlich unübersichtlich auf der Kommandobrücke.

Die Ermordung der beiden Frauen, die Querschüsse der Bürgerinitiative, die Gerüchte rund um das Bauamt. Und jetzt die Katastrophe in dem neuen Bauabschnitt.

In dieser Situation vermisste er den vor Jahren abgeschafften Technischen Beigeordneten, der in seiner Funktion als Chef der Stadtentwicklung und des Bauamtes alle technischen Fragen abgefangen hat. Seit er aus Kostengründen abgeschafft wurde, schlugen alle lästigen Detailfragen zwischen den Fachbereichen direkt bei ihm auf. Sehr zu seinem Leidwesen.

Das neue Problem strahlte eine unangenehme Öffentlichkeitswirkung aus. Für viele Häuslebauer brachte der Baustopp drastische Folgen mit sich. Da sich die Lawine nicht aufhalten ließ, bestand seine Aufgabe darin, die Katastrophe in geordnete Bahnen zu lenken.

„Guten Abend, Herr Peche, verzeihen Sie die späte Störung", eröffnete er sein Schlichtungstelefonat.

„Herr Bürgermeister, was gibt es dringendes?"

Der Journalist war von dem Anruf überrascht, daraus machte er keinen Hehl. Walter Sauer berichtete von den Ereignissen auf der Baustelle und den sich ergebenden Konsequenzen.

Schuldlos würde das Bauamt erneut in den Focus geraten.

Wow, hier brennt die Hecke!

Was war nur los? Erst schlummerte die Stadt ewige Zeiten still vor sich hin.

Jetzt überschlugen sich urplötzlich und unerwartet die Ereignisse.

„Kommen Sie bitte morgen in mein Büro. Ich unterrichte ich Sie dann über weitere Details", sagte Walter Sauer.

„Ich wäre Ihnen dankbar, wenn Sie Ihre Berichterstattung frei von Polemik gestalten und das Bauamt nicht an den Pranger stellen. Sie erinnern sich doch sicherlich noch an unser Gespräch vor einigen Tagen, Herr Peche."

Dass sich sein vorgetragener Wunsch so schnell erfüllt, hätte der Journalist nicht zu träumen gewagt.

Dienstag, 6. März 2018

„So, Herr Bokelmann, ich habe zwei Mordfälle aufzuklären, deshalb werde ich mich nicht länger mit Ihrer Salamitaktik aufhalten. Entweder Sie sagen uns jetzt die komplette Wahrheit, ansonsten lass ich Sie dem Haftrichter vorführen", Kleber wählte die schonungslose Variante eines Verhörs.

Da rieb sich sogar Ramona die Augen, einen derartig schroffen Ton gegenüber einem Zeugen schlug ihr Chef nur selten an.

Der Angesprochene reagierte ebenfalls erschrocken, so, als sei er sich keiner Schuld bewusst.

„Jetzt mal langsam. Wenn Sie mit Ihren Ermittlungen nicht weiterkommen, dann ist das nicht meine Schuld. Oder sucht die Polizei mal wieder ein Bauernopfer? Nicht mit mir. Ich möchte sofort meinen Anwalt sprechen", sagte der Verwalter sichtlich verärgert.

„Herr Bokelmann, uns liegen Informationen vor, die Sie uns besser bei unserem letzten Gespräch offenbart hätten. Dann wären wir schneller vorwärtsgekommen", versuchte Ramona, das Gespräch wieder in geordnete Bahnen zu lenken.

„Wovon reden Sie? Ich habe Ihnen doch alles gesagt", sagte Claus Bokelmann schon etwas ruhiger.

„Warum zahlte Frau Brause keine Miete für ihre Wohnung?", bohrte Ramona weiter nach.

Der Verwalter öffnete den Mund, schloss ihn aber sogleich wieder.

Er sah die Polizisten einige Sekunden schweigend an. Dann rutschte er mit seinem Stuhl nach vorne, stützte sich mit beiden Ellenbogen auf den Tisch ab und fixierte den Ermittler aus verkürzter Entfernung.

„Herr Kommissar, ich werde Ihnen alles erzählen. Aber die Morde habe ich nicht begangen, bitte glauben Sie mir!"

Kleber sah ihn musternd an. Mit einer Antwort seinerseits war offenkundig nicht zu rechnen, dadurch war der Verwalter wieder am Zug.

„Ja, es ist richtig. Ich habe ja bereits zugegeben, dass ich ein Verhältnis mit Frau Brause hatte. Sie suchte damals eine größere Wohnung in Greven, was vor Jahren schon schwierig war. Ich habe ihr dann eine besorgt und, ja, ich nahm dafür keine Miete von ihr. Da wir zusammen viele angenehme Stunden in der Wohnung verbracht haben, war das ok für mich.

Als wir uns trennten, weigerte sie sich dennoch, Miete zu zahlen. Sie wolle ihren Lebensstandard beibehalten, da hätte sie kein Geld mehr für die Miete, sagte sie mir unverblümt, so mir nichts, dir nichts. So einfach ging es natürlich nicht. Das habe ich ihr unmissverständlich gesagt. Als sie sich hartnäckig weigerte, fanden wir eine andere Lösung. Wir haben uns einmal die Woche in ihrer Wohnung getroffen, und, tja, wie soll ich sagen, ich blieb dann bis spätabends bei ihr.

Als sie dann einen neuen Freund kennenlernte, meinte sie, dass unsere Vereinbarung jetzt nicht mehr gelten würde.

Miete zahlte sie unverändert nicht.

Was wäre die Alternative gewesen? Sie verklagen?

Außerdem bearbeitete sie meine Bauanträge im Rathaus.

Nein, mir waren die Hände gebunden. Des Weiteren bin ich verheiratet. Einen öffentlichen Skandal konnte ich mir unmöglich leisten. Nach Abwägung der Fakten beließ ich alles beim Alten. Die fehlende Miete ließ sich verkraften und war eher Pillepalle. Wir arrangierten uns also erneut, alles andere hätte nichts gebracht.

Ich verzichtete auf die Miete und sie bearbeitete meine Anträge vorrangig. Was nicht hieß, dass für mich andere Regeln galten, keineswegs. Auf Genehmigungen warteten wir halt nicht so lange wie andere. Das war schon eine spürbare Erleichterung für mein Unternehmen. So arbeiteten wir viele Jahre erfolgreich zusammen."

Kleber ahnte, dass dies noch nicht die komplette Geschichte war. Er behielt Recht.

„Vor ein paar Wochen sagte sie mir, dass das Leben immer teurer würde, sie bräuchte weitere finanzielle Unterstützung, damit meine Anträge auch künftig zügig bearbeitet werden.

Das habe ich vehement abgelehnt. Aber Laura ließ nicht locker.

Letzten Freitag ist mir dann die Hutschnur gerissen, als sie wieder davon anfing. Wegen der defekten Heizung war ich in ihrer Straße und da habe ich die Gelegenheit genutzt, bei ihr vorbeizuschauen. Ich traf sie auch in ihrer Wohnung an. Von meiner spontanen Visite war sie wenig begeistert. Sie erwartete Besuch.

Ich habe ihr zu verstehen gegeben, dass alles so bleibt wie bisher, aber dass sie keinesfalls zusätzlich Geld von mir bekommt. Als sie weiter dreist auf ihrer Forderung bestand, habe ich sie mit meinen Händen am Hals gepackt und gesagt, dass, wenn sie keine Ruhe gibt, ich Miete für die Wohnung verlangen würde.

Ich habe aber sofort wieder von ihr abgelassen und mich für den Übergriff entschuldigt. Wir haben noch ein bisschen gestritten. Ich entschied mich aber, die Win-Win-Situation nicht leichtfertig aufs Spiel zu setzen.

Also verließ ich unverrichteter Dinge die Wohnung. Da war sie noch putzmunter. Es war das letzte Mal, dass ich Laura zu sehen bekommen habe. Ehrlich, Herr Kommissar."

In dieser Kleinstadt lief im Verborgenen einiges turbulenter ab als erwartet. Zu seinem eigenen Erstaunen stellte er fest, dass er den Begriff „heißer Feger" offensichtlich deutlich zu eng gefasst hatte.

Sex gegen mietfreies Wohnen, eine neue Dimension kreativer Geschäftsmodelle.

„Sie haben uns am Freitag somit angelogen, als Sie sagten, Sie seien im Dezember letztmalig in der Wohnung von Frau Brause gewesen", stellte Ramona klar.

„Ja, ich wollte nicht in diese Geschichte hineingezogen werden", gab der Verwalter kleinlaut zu.

„Waren Sie Freitagmittag bei Frau Brause?"

„Ja, genau."

„Sind Sie am Nachmittag nochmal zu ihr gegangen, um vielleicht doch noch etwas nachzujustieren?"

„Nein, sicher nicht. Es war alles gesagt, wir hatten uns ausgesprochen. Was hätte ein erneuter Besuch für einen Sinn gehabt? Ich schwöre, dass ich sie Freitagmittag zuletzt gesehen habe. Herr Kommissar, bitte glauben Sie mir!"

„Haben Sie Frau Brause nur am Hals gewürgt oder wurden Sie nicht doch etwas aufdringlicher?", hakte Ramona nach.

„Nein, wie kommen Sie darauf?"

„Herr Bokelmann, wir wissen das Sie mit ihren Mietern nicht zimperlich umgehen. Es gibt Hinweise, dass Sie bei rückständigen Mietern eine Art Schlägertruppe einsetzten, die vor körperlicher Gewaltanwendung nicht zurückschrecken.

Bei hartnäckigen Fällen werden die Mieter schon mal brutal auf die Straße gesetzt, ganz ohne Gerichtsverfahren. Das ist letztlich nicht unser Thema. Wir wissen, dass Sie fähig sind, Ihre Interessen mit Gewalt durchzusetzen. Vielleicht war es bei Frau Brause ähnlich?"

„Frau Kommissarin, das sind üble Beschuldigungen, von denen ich mich mit Nachdruck distanziere. Von wem haben Sie den Blödsinn gehört? Sagen Sie mir den Namen, dem werde ich es zeigen!"

Um dann Bekanntschaft mit seiner mobilen Einsatztruppe zu knüpfen.

Kleber lenkte das Gespräch wieder zurück auf das eigentliche Thema: „Haben Sie bei Frau Brause versucht, wie soll ich sagen, aus alter Gewohnheit, Liebesdienste einzufordern?"

„Nein, wie oft soll ich das sagen. Da war nichts! Glauben Sie mir!"

Ich muss gar nichts, aber so verwegen sich die verspätete Beichte anhörte, so exakt passte sie mit ihren Ermittlungsergebnissen zusammen.

„Wie gut kannten Sie Frau Silberwald wirklich?", wechselte Kleber die ermittlungstechnische Baustelle. „Oder haben Sie uns bei dem zweiten Opfer ebenfalls das ein oder andere verschwiegen?"

„Nein Herr Kommissar. Ich habe sie ein paar Mal im Zusammenhang mit dem Deichprojekt gesehen, das habe ich Ihnen doch schon gesagt. Mehr war da nicht!"

War jetzt der Moment der Beichte gekommen? Er durfte nicht noch tiefer in den Sumpf hineingezogen werden, schon gar nicht in Mordermittlungen. Also schwieg er lieber.

„Wären Sie mit einem DNA-Test einverstanden?"

„Wenn Sie mir dann endlich glauben, gerne."

„Herr Bokelmann, haben Sie uns die volle Wahrheit gesagt? Erfahre ich später wiedermal, dass Sie nur mit der halben Wahrheit rausgerückt sind, dann Gnade ihnen Gott, haben wir uns verstanden?"

„Ja klar, einverstanden!"

Der Gefälligkeitsdienst für den Bürgermeister fiel doch nicht unter die Drohung des Kommissars. Oder etwa doch?

Nachdem der Verwalter gegangen war, betrat der Mitarbeiter vom Bauamt den Verhörraum.

„Herr Rosenbaum, Sie teilten sich viele Jahre mit Frau Brause das Büro im Bauamt. Sie hatten mit ihr eine Beziehung. Das heißt, sie kannten sich über viele Jahre sehr gut und während der Bürogemeinschaft haben Sie sicherlich, neben den geschäftlichen Dingen, das ein oder andere aus ihrem Privatleben mitbekommen, Herr Rosenbaum. Sehe ich das richtig?", Kleber verschwendete keine Zeit für freundliche Belanglosigkeiten.

„Ja, das kann man so sagen."

„In beiden Mordfällen führen alle bisherigen Spuren merkwürdigerweise zu Ihnen ins Bauamt. Wie war das Verhältnis zwischen Frau Brause und ihrem Chef, Herrn Bäumer? Können Sie uns da Näheres erzählen? Bitte denken Sie genau nach, jeder Hinweis ist wichtig für uns."

Dass das Verhältnis zwischen den Herren Rosenbaum und Bäumer nicht das Beste war, hatte er hautnah erlebt. War jetzt der Moment der Abrechnung gekommen? *Wir wären die Nutznießer.*

„Kann ich davon ausgehen, dass, alles was ich Ihnen erzähle, vertraulich behandelt wird? Ich möchte unter den Kollegen ungern als Nestbeschmutzer dastehen."

„Davon können sie ausgehen, Herr Rosenbaum, versprochen", bestätigte Ramona schnell.

Wenn Ramona meint. Ich wäre da vorsichtiger mit derartigen Zusagen.

„Wissen Sie, Herr Bäumer ist kein angenehmer Chef. Alle Erfolge schreibt er sich persönlich zu. Für Misserfolge sind alle anderen zuständig. Die Stimmung in der Abteilung ist ihm egal, Hauptsache er punktet beim Bürgermeister. Als vor Jahren meine Beziehung zu Laura Brause endete, war ich ziemlich entsetzt, als sich Herr Bäumer als neuer Freund von Laura herausstellte. Herr Bäumer ist doch schließlich verheiratet.

Er gab sich nicht die Mühe, seine Affäre mit Laura vor den Kollegen im Rathaus geheim zu halten. Es schien ihm egal zu sein. Demzufolge wussten alle davon, wahrscheinlich auch seine Frau.

Ich habe in der Kantine einmal ein Gespräch unfreiwillig mit angehört, in dem er sich abfällig über Laura auslieẞ.

Ein Kollege gab einen Witz über Laura zum Besten:

Die beste jemals getestete Matratze, kenne ich seit der Grundschule.

Der Schmierlappen hatte nichts Besseres zu tun, als zu ergänzen:

Auch die beste Matratze liegt sich einmal durch!

Da war er noch mit Laura zusammen. So ein Typ ist dieser Bäumer.

Seine verschwenderisch-sorglose Lebensart kam, unverständlicherweise bei den Frauen an. Bei Kollegen hingegen weniger."

Die ganze angestaute Wut kam aus ihm hervor, aber das war ihm scheinbar egal. Laura war tot, und vielleicht war dieser Bäumer schuld daran. Zuzutrauen wäre es ihm.

„Vor einigen Wochen habe ich beide bei einem Gespräch in unserem Büro überrascht. Es drohte, dass ich einen Termin verpasse, daher rannte ich ins Büro zurück, um fehlende Unterlagen zu holen. Als ich um die Ecke kam, hörte ich, wie er Laura anschrie:
Du kriegst kein Geld mehr von mir! Ende, basta!
Als sie mich bemerkten, sahen mich beide erschrocken an. Der Bäumer verließ daraufhin wortlos das Büro. Ich schnappte mir meine Unterlagen und versuchte, noch rechtzeitig den Termin zu erreichen.
Ich habe den Vorgang danach schlicht vergessen, auch Laura erwähnte ihn mir gegenüber nicht mehr."
Kleber sah sich in seiner Annahme bestätigt. Guido Rosenbaum schien keine Probleme damit zu haben, seinen Chef in die Pfanne zu hauen.
„Hatten Sie den Eindruck, dass Frau Brause immer korrekt oder wie sagt man, den Vorschriften entsprechend ihre Arbeit erledigt hat?"
„Auf jeden Fall! Laura war eine gewissenhafte Sachbearbeiterin, auf sie lasse ich nichts kommen", kam prompte die energische Antwort. Sehr glaubhaft, dachte Kleber.
Als Guido Rosenbaum den Raum verlassen hatte, blieben Kleber und seine Assistentin am Tisch sitzen. Zuerst fasste er die Dinge zusammen: „Frau Brause war zwar eine sympathische, allseits beliebte Frau aber ihre dunkle Seite haben wir heute ausgiebig kennen gelernt. Lässt sich von dem Verwalter die Wohnung bezahlen und als sie kein Paar mehr waren, bezahlte sie ihre Miete mit Liebesdiensten. Anschließend versucht sie vergeblich, mehr Geld aus dem Bokelmann herauszupressen.
War es denkbar, dass sie zusammen mit ihrem Freund ihren Chef erpresst hat?

Der Bokelmann ist ein windiger Hund. Für den Täter halte ich ihn jedoch nicht. Da scheint mir der Bäumer schon eher in Frage zu kommen. Ramona, was meinst du?"

„Tja, das sehe ich genauso. Sobald wir die DNA vom Bokelmann haben, wäre es nicht überraschend, wenn diese mit denen am Hals des Opfers gefundenen Spuren übereinstimmen. Auch die Zeitangabe passt. Wenn Frau Brause tatsächlich ein Problem für ihn war, hätte er seine Schlägertruppe von der Leine gelassen. Der DNA-Probe stimmte er ebenfalls zu, ohne lange zu debattieren.

Welches Motiv hatte er Frau Brause zu ermorden? Seine Anträge wurden zügig von ihr bearbeitet und der kleine Mietausfall war zu verschmerzen.

Ich habe seine Kontoauszüge gesehen, nein, aus finanziellen Gründen wurde er garantiert nicht zum Mörder."

„Ramona, lass doch bitte diesen Bäumer sofort herholen. Wir werden Ihm nochmal auf den Zahn fühlen, was er ja so liebt, wie wir wissen", sagte Kleber mit breitem Grinsen.

„Erledige ich. Lies bitte in der Zwischenzeit die Notizen zu den Verhören der Mitglieder des Kunstprojektes.

Ach übrigens, Schröder lässt ausrichten, dass wir keine Genehmigung für die DNA-Proben von Claus Bokelmann und Christian Bäumer bekommen. Er war zu feige, uns das persönlich mitzuteilen."

Als Kleber die Unterlagen, voller Arbeitseifer, zu sich heranzog, klingelte sein Handy.

„Hallo Lissy, was gibt es Dringendes?", fragte Kleber, spürbar verunsichert.

In all den Jahren hatte seine Frau ihn während der Arbeit niemals angerufen.

„Hallo Schatz, tut mir leid, wenn ich dich störe." Kleber spürte deutlich ihre Verunsicherung.

Etwas war vorgefallen, zweifellos.

Als er Lissy vor fast zehn Jahren kennengelernt hatte, war er verunsichert, ob sie zusammenpassten, als er erfuhr, dass sie aus einer vermögenden Familie stammt. Kleber war es gewohnt, auf eigenen Füßen zu stehen. Demzufolge suchte er eine Partnerschaft auf Augenhöhe. Obwohl sie sich auf Anhieb bestens verstanden, war schwer einzuschätzen, ob nicht doch die Gefahr bestand, in eine finanzielle Abhängigkeit hinein zu rutschten. Diese Sorge erwies sich als absolut unbegründet. Sie war eine humorvolle, lebenslustige und bescheidene Frau, frei von Starallüren oder Wohlstandsgehabe.

Kleber liebte ihre einfühlsame, zurückhaltende aber dennoch bestimmende Art, so auch wieder in diesem Augenblick.

„Weißt du schon, wann du heute nach Hause kommst? Hajo rief an, er will uns heute Abend besuchen. Er klang so merkwürdig am Telefon. Es schien, als ob er unbedingt mit uns sprechen muss. Das fand ich ungewöhnlich. Aber was mir Angst macht, er bestand darauf, dass du unbedingt bei dem Gespräch anwesend bist."

Dem stimmte Kleber bedingungslos zu; das ließ ihn aufhören. Sein Schwager legte bisher wenig Wert auf einen intensiven Kontakt zu ihm, eher wurde er als Anhängsel billigend in Kauf genommen.

„Um 20.30 Uhr bin ich Zuhause. Jetzt mach dir keine Sorgen, Lissy. Bestimmt gibt es für all das eine einfache Erklärung. Wir sehen uns heute Abend, mein Spatz", das Telefonat war beendet.

Die aufkommende Besorgnis nicht. Die Sorge seiner Frau war begründet und übertrug sich auf ihn.

Kleber versuchte, beim Lesen der Verhörprotokolle wieder auf andere Gedanken zu kommen. Beide Mordfälle kreisten magisch um das Bauamt und das Kunstprojekt.

Zusammenhänge: Fehlanzeige.

Neben den bekannten Protagonisten engagierten sich Bänker, Sponsoren und Künstler an dem Projekt unter Leitung des Bürgermeisters. Warum sollten zwei Frauen für dieses Vorhaben ihr Leben lassen? Wer hätte einen Nutzen davon? Wo ist das Motiv?

Kleber las den Stapel Protokolle. Schnell realisierte er, dass er auf seine drängenden Fragen in diesen Unterlagen keine Antwort finden würde.

Nur ein Name wurde mehrfach genannt:

Otto Vogel, Vorsitzender einer Bürgerinitiative.

Von verschiedenen Projektbeteiligten wurde erwähnt, dass sie sich von ihm eine stärkere Unterstützung des Vorhabens gewünscht hätten. Die Förderer bedauerten, dass Herr Vogel viele Dinge eher problematisiere, als sie zu lösen.

Das ist kein Motiv für einen Mörder, oder?

So unangenehm diese Auseinandersetzungen für alle Beteiligten auch waren.

Er wollte die Unterlagen gerade zur Seite legen, als zwei Namen seine Aufmerksamkeit erweckten. Die habe ich doch schon mal gehört.

Aber in welchem Zusammenhang?

Dann fiel es ihm plötzlich wieder ein.

Der erschossene Dackel!

Bei seinem letzten Fall in Greven hatte er beide verhört.

Der eine war Holger Kiffermann, Rechtsanwalt und Bauunternehmer.

Der andere war der Reiseunternehmer Bernhard Brömmelkamp, bei dem er sich vor allem an seinen tollen Hund erinnerte. Damals hatte er beschlossen, falls er jemals einen Hund haben würde, sollte dieser ebenfalls Django heißen.

Es war schon eigenartig, diesen Personen bei den erneuten Mordermittlungen in Greven wieder zu begegnen. Bei den damaligen Mordfällen waren sie schuldlos, jetzt stehen sie auf der Liste der Sponsoren.

Purer Zufall und dem Umstand geschuldet, dass in dieser kleinen Stadt jeder jeden kennt. Oder?

Bevor er weiter Zeit in nutzlose Details investierte, kam glücklicherweise Ramona zurück.

„Herr Bäumer kommt gleich. Erwartungsgemäß hat er leicht erhöhte Temperatur."

Er wurde allen Erwartungen gerecht.

Mit gerötetem Kopf stürmte der Leiter des Bauamtes zur Tür herein.

„Jetzt habe ich bald die Schnauze voll von Ihnen!", schrie er.

„Was sollen meine Mitarbeiter von mir denken, wenn ich ewig zur Polizei vorgeladen werde? Die glauben sonst noch, ich sei in die Morde verwickelt!"

Kleber wollte schon fragen, seit wann ihn die Meinung seiner Mitarbeiter interessiere, hielt sich in diesem weniger relevanten Aspekt aber vornehm zurück.

„Und, sind Sie?", fragte Kleber in aller Seelenruhe.

„Sind sie, was? Was stammeln Sie für einen Unsinn!"

„Und, sind Sie in die Morde verwickelt, Herr Bäumer?"

„Jetzt fangen Sie schon wieder mit ihren haltlosen Unterstellungen an. Langsam bereue ich es, meinen Anwalt nicht gleich mitgebracht zu haben. Fälschlicherweise war ich im Glauben, dass wir ohne ihn auskommen."

„Nehmen Sie doch bitte Platz, Herr Bäumer. Es wird länger dauern."

Christian Bäumer schien erneut aufmucken zu wollen, beruhigte sich aber seltsamerweise wieder. Schicksalsergeben sagte er: „Und, worum handelt es sich heute?"

„Warum haben Sie uns verschwiegen, dass Sie erpresst werden?"

„Ich glaube, ich bin in einem schlechten Film. Dieselbe Frage haben Sie mir doch schon am Freitag gestellt. Bereits vergessen? Jetzt sagen Sie bitte nicht, dass Sie mich deshalb nochmal hierher zitiert haben. Ich habe dringende Arbeiten zu erledigen, wenngleich dies für Sie als Beamter unvorstellbar ist."

„Oh, doch. Ich stelle die Frage gerne deutlich, Herr Bäumer. Warum haben Sie uns verschwiegen, dass Sie von Frau Brause erpresst wurden? Ihrer ermordeten Mitarbeiterin."

„Wer erzählt Ihnen solch einen Blödsinn. Dass Sie unverschämt sind, haben Sie bewiesen, dass Sie so naiv sind, alles zu glauben, was Sie hören, hätte ich nicht gedacht", sagte der Bauamtsleiter genussvoll und lehnte sich entspannt in den Stuhl zurück.

„Herr Bäumer, wir kürzen das Gespräch gerne ab", sagte Ramona.

„Entscheidend ist, wie sich die Beweislage darstellt. Wie Sie selbst sagten, war Frau Brause eine zuverlässige Mitarbeiterin, die akribisch Buch führte. Wenn Sie Wert auf einen Zeugen legen, bitte, den haben wir auf Wunsch im Angebot."

Ramona war immer wieder für eine Überraschung gut. Wenngleich sie nicht die Wahrheit sagte.

„Herr Bäumer, jetzt hören Sie bitte mit ihren Spielchen auf. Ihre theatralischen Auftritte langweilen uns. Wir haben zwei Morde zu klären, wir haben keine Zeit für Ihre gestelzten Auftritte", sagte Kleber und beugte sich bedrohlich nach vorne.

Christian Bäumer schien seine Antwort abzuwägen und ließ sich ungewöhnlich lange Zeit.

Der kleine Trick von Ramona zeigte Wirkung.

„Es ist korrekt, ich habe Frau Brause regelmäßig Geld gegeben. Sie war sauer, weil ich mit ihr Schluss gemacht habe. Sie drohte, alles meiner Frau zu erzählen. Ich wollte keinen Ärger und habe ihr Schweigegeld gezahlt, das war alles. Ich hätte ihr mehr bezahlt, aber sie war mit ein paar Scheinen zufrieden."

„Ist es nicht eher so, dass ihre Mitarbeiterin Sie wegen Unregelmäßigkeiten im Amt erpresst hat?

Wie auch der zweite Erpresser?"

„Können Sie Ihre Behauptung beweisen? Führte Frau Brause darüber Buch?", Bäumer pokerte hoch.

Kleber schwieg. Ramona ebenfalls.

„Wären Sie mit einer DNA-Probe einverstanden?"

„Muss ich?"

„Nein."

„Bitte, da haben Sie ihre Antwort. Kann ich jetzt gehen?"

„Herr Bäumer. Sie hatten ein Verhältnis mit Ihrer Mitarbeiterin. Sie wurden von der ermordeten Frau Brause erpresst. Ein zweiter Erpresser beschuldigt Sie krimineller Handlungen im Amt. Und Sie glauben, Sie kämen ungestraft davon?

Herr Bäumer, halten Sie sich bitte zu unserer Verfügung. Greven verlassen Sie nicht ohne Genehmigung, ist das klar? Das übermitteln Sie auch gerne ihrem Anwalt. Wir haben Sie heute nicht zum letzten Mal vorgeladen, sein Sie sicher. So, jetzt dürfen Sie gehen."

„Einen Moment, ich habe noch eine Frage", sagte Ramona. „Haben Sie uns bezüglich Frau Silberwald vielleicht auch etwas verschwiegen? Es wäre ein passender Zeitpunkt, uns die Wahrheit zu sagen."

Wortlos, mit zornigem Blick verließ der Bauamtsleiter den Verhörraum.

Kleber gelang es nicht, sich ein unpassendes Lächeln zu verkneifen.

„Wo ist das Motiv?

Seine Situation ist mit der von Claus Bokelmann vergleichbar.

Beide hatten ein Verhältnis mit Laura Brause, von beiden ließ sie sich finanziell unterstützen.

Claus Bokelmann verdient sich dumm und dämlich mit seinen Immobilien. Der Job von Christian Bäumer wird ordentlich bezahlt, das große Geld brachte allerdings seine Frau mit in die Ehe", sagte Ramona, als der Befragte den Raum verlassen hatte und sie frustriert ihren Chef ansah.

Er war zwar der Chef, was aber nicht bedeutet, dass er automatisch die besseren Ideen hat.

Dies stellte er in diesem Moment mal wieder unter Beweis.

Walter Sauer und Henning Peche gaben sich zur Begrüßung die Hand. Zum ersten Mal wirkte das Lächeln von beiden aufrichtig und ehrlich.

„Vielen Dank für das gestrige Telefonat, Herr Sauer", begrüßte der Journalist den Chef des Rathauses.

„Ich habe Ihnen von dem betroffenen Bauabschnitt ein paar Unterlagen zusammenstellen lassen. Ich hoffe, Sie sind hilfreich für Ihren Artikel", sagte der Bürgermeister und bat den Journalisten Platz zu nehmen. „Ich habe vergessen zu fragen. Darf ich Ihnen einen Kaffee anbieten?"

„Ja, gerne", sagte Henning Peche, der angetan war von der freundlichen Atmosphäre, trotz des unerfreulichen Anlasses.

„Es ist für alle Betroffenen eine echte Tragödie, die sich gestern plötzlich und unerwartet ereignet hat. Zunächst untersuchen Fachleute die Fundstelle eingehend. Erst danach wissen wir, was für Substanzen, in welchem Umfang, dort unerlaubt entsorgt wurden. Ich habe alles Nötige veranlasst.

Ich hoffe, so schnell wie möglich Antworten auf die drängenden Fragen zu erhalten. Der Baustopp betrifft nicht nur uns und die Baufirmen, sondern auch alle Bewohner der Stadt, die ihr neues Zuhause in dem Neubaugebiet planen.

Es würde sicherlich zur Beruhigung aller Betroffenen beitragen, wenn Ihr Artikel so sachlich wie möglich ausfiele.

Verstehen Sie mich bitte nicht falsch, nichts liegt mir ferner, als Ihnen Vorschriften zu machen. Mit Panikmache wäre niemandem geholfen. In einer Phase, wo nur spekuliert wird, ohne das belastbare Ergebnisse vorliegen. So bedauerlich dieser Vorfall ist, wir, als Stadtverwaltung, sehen kein Eigenverschulden und sind Betroffene wie alle anderen auch. Für den Bauabschnitt liegt ein Bodengutachten vor, in dem keine Rede von Bodenverunreinigungen ist. Wenn die genauen Fakten vorliegen, werden wir diese eingehend analysieren. Erst danach entscheiden wir, wie es weitergeht.

Bis dahin wäre es hilfreich, wenn wir, also wir beide, uns mit irritierenden Spekulationen zurückhalten.

Wäre das eine Arbeitsgrundlage, Herr Peche?"

Zur Verwunderung des Bürgermeisters unternahm der Journalist keine Anstalten, die Situation für sich auszunutzen. Er nickte und sagte: „Es besteht kein Grund zur Sorge, Herr Sauer. Ich bin ebenfalls interessiert, die Pohlbürger von Greven über Tatsachen zu informieren, nicht über Halbwahrheiten. Insofern bin ich Ihnen dankbar, dass Sie mich frühzeitig mit den bestmöglichen Informationen ausstatten. Seien Sie beruhigt, wir ziehen in dem Thema an einem Strang – zum Wohle unserer Stadt und seiner Bürger."

„Das höre ich gerne. Ich bin Ihnen ausgesprochen dankbar, Herr Peche", sagte der Bürgermeister sichtlich zufrieden.

Er dachte, das Gespräch wäre damit beendet. Als er sich aus dem Sessel erheben wollte, registrierte er, dass der Journalist das offenbar anders empfand. Sein Besucher hatte offenkundig weiteren Redebedarf.

„Ich habe da nochmal eine Frage zu einem anderen Thema, Herr Sauer", begann er zögerlich.

Was kommt denn jetzt, dachte der Stadtoberste.

„Mir wurden vertrauliche Informationen über Herrn Vogel übermittelt, kompromittierende Unterlagen."

Der Journalist sah forschend den Bürgermeister an, der aber keine Reaktion zeigte und ihn stumm anblickte. Angesichts der Stille war er gezwungen, weiter fortzufahren.

„Journalistisch ist dies unverwertbar, dafür sind sie zu intim und persönlich. Ich habe, fragen Sie mich nicht warum, das unbestimmte Gefühl, dass Sie mit diesem Vorgang in irgendeiner Weise verbunden sind. Bin ich auf dem Holzweg und irre mich total?"

„Herr Peche, wie kommen Sie darauf? Wie soll ich an kompromittierende Informationen über Herrn Vogel gelangen? Selbst wenn, welchen Grund hätte ich, Ihnen diese Unterlagen zuzuschicken?", erwiderte der Bürgermeister erzürnt.

Walter Sauer ließ sich gewohnheitsmäßig nicht in heikle Themen hineinziehen, da war er routiniert.

Die Antwort kam reflexartig.

Als er sich weiter in den Verteidigungsgraben zurückziehen wollte, hielt er inne. War das vielleicht die nie wiederkehrende Gelegenheit, die Beziehung zur Presse auf ein anderes Niveau zu heben, sozusagen auf eine vertrauliche Basis? Konnte er es wagen, sich mit einem Journalisten soweit einzulassen?

Jetzt oder nie, es gab keine Bedenkzeit.

Sein Bauchgefühl gab spontan grünes Licht.

„Herr Peche, ich gehe davon aus, dass wir beide ein großes Interesse haben, dieses Thema vertraulich zu behandeln und das alles, was wir bereden, in diesem Raum bleibt. Können wir uns darauf verständigen?", dabei beugte er sich leicht in Richtung des Besuchers, als ob er dadurch verhinderte, dass ein Dritter sie belauscht.

„Das ist auch in meinem Sinne, Herr Sauer."

Der Bürgermeister sah sein Gegenüber an, dessen Blick auf ihm ruhte. Unaufrichtige Anzeichen waren in seiner Mimik nicht erkennbar und so fuhr er weiter fort.

„Ja, ich verstehe, wovon Sie reden. Mir ist das gleiche Material zugegangen. Ich habe keinen Schimmer, wer mir das Foto zugeschickt hat. Ich weiß noch viel weniger, warum ich es erhalten habe. Was soll ich mit diesem, verzeihen Sie die harte Formulierung, mit dem intimen Schweinskram anfangen?

Ich werde das Foto nicht weiterverwenden. Ich starte sicherlich keine Schmutzkampagne. Das wäre schäbig."

Henning Peche realisierte, dass er immer mehr Sympathie für den Bürgermeister empfand. Beide wussten, dass die öffentliche Verwendung des Fotos geeignet wäre, den Leumund des Betroffenen nachhaltig zu schädigen. Ob der Verkünder von brisanten Details unbeschadet davonkam, wusste allerdings auch niemand.

Peche fiel das Zitat eines römischen Feldherren ein:

„Ich liebe den Verrat, aber ich hasse Verräter."

Beide verstanden sich ohne weitere Worte. Das Foto würde offiziell nicht verwendet, aber davon auszugehen, dass es keinen Einfluss auf nachfolgende Diskussionen nehmen würde, wäre allerdings auch blauäugig.

Als Kleber abends müde nach Hause kam, wartete seine Frau ungeduldig auf ihn.

Im Vorbeigehen gab sie ihm einen Kuss. Ihr Blick drückte tiefe Dankbarkeit aus, dass sie sich, wie immer, auf ihn verlassen konnte.

Liebevoll hatte sie einige Häppchen vorbereitet, die sie schweigend an dem schweren Holztisch im Wohnzimmer bei einem Glas Wein aßen.

Der übliche heitere, flapsige Umgang war heute einer ungewohnt kühlen Atmosphäre gewichen. Den ansonsten so geliebten Ausblick durch das Wohnzimmerfenster auf den Aasee nahmen sie heute nicht wahr. Der bezaubernde Charme, hervorgerufen von unzähligen glänzenden Lichtern, die auf den Wellen tanzten, erreichte sie heute nicht. Sie saßen schweigend am Tisch. Jeder mit seinen Gedanken beschäftigt.

Beide verstanden sich blind, wie man so treffend formuliert. Aber heute Abend gab es zwischen ihnen nichts zu besprechen.

Als Lissys Bruder erschien, wurde er wie immer freundlich begrüßt, für überschwängliche Herzlichkeit war heute jedoch wenig Spielraum.

„Hallo Hajo, ich freue mich, dich zu sehen. Du möchtest doch sicherlich einen Kaffee?", begrüßte Lissy ihren Bruder, die, ohne seine Antwort abzuwarten, sich auf den Weg in die Küche machte.

„Hallo Hajo. Na, alles in Ordnung?", die Männer gaben sich freundschaftlich die Hand. Beide waren augenscheinlich um Harmonie bemüht. Sie unterhielten sich über Belanglosigkeiten, so lange, bis die Frau des Hauses mit Kaffee zurückkehrte.

Dass sich ihr Haus mit altem Baumbestand direkt am See in der besten Wohnlage befand und halb Münster sie um ihr imposantes Gebäude aus Glas und Edelstahl beneidet, war nun wahrlich keine Neuigkeit. Für den Smalltalk reichte es dennoch aus. Kleber ließ sich von der Eintracht nicht täuschen und gab sich keinen falschen Hoffnungen hin.

„Hajo, was gibt es? Du hast am Telefon so merkwürdig geklungen", begann Lissy so ungezwungen, wie es ihr möglich war. Erwartungsvoll sah sie ihren Bruder an. Schweigend begaben sie sich mit ihrem Kaffee zu der gemütlichen Sitzecke, von wo aus sie einen phantastischen Blick auf den See hatten.

Auf der Fahrt hatte er sich seine Worte zurechtgelegt, die nun in einem dicken Nebel verschwunden waren. Wo sollte er anfangen? Wie detailliert von der Katastrophe berichten? Es war unfassbar peinlich, und er musste gegenüber seiner Schwester eingestehen, dass er sie über Jahre nach Strich und Faden belogen hat. Er saß minutenlang auf der Couch, still, in sich gekehrt, tief in Gedanken versunken.

Leise und stockend berichtete er von seinen Problemen. Erst zögerlich, dann immer lebhafter.

Von der Spielsucht seit vielen Jahren, die sein gesamtes Privatvermögen aufgefressen hat. In seiner Not griff er auf Firmenkonten zurück. Aber das Schlimmste war, dass er durch diese Veruntreuung das Vertrauen seiner Schwester über lange Zeit missbraucht hat. Unter Tränen sagte er, er habe es immer wieder versucht, es zu beichten. Aber jedes Mal, wenn er Mut gefasste hatte, schämte er sich abgrundtief. Er war unfähig, seiner Schwester die Wahrheit zu sagen. Er war zu schwach und feige, seine Fehler einzugestehen.

Unter Tränen nahm er seine Schwester in den Arm, und bat schluchzend um Verzeihung. Die Geschwister lagen sich wortlos in den Armen, einer umklammerte den anderen. Außer Schluchzen und laute Seufzer war nichts zu hören. Als sie voneinander abließen, fiel jeder erschöpft in das Sofa zurück.

Sein Schwager starre geradeaus, als versuche er die Antwort auf sein Chaos in der Ferne zu finden. Bei seiner Frau war er unsicher, wie ihre Körperhaltung und Mimik zu deuten war. Er glaubte tiefes Entsetzen, Mitleid und Ratlosigkeit zu erkennen, aber auch Wut und Zorn.

Kleber fehlten die Worte. Das Gehörte übertraf weit seinen Erwartungshorizont. Wie war es möglich, dass sie über all die Jahre nichts mitbekommen hatten?

Waren sie so unsensibel? Oder war er ein genialer Schauspieler?

Wortlos holte Kleber aus dem Barschrank eine Schnapsflasche und schenkte drei Gläser randvoll ein. Als diese von allen wortlos mit einem Schluck geleert wurden, schenkte der Hausherr nach.

Kleber war als Einziger in der Lage, seine Gedanken klar zu artikulieren. Er sah sich genötigt, die Gesprächsführung zu übernehmen:

„Ok, Hajo. Ich finde es gut, dass du uns einweihst. Das war für dich sicherlich die Hölle, auch nach deiner Scheidung, alleine mit diesem Problem fertig zu werden. Gehe ich Recht in der Annahme, dass es einen speziellen Grund gibt, warum du uns heute so schonungslos über deine finanzielle Situation unterrichtest?"

Kleber realisierte selbst, wie abgedroschen und überheblich sich seine Worte anhörten.

Es musste irgendwie weitergehen, einen Schönheitspreis gab es heute nicht zu gewinnen. Tränen alleine halfen ebenfalls nicht weiter. Außerdem grübelte Kleber darüber nach, warum ausgerechnet seine persönliche Anwesenheit von so großer Bedeutung war. Er war ziemlich sicher, dass sie bisher nur die Spitze des Eisberges gesehen hatten.

Ein Blick in die Augen seines Schwagers genügte, um den Verdacht zu bestätigen.

„Du hast Recht, Kurt. Die Katastrophe hat sich dramatisch zugespitzt. Vor einiger Zeit wurde der Druck so groß, dass ich mir Geld aus anderen Quellen besorgen musste. Es ist mir peinlich es zuzugeben, aber ich sah mich gezwungen, einen Geldhai aufzusuchen. Ich habe immer gehofft, in der Spielbank irgendwann das große Glück zu finden. Daraus wurde natürlich nichts.

So bin ich tiefer und tiefer in den Sumpf gerutscht. Ich habe den Geldhai mehrmals vertröstet. Das hat sich der Halsabschneider fürstlich bezahlen lassen.

Irgendwann bin ich auf die Idee gekommen, unsere unbebauten Grundstücke zu vermarkten. Vor einiger

Zeit habe ich der Stadt Greven ein großes Grundstück verkauft, welches mittlerweile in Bauland umgewandelt wurde. Du erinnerst dich. An einer angrenzenden Parzelle ist die Stadt ebenfalls interessiert, da stehe ich derzeit in Verhandlung. Da kam mir die Idee, einen Teil dieses Grundstück zur Begleichung meiner Schulden an Luigi zu übertragen.

Natürlich nicht notariell beglaubigt. Wer wagt sich schon, mit einem Mafiosi schriftliche Verträge abzuschließen? Egal, die bindende Wirkung ist identisch, wenn du nicht eines Morgens tot im Bett aufwachen möchtest.

Auslöser der Katastrophe ist, dass auf dem bereits verkauften Grundstück, gestern Bodenverunreinigungen festgestellt wurden. Bei Erdarbeiten tauchten Fässer mit undefinierbarem Inhalt auf, die zu einem sofortigen Baustopp führten. Ob und wie es in diesem Bauabschnitt weitergeht, weiß derzeit niemand.

Fest steht, dass Morgen oder Übermorgen der Vorfall in der Zeitung stehen wird.

Völlig unklar bleibt dabei, ob das angrenzende Nachbargrundstück neben der Fundstelle jemals Bauland wird.

Schließlich wird die Stadt auch dort mit Verunreinigungen rechnen und das Projekt vorerst nicht anfassen.

Das wird Luigi überhaupt nicht schmecken.

Er drohte beim letzten Zahlungsaufschub, mir den Hals umzudrehen, wenn nicht bald Geld fließt. Aber genau dazu wird es kommen, und ich übertreibe nicht, wenn ich sage, dass ich um mein Leben fürchte."

Die Katze war aus dem Sack!

Dabei es war keine verschmuste Katze, sondern ein ausgewachsener Tiger namens Luigi.

„Hajo, war es das?", hakte Kleber nach.

Ein Blick auf den Schwager genügte, um zu sehen, dass dies immer noch nicht das Ende bedeutete.

Kleber schwieg weiterhin geduldig.

„Den anderen Teil des Grundstückes habe ich an zwei Kaufleute in Greven im Vorfeld durch Vorvertrag veräußert, ähnlich wie bei Luigi.

Sie haben mir für dieses Grundstück vor einiger Zeit Geld bezahlt, das ich dringend benötigte. Der Grundstückspreis lag deutlich unter dem Baulandpreis, so dass sie, sobald dort gebaut wird, einen fetten Gewinn einstreichen. Von den beiden habe ich gestern von dem Fund auf der Baustelle erfahren. Die standen so unter dem Schock der Ereignisse, dass sie gestern von dem Deal spontan zurückgetreten sind. Sie fordern sofort ihr Geld zurück. Das ich nicht habe.

Somit türmen sich seit gestern Abend dramatisch meine Probleme zu einem Gebirge auf.

Luigi kennt das Umweltdrama derzeit noch gar nicht. Ich hielt es für schlauer, Ihn persönlich darüber zu informieren. Bevor er es über Dritte erfährt.

Kurt, ich weiß nicht, wie es weitergeht. Da dachte ich, dass du mir einen Rat geben könntest. Ich meine, du kennst dich doch mit Kriminellen aus."

Jetzt sogar in der eigenen Familie.

„Zunächst klären wir, wie wir das fehlende Geld beschaffen. Über welchen Betrag reden wir?", analysierte Kleber weiter und sah fragend seine Frau an.

Sein Schwager druckste herum. Es war ihm sichtlich unangenehm, Auskunft über das Ausmaß seiner Verfehlungen zu geben.

„Lass mich mal überlegen", begann er zögerlich.

„Für das Erste wären 500.000 € ausreichend."

„Um Gottes willen, Hajo! Bist du wahnsinnig!", schrie Lissy entsetzt.

„Wie konntest du so viel Geld verzocken?", sagte sie wütend und warf ihrem Bruder einen zornigen Blick zu. Sie kreuzte ihre Arme vor der Brust und demonstrierte Unmut und Wut. Es war nicht davon auszugehen, dass sie je wieder ein Wort mit ihrem Bruder wechseln würde. Schweigend hing jeder seinen Gedanken nach.

Kleber füllt die Schnapsgläser nach, das war in diesem Moment das einzig Sinnvolle, was kurzfristig half. Kleber, von allen Beteiligten emotional am wenigsten betroffen, brach als Erster das Schweigen.

„Lissy, wir müssen Hajo helfen, wir haben überhaupt keine andere Wahl. Egal wie wir zu der ganzen Entstehungsgeschichte stehen. Erstmal schaffen wir den Notfall aus der Welt."

Kleber war selbst über seine verständnisvolle Ader erstaunt.

Ein Notfall, wenn auch auf leichtsinnige, idiotische Art und Weise selbst verursacht.

„Entschuldige, natürlich, du hast recht, Kurt. Zunächst besorgen wir das Geld. Alle weiteren Konsequenzen aus diesem Fiasko regeln wir anschließend", sagte Lissy mit gefasster Stimme.

Dass er nicht ohne Konsequenzen hier wieder rauskommen würde, war Hajo sonnenklar. Bei aller Zuneigung, die seine Schwester für ihn empfand.

„Wir werden zwei Eigentumswohnungen verkaufen. Dafür einen Käufer zu finden, ist in Münster wahrlich nicht schwer. Eins muss dir klar sein Hajo, für deine Schulden wirst du alleine aufkommen. Die Immobilien gehören uns gemeinschaftlich. Da du Geld benötigst, stimme ich dem Verkauf zu. Im Gegenzug werden wir zwei weitere Wohnungen alleine auf meinen Namen umschreiben. Und lass dir gesagt sein, Hajo, so eine Aktion wird es mit mir kein zweites Mal geben. Haben wir uns verstanden?"

„Ja, Lissy, ich verspreche es dir", sagte Hajo sichtlich erleichtert. Dankbar nickte er seiner Schwester zu.

„Wenn du den Kredithai ausbezahlt hast, werden wir uns hinterher in Ruhe zusammensetzen, um alles Weitere zu bereden. Mein grenzenloses Vertrauen in dich hast du für den Augenblick zerstört.

Ich weiß nicht, wie ich in Zukunft damit umgehen werde. Die künftige Überprüfung der Geschäfte durch einen Wirtschaftsprüfer in Auftrag zu geben, ist dabei noch das geringste Problem.

Wichtiger ist für mich, dass du eine Therapie gegen deine Spielsucht beginnst, Hajo. Das musst du mir versprechen. Ohne deine Zusage in diesem Punkt geht gar nichts. Ich würde es kein zweites Mal überleben, wenn du die Familie nochmal in so ein Chaos stürzt. Versprich es mir, Hajo!", flehte sie ihren Bruder förmlich an.

„Lissy, das verspreche ich dir hoch und heilig. Ich werde alles unternehmen, dass du dich künftig wieder auf mich verlassen kannst", sagte Hajo mit glänzenden Augen. Unklar blieb, ob vor Freude oder Rührung.

Kleber musste für sich entscheiden, wie tief er sich in diesen Abgrund hineinziehen lässt, nachdem das Finanzielle geregelt war. Seinen Schwager mit dem Mafiosi im Stich zu lassen, war keine Handlungsoption, das würde ihm Lissy niemals verziehen.

„Ok, Hajo. Ich werde mit dem Halsabschneider Kontakt aufnehmen, um zu versuchen, alles in geordnete Bahnen zu lenken. Unter Umständen ist es für mich leichter als für dich. Ich trete als Privatperson auf, nicht als Kommissar, das ist dir klar, oder?"

Hajo nickt sichtlich erleichtert. So in etwa hatte er sich das weitere Procedere vorgestellt.

„Gib mir seine Telefonnummer. Ich versuche gleich morgen einen Termin mit ihm auszumachen. Dann kümmern wir uns um die Kaufleute aus Greven. Wie heißen die beiden überhaupt?"

„Claus Bokelmann und Christian Bäumer."

Kleber hörte die Worte, verstand sie aber nicht. Was verbindet denn seine Tatverdächtigen mit den Geschäften von Hajo? Wo ist der Zusammenhang?

Hier liegt ein schrecklicher Irrtum vor. Oder etwa nicht? Zwei verschiedene Vorgänge waren auf tragische Weise miteinander verquirlt worden.

„Du meinst den Verwalter Claus Bokelmann und den Leiter des Bauamtes in Greven, Christian Bäumer?", fragte Kleber hörbar irritiert.

„Absolut richtig. Woher kennst du denn die beiden?"

„Ja, Kurt, da bin ich jetzt aber auch überrascht. Was hast du mit den beiden zu schaffen?", wollte nun auch noch seine Frau wissen.

Kleber fühlte sich wie im falschen Film. Er begriff nicht, was sich in seinem Wohnzimmer soeben abspielt.

„Das spielt keine Rolle. Um die beiden wirst du dich alleine kümmern", reagierte Kleber heftiger als erwartet.

Erst reitet sein Schwager die Familie in den Schlamassel und jetzt soll ich Rede und Antwort stehen. Nee, so läuft das nicht.

„Sie zu, wie du mit denen klar kommst!"

Jetzt waren es seine Frau und sein Schwager, die ihn fragend anstarrten.

Warum war Kurt auf einmal so zickig?

Angesichts der heftigen Reaktion, getraute sich seine Frau nicht, ein zweites Mal nachzufragen.

Kleber malte sich die Situation bildlich aus, wenn er nach dem Verhör der Tatverdächtigen diese an die Seite nehmen würde, um mit ihnen den dubiosen Grundstücksdeal rückabzuwickeln.

Nahezu zeitgleich trafen der Bürgermeister und der Immobilienunternehmer in ihrer Stammkneipe ein. Wie von Geisterhand geleitet, steuerten sie auf ihren angestammten Tisch zu. Der Wirt begab sich eifrig an die Arbeit, als er sie sah.

„Bring gleich zwei Schnäpse mit. Ich brauche heute unbedingt etwas Stärkeres", erweiterte Claus Bokelmann die Bestellung.

„Was ist denn los? Immer des Gschiss mit der Elli?", hakte der Bürgermeister nach.

„Nein, diesmal nicht mit Elli (seine Frau hieß übrigens Marion). Der Kommissar aus Greven glaubt, dass ich Laura umgebracht habe. Kannst du dir das vorstellen?"

Und der Bürgermeister dachte schon, er hätte heute Außergewöhnliches zu berichte.

Claus Bokelmann erzählte von seinem Verhör bei der Polizei, in dem er sich bereit erklärte, eine DNA-Probe abzugeben. So schwerwiegend waren offenbar die Verdachtsmomente gegen ihn.

„Ich war es nicht. Laura war zwar ein Luder, aber deswegen bringt man sie nicht gleich um. Wenn das so wäre, müsste ich zum Massenmörder mutieren.

Und die Silberwald. Welchen Grund hätte ich, die alte Möchtegern-Künstlerin umzubringen? Natürlich kannte ich sie von früher, das werde ich ja nicht jedem auf die Nase binden.

Wenn ich gewusst hätte, dass die Polizei mich aufs Korn nimmt, hätte ich die Aktion mit dem Vogel besser sein gelassen."

„Ach, da schau her! Wie aufschlussreich.

Von dir habe ich das Foto bekommen. Ich habe es mir beinah gedacht, Claus", sagte der Bürgermeister leise.

„Wem hast du das Foto sonst noch geschickt?"

„Dem Peche und dem Vogel."

Daraufhin berichtete der Bürgermeister von dem heutigen Gespräch mit dem Journalisten, mit dem er erstaunlich problemlos zurechtgekommen war – im Gegensatz zu vielen früheren Treffen.

„Das Thema nimmt rasant Fahrt auf. Wenn es dir hilft, in welcher Form auch immer, freut es mich für dich, Walter!"

Der Bürgermeister wusste, dass sein alter Schulkamerad der am zweitbesten vernetzte Mensch in Greven war. Überall hatte er seine Finger im Spiel. So verwunderte es ihn letztlich nicht bei dieser Gelegenheit zu erfahren, dass sein Freund von zahlreichen Personen ähnliche Aufnahmen in seinem Giftschrank aufbewahrt. Die nur darauf warteten, bei passender Gelegenheit, das Licht der Welt zu erblicken.

Ein sehr guter Freund, aber für Feinde ein verdammt gefährlicher Gegner.

Beide tranken genüsslich ihr Bier und hingen ihren Gedanken nach. Was bin ich froh, dass ich glücklich verheiratet bin und mich nicht in diesen zwielichtigen Etablissements rumtreibe. Wahrscheinlich wäre ich dann auch Bestandteil seines Giftschranks, wie er es nennt.

Walter Sauer berichtete anschließend, dass sein Mitarbeiter, Glücksrad-Guido, von der Polizei vernommen wurde.

„Wieso heißt der eigentlich Glücksrad-Guido? Das ist doch ein völlig bescheuerter Name", fragte Claus Bokelmann.

„Wir hatten vor Jahren ein Stadtfest, dabei stellten wir ein Glücksrad auf, bei dem Kinder kleine Preise gewinnen konnten. Das bereitete ihm so große Freude, dass er den ganzen Tag das Rad drehte, ohne auf Ablösung zu bestehen. Von diesem Tag an hatte er seinen Spitznamen weg."

„Hat er Interessantes ausgesagt, dieser Glücksrad-Guido?"

„Meines Erachtens nicht. Ich denke, er wird alles unternommen haben, Christian in ein schlechtes Licht zu rücken. Seit der ihm Laura ausgespannt hat, war er nicht besonders gut, auf den Frauenhelden zu sprechen.

Ich mag den Kerl auch nicht. Der würde mir am liebsten meinen Sessel unter dem Arsch wegziehen, so machtgeil ist der Schönling. Außerdem kann er seine Finger nicht bei sich halten.

Immer wieder erhalte ich mehr oder weniger deutlich Hinweise, dass er Frauen belästigt. Ich habe keine Zeit, mich den ganzen Tag an den Kopierer zu stellen und aufzupassen, ob er einer jungen Kollegin an den Hintern packt. Dabei hat er eine wunderbare Frau. Er ist mir unsympathisch. Punkt."

Claus hielt den Moment für ungeeignet, sich weiter über seinen Geschäftspartner auszulassen, und schwieg.

Zu fortgerückter Stunde nahm Walter Sauer seinen Freund freundschaftlich in den Arm.

„Claus, darf ich eine Bitte äußern?"

„Nur los, was gibt es?"

„Claus, du weißt, ich rede dir nicht in deine Geschäfte rein. Die Mitarbeiter aus dem Sozialbereich haben mir mehrfach zu verstehen gegeben, dass deine, wie soll ich sagen, teilweise ruppigen Methoden im Umgang mit säumigen Mietern für Diskussionen sorgen.

Ich bemühe mich wirklich, für alle Bürger ein offenes Ohr zu haben. Ich kümmere mich um jeden Scheiß, auf Deutsch gesagt. Das liegt mir im Blut, wenngleich mir das kaum jemand glaubt, und erst recht nicht dankt. Ich würde es persönlich begrüßen, wenn Greven nicht durch Schlägertrupps bekannt wird, die unter den sozial Schwachen Angst und Schrecken verbreiten. Könntest du mir in dem Thema etwas entgegenkommen?"

Claus Bokelmann überlegte nur kurz.

„Walter, ich werde sehen, was sich machen lässt. Versprechen kann ich nichts."

Walter Sauer war erleichtert.

Sein Appell würde gehört werden.

Dafür kannten sie sich lange genug.

Mittwoch, 7. März 2018

Der Bericht über den Baustopp schlug ein wie eine Bombe.

Der Zeitungsartikel war sachlich verfasst und frei von Spekulationen. Nicht reißerisch aufgemacht, wie man hätte vermuten können. Informativ wurde über den Fund bei den Erdarbeiten berichtet.

Derzeit wusste niemand, wie die wilde Deponie entstanden ist oder wer dafür verantwortlich war.

Eine unglaubliche Umweltkatastrophe für Greven. Niemand erwartet so etwas in einer ländlichen Region.

Nach den Schuldigen wurde fieberhaft gefahndet, hieß es. Der Zeitungsartikel, ergänzt um die beigesteuerten Details vom Bauamt, hatte eher den Charakter einer öffentlichen Verlautbarung. Eine sachliche und nüchterne Berichterstattung.

So aufsehenerregend die Einzelheiten über den Fund auf der Baustelle auch waren, so verbarg sich für die betroffenen Bürger der eigentliche Sprengstoff der Mitteilung zwischen den Zeilen.

Allein das Wort BAUSTOPP und der Hinweis, dass derzeit keine Aussagen möglich sind, wann die Bauarbeiten wieder aufgenommen werden, löste eine regelrechte Panik aus.

Wenngleich sich kein Häuslebauer auf das exakte Fertigstellungsdatum des neuen Eigenheims verlässt, so wurde doch in jeder Familie individuell diskutiert und geplant, welche erforderlichen Maßnahmen im Vorfeld zu treffen waren, damit der Umzug in das neue Heim weitestgehend konfliktfrei abläuft. Ob das die Finanzierung betraf oder zu welchem Termin die genutzte Wohnung gekündigt oder verkauft werden soll.

Und am Allerwichtigsten, rechtzeitig Vorsorge zu treffen, damit die lieben Kleinen einen Platz in der gewünschten Schule, Kindergarten oder im Hort finden.

Bei einer Verzögerung um einige Wochen klagen die Bauherren zwar, finden aber eine Lösung. Wie sah es aber aus, wenn viele Monate oder gar ein Jahr dazwischen lagen?

Aber genau diese Vielzahl kleiner Puzzlesteine potenzierte sich bei den Häuslebauern zu einer Lawine, von der alle Beteiligten überrollt wurden. Angefangen vom Bauträger bis zum Bauamt.

Das latente Risiko, dass bei plötzlichen und unvorhersehbaren Sondersituationen keiner aus dem Stegreif mit einem Masterplan um die Ecke kam, war jedem bewusst. Ungewöhnlich hart und unfair agierten die Betroffenen dennoch gegen die vermeintlich Verantwortlichen.

Sie wurden quasi persönlich für die Umweltkatastrophe in Haft genommen, obwohl sie von der Katastrophe, wie alle anderen auch, aus der Zeitung davon erfahren haben.

Holger Kiffermann war, bei allem Verständnis für die Bauherren, entsetzt, mit welchen Vorwürfen, Beleidigungen und Drohungen er sich als Bauunternehmer bereits kurz nach dem Erscheinen der Zeitung konfrontiert sah.

Viele der Bauwilligen hatten ihre Nerven nicht mehr im Griff und waren außer Kontrolle, schrien ihn ungehemmt am Telefon an, als hätte er persönlich das Unglück verursacht.

Den Mitarbeitern des Bauamtes erging es ähnlich.

Gegen Mittag rief der Bürgermeister bei dem Redakteur an, um sich für die faire Berichterstattung zu bedanken.

„Vielen Dank für den äußerst sachlichen Artikel zu der Umweltkatastrophe, Herr Peche", eröffnete Walter Sauer das Telefonat. „Ich versichere Ihnen, dass wir mit Hochdruck an der Behebung der Katastrophe arbeiten, um schnellstmöglich die Bauarbeiten wieder aufzunehmen. Sobald mir belastbare Aussagen vorliegen, sind Sie der Erste, den ich informieren werde. Verzeihen Sie, dass ich so kurz angebunden bin, aber die Leute rennen uns die Bude ein. Ich habe Vergleichbares bisher nicht erlebt.

Es ist die Hölle los. Wahnsinn!"

Als das Telefonat beendet war, ließ sich Henning Peche in die Rückenlehne seines Stuhles zurückfallen.

Was dem einen sin Uhl, ist dem anderen sin Nachtigall.

Gegenüber dem Bürgermeister hatte er sich professionell zurückgehalten und keinerlei Emotionen gezeigt.

Ein zufriedenes Grinsen legte sich auf sein Gesicht.

Bis vor einigen Tagen hatte er die Qual der Wahl, ob er den Rentnern der Stadt eine Plattform gibt, indem er über deren Probleme, bei der Überquerung des Marktplatzes mit ihren Rollatoren berichtete.

Oder er sich des verkehrstechnischen Detailproblems hingab, auf welchen Straßenabschnitten Radfahren erlaubt ist oder nicht.

Plötzlich öffneten sich neue journalistische Dimensionen für ihn.

Zwei ungeklärte Mordfälle, verstrickt mit dem Verdacht von Unregelmäßigkeiten im Bauamt, dokumentierte Sexszenen einer in der Öffentlichkeit bekannten Person und nun dieser handfeste Umweltskandal mit Breitenwirkung.

Erneut wurde ihm bewusst, dass er den schönsten Beruf der Welt hatte. Wenngleich, geprägt durch seinen nicht ausgelasteten, journalistischen Alltag, er dies in letzter Zeit vergessen zu haben schien.

Kleber betrat das Lehrerzimmer mit gemischten Gefühlen.

Längst vergessen geglaubte Kindheitserinnerungen wurden wieder wach. Mit unangebrachter Ehrwürdigkeit betrat er den Raum. Zum Glück verflogen die Bilder der Vergangenheit so schnell, wie sie gekommen waren.

Der Raum war erfüllt von reger Betriebsamkeit, um es wohlwollend auszudrücken.

Einige Lehrer standen zusammen und diskutierten, andere wühlten in Unterlagen und bereiteten offenbar die nächste Unterrichtsstunde vor. Einige sahen wie gebannt auf ihr Handy, ob zum Zweck ihrer Berufsausübung oder privat ließ sich nicht erkennen. Andere wiederum saßen mit einem Kaffee herum und schienen das Treiben teilnahmslos zu verfolgen.

Auf den Schreibtischen herrschte das absolute Chaos. Alles wirkte seltsam unstrukturiert. Kleber fragte sich, ob man in diesem Tohuwabohu überhaupt arbeiten kann.

Dagegen war ein Hühnerhaufen eine perfekt organisierte Formation.

„Guten Morgen, Herr Vogel, mein Name ist Kleber, Mordkommission Münster", nachdem er sich zu der gesuchten Person durchgefragt hatte.

„Können wir uns einen Moment ungestört unterhalten?"

Kleber kämpfte gegen seine Vorurteile an. Gegenüber Lehrern waren diese extrem ausgeprägt.

Ob der Mann ein fauler Pauker war, ließ sich aufgrund des Äußeren nicht beurteilen. Aber der Schlabberpulli passte haargenau zu den Vorstellungen der Schüler von einem waschechten Lehrer. Die Hose war zwar ordentlich, machte aber einen abgetragenen, verbeulten Eindruck.

„Das passt jetzt gar nicht. Ich habe keine Zeit für Sie", kam die knappe, unfreundliche Antwort.

„Ok, wenn es Ihnen lieber ist, lasse ich Sie vorladen. Ich bin nicht hier, um Zeugnisnoten zu verhandeln. Ich ermittele in zwei Mordfällen. Wie Sie wünschen."

Kleber suchte auf dem Schreibtisch eine freie Ecke für seine Visitenkarte, legte diese dort ab und drehte sich um.

„Moment, warten Sie. Kommen Sie mit", sagte der Lehrer und stapfte wortlos vor zu einer Terrassentür. Draußen standen einige Frauen und rauchten. Keine Männer.

„Kannten Sie Frau Brause oder Frau Silberwald?"

Er schien eine patzige Antwort parat zu haben, besann sich dann eines Besseren.

„Ja, Frau Silberwald. Warum wollen Sie das wissen?"

Ohne auf seine Frage einzugehen, fuhr Kleber fort: „Seit wann kennen Sie Frau Silberwald und wo haben Sie sie kennengelernt?"

„Sie war in das Kunstprojekt involviert. Ich vertrete dort die Interessen der Bürgerinitiative. In dem Zusammenhang haben wir einige Male miteinander gesprochen. Ansonsten kenne ich Frau Silberwald nicht näher."

„Sie hatten keinen Ärger mit ihr?"

„Nein! Wie kommen Sie darauf?"

„Warum gab es zwischen Ihnen und den anderen Projektmitgliedern Streit?"

„Wer sagt das? Wir haben teilweise unterschiedliche Auffassungen. Als Streit würde ich das nicht bezeichnen", Otto Vogel wirkte genervt.

„Mitarbeiter der Stadt Greven behaupten, Sie hätten alles unternommen, das Projekt zu gefährden, nur um sich persönlich in den Vordergrund zu spielen. Dabei schrecken Sie nicht davor zurück, mit fadenscheinigen Argumenten zu agieren."

„Eine völlige Unverschämtheit! Wer behauptet das? Dieser Bürgermeister?"

Als er merkte, dass er fast schrie, sah er sich beschwichtigend im Kreis seiner Kollegen um.

„Bei dem Emsvorland handelt sich um FFH-Gebiet, also eine Schutzzone für Fauna, Flora, Habitat. Dadurch wird der Lebensraum der Menschen und der Tiere geschützt. Dass ich mich dafür einsetze, kann mir schwerlich zum Vorwurf gemacht werden", dozierte Otto Vogel trotzig.

„Wie wir hörten, muss für den Standort der Skulpturen die Genehmigung der unteren Landschaftsbehörde beim Kreis Steinfurt eingeholt werden.

Auch beim FFH gibt es Spielräume, die die untere Landschaftsbehörde gerne ausschöpfen würde. Ein für Greven sinnvolles Projekt, wäre ohne wirkliche Schädigung der Umwelt umsetzbar. Da die Initiative, als auch Sie persönlich, massiv dagegen vorgingen und mit Klagen drohten, wurde die Landschaftsbehörde enorm unter Druck gesetzt.

Es wird behauptet, dass die amtliche Genehmigung nur ausbleibt, weil sich die Behörde nicht angreifbar machen will.

Hinter vorgehaltener Hand befürwortet das Amt sogar das Projekt. Was sagen Sie zu den Vorwürfen?", fragte Kleber.

„Unsinn! Das kommt doch von diesem Bürgermeister, der, mit Verlaub gesagt, keinen Schimmer von der Rechtslage hat. Der begreift nicht, worum es geht!"

Die Formulierung „dieser Bürgermeister" signalisierte zweifelsfrei eine deutliche Spur der Abneigung gegenüber dem Amtsträger.

„Dafür engagiert er sich für die Stadt und setzt sich vehement für ein Projekt ein, dass vielen Bürgern in Greven am Herzen liegt. In der Diskussion mit den Beteiligten gewann ich den Eindruck, dass er dabei Recht und Gesetz nicht außer Acht läßt", antwortete Kleber. Unbeabsichtigt nahm er den Bürgermeister in Schutz.

Schweigend sah ihn der Lehrer an, ohne Bereitschaft zu signalisieren, auf Klebers Aussagen einzugehen.

„Ok. Empfinden Sie es nicht als ungewöhnlich, dass Frau Silberwald ausgerechnet an einem Kunstobjekt tot aufgefunden wurde, das Sie mit allen Mitteln versucht haben zu verhindern? Warum wird eine Künstlerin an einem Kunstobjekt aufgehängt? Offenbar schien jemand gewaltigen Hass auf die Kunst oder die Künstlerin zu haben. Finden Sie nicht, Herr Vogel?"

„Was unterstellen Sie mir? Dass ich vor lauter Wut darüber, das Kunstobjekt nicht verhindert zu haben, eine Künstlerin mit dem Tod bestrafte? Das ist nicht Ihr Ernst, Herr Kommissar."

„Können Sie sich vorstellen, wer ein Motiv hatte, Frau Silberwald zu ermorden?"

„Nein, absolut nicht. Wenn Sie keine weiteren Fragen haben, würde ich mich wieder wichtigeren Aufgaben zuwenden", sagte der Lehrer mit unverhohlener Überheblichkeit.

Sie nehmen sich zu wichtig und unterstellen, dass, wie die von ihnen unterrichteten Kinder, alle Erwachsenen automatisch an „ihren Lippen hängen" und jeder ihrer Aussagen ehrwürdig und widerspruchslos respektieren.

Als er das Gebäude verließ, atmete Kleber erst einmal kräftig durch.

Lag die beklemmende Atmosphäre an dem Chaos, seinen Vorurteilen gegenüber Lehrern oder den negativen Kindheitserinnerungen?

Als er sich auf den Weg zum nächsten Verhör begab, war er den Ursachen seiner inneren Unruhe noch immer nicht auf den Grund gekommen.

Ohne anzuklopfen, marschierte Kleber forsch auf den Bauamtsleiter zu.

„Guten Tag, Herr Bäumer. Wir müssen reden. Oder wäre es Ihnen lieber, mich in meinem Büro zu besuchen?", sagte Kleber zur Begrüßung.

Eine Antwort auf seine Frage erwartete er nicht wirklich.

Der überfallartige Besuch legte alle Abwehrreaktionen lahm. Christian Bäumer war nur überrascht und – was selten vorkam – sprachlos.

„Herr Bäumer, finden Sie es nicht eigenartig, dass das Bauamt Greven nach diesem Fund im Neubaugebiet schon wieder im Mittelpunkt steht?

Was wussten Sie von dieser wilden Deponie?

Noch wichtiger: Was wusste Frau Brause davon?

Gibt es einen Zusammenhang mit ihrem Tod?

Wusste sie zu viel?"

„Was erlauben Sie sich? Verlassen Sie sofort mein Büro! Ohne Rechtsanwalt rede ich nicht mehr ein einziges Wort mit Ihnen. Ich werde mich über Sie beschweren!

Verlassen Sie mein Büro. Herr Kommissar", Christian Bäumer hatte zu seiner alten Bissigkeit zurückgefunden. Wie zur Entschuldigung ergänzte er: „Wir sind von diesem Fund überrascht worden, wie alle anderen auch. Es ist eine Katastrophe für die

Beteiligten. Niemand wusste davon, weder Frau Brause noch ich. Bitte gehen Sie jetzt!"

„Kein Problem, Herr Bäumer. Wir werden alles um diese Bodenverunreinigung herum bis ins letzte Detail untersuchen. Ich verspreche Ihnen, taucht ihr Name in irgendeiner Unterlage oder einem Vertrag auf, lasse ich Sie dem Haftrichter vorführen.

Versprochen! Schönen Tag noch."

Als er die Bürotür erreichte, drehte er sich kurz um und sagte dem verdutzten Bauamtsleiter auffallend lässig: „Richten Sie das gerne Ihrem Freund, Claus Bokelmann, aus. Ich lasse Ihnen schon mal vorsorglich zwei nette Zellen herrichten."

Dass Christian Bäumer unter den Vorwürfen einknicken würde, war nicht zu erwarten. Aber es war unschädlich, ihn aus seiner scheinbar unangreifbaren Komfortzone ein bisschen aufzuscheuchen.

Der Kommissar ist mir unheimlich.

Woher weiß der von den Grundstücksgeschäften und dass er mit Claus befreundet ist? Jetzt wird es allmählich brandgefährlich.

Für Claus und mich!

Auf dem Weg zum Auto klingelte sein Handy.

„Hallo Kurt, wie läuft`s?"

„Alles bestens!"

„Ich wollte dir nur mitteilen, dass heute in einem Zeitungsartikel stand, dass bei Bodenarbeiten in einem Neubaugebiet in Greven eine wilde Deponie entdeckt wurde. Es wurde zwischenzeitlich sogar ein Baustopp verhängt. Irgendwie eigenartig, egal was passiert, das Bauamt in Greven steht im Mittelpunkt.

Findest du das nicht merkwürdig?

Du bist doch in Greven unterwegs. Wäre es nicht eine Maßnahme, Claus Bokelmann und Christian Bäumer

230

mit diesem Thema direkt zu konfrontieren? Vielleicht deckte Laura Brause irgendwelche dunklen Machenschaften auf und starb deshalb. Das wäre doch endlich mal ein Motiv. Was meinst du?"

„Habe ich schon erledigt, Ramona", erwiderte Kleber kurz und bündig.

„Ich erzähle dir gleich mehr dazu."

„Lass bitte prüfen, ob es von diesem Otto Vogel zu den Mitgliedern des Kunstprojektes irgendeine Verknüpfung gibt. Die Kollegen sollen alle Steine bis zur Taufe umgraben. Ramona, ich fahre jetzt ins Büro. Wir müssen uns heute unbedingt sehen. Es ist sehr wichtig."

„Kein Problem, Kurt. Ich warte auf dich", dann war das Gespräch beendet.

Wie war es möglich, dass Kurt die beiden Hauptverdächtigen auf einen Artikel ansprach, den er nicht gelesen haben konnte? Er war seit heute Morgen unterwegs und hatte sicherlich keine Zeit gefunden, eine Grevener Zeitung zu lesen.

Woher wusste Kurt von diesem Fund?

Leicht konsterniert stellte Ramona fest, dass ihr Chef manchmal schon ein bisschen unheimlich war.

„Soll ich dir einen Kaffee holen, Kurt?", fragte Ramona, als ihr Chef das Büro betrat. „Ja, sehr gerne."

Erschöpft ließ er sich in seinen Stuhl fallen. Das gestrige Gespräch mit seinem Schwager hatte ihn schwerer aus dem Gleichgewicht gebracht, als er es sich eingestehen wollte.

Dass seine Frau mit in diese Morde hineingezogen wird, musste er unbedingt verhindern. Hajo, dieser Idiot, lebt im Überfluss und ist zu blöd, seine Spielsucht in den Griff zu bekommen. Sehenden Auges zieht er Lissy mit in den Dreck und belügt und betrügt sie. Es gibt genügend Anlaufstellen, die ihm geholfen hätten. Aber nein, er ist so blöd und leiht sich Geld von einem Mafiosi.

Es wird schwer genug werden, dass die Geschwister wieder Vertrauen zueinander aufbauen.

Unfreiwillig ist auch er in eine äußerst prekäre Situation geraten. Das gute Arbeitsklima mit Ramona durfte er auf keinen Fall aufs Spiel setzen. Er war bereit, alles zu unternehmen, um eine Vertrauenskrise in seinem Team zu verhindern.

Ramona kam mit zwei Kaffeebechern zurück und setzte sich schweigend auf ihren Stuhl. Die Stimmung zwischen ihnen war seltsam angespannt. Fremdartig. Beide spürten die ungewohnte Barriere. Kleber saß stocksteif da, den Blick zum Boden gerichtet.

Nach einer Weile, die Ramona wie eine Ewigkeit vorkam, begann Kleber leise über das gestrige Gespräch mit seinem Schwager zu berichten. Schonungslos erzählte er von dem Familiendrama bis hin zur Verknüpfung mit den Mordermittlungen.

Jetzt wird einiges klar, dachte Ramona, die das Gehörte erst einmal Revue passieren ließ. Blitzschnell wurde ihr Kurt's Dilemma bewusst.

Ihre zu treffende Entscheidung ließ nicht lange auf sich warten: „Danke, dass du mich eingeweiht hast. Ich denke nicht, dass wir Schröder informieren. Er würde sich nur unnötig aufregen. Unsere Arbeit bleibt ohnehin die gleiche, also hätte keiner einen Vorteil. Am besten, wir lassen intern alles unverändert. Was denkst du, Kurt?"

Mehr gab es nicht zu sagen.

Kleber sah auf und sah seine Assistentin lange an. Ein Lächeln huschte über sein Gesicht, kaum wahrnehmbar nickte er ihr zu.

„Danke!"

Kleber mocht Ramona vom ersten Moment an. Ihre natürliche, zupackende Art, intelligent mit rascher Auffassungsgabe, unkompliziert, teamfähig und absolut loyal. Am liebsten hätte er sie in den Arm genommen und gedrückt. Stattdessen nahm er zögerlich ihre Hand, hielt sie für einen kurzen Moment mit beiden Händen fest, sah ihr tief in die Augen, um dann ihre Hand wieder sanft freizugeben.

„Na, dann arbeiten wir mal weiter, Chef", sagte Ramona aufmunternd, im Bemühen zu verbergen, wie gerührt sie war.

Sie musste schnell in den professionellen Polizistenmodus zurückfinden, sonst würde sie gleich heulen.

Kleber berichtete von seinen Gesprächen mit dem Lehrer und dem Bauamtsleiter.

„Dann sind unsere beiden Kandidaten ja voll im Rennen. Auch Claus Bokelmann, obwohl er einem DNA-Test zugestimmt hat. Vielleicht ist er abgezockter, als wir glauben. Bei seinen windigen Geschäften rund um das Bauamt ist er mit den krummen Grundstücksgeschäften unverändert Tatverdächtiger. Es war schon mal förderlich, dass du bei dem Bäumer angefangen hast, auf den Busch zu klopfen. Eventuell werden die beiden nervös und begehen Fehler, wer weiß."

„Der Bäumer ist nicht so leicht aus der Reserve zu locken. Ich werde morgen versuchen, Ihn von der Flanke anzugreifen", sagte Kleber geheimnisvoll. „Den Lehrer knöpfe ich mir ebenfalls vor."

Wenn's denn hilft.

„Guten Tag Herr Vogel, vielen Dank, dass Sie Zeit für einen Besuch gefunden haben. Kaffee?"

Dass der Lehrer nur ungern der Einladung gefolgt war, versuchte er gar nicht erst zu verbergen. Da er sich dem Vorwurf der mangelnden Kooperation nicht aussetzen wollte, ist er der Bitte des Bürgermeisters schweren Herzens gefolgt.

„Offen gesagt, weiß ich nicht, was Sie von mir wollen", und zog sich tief in sein Schneckenhäuschen zurück.

„Herr Vogel. Wie Sie wissen, hat die Stadt Greven das Erdwärme-Projekt vor einem Jahr eingereicht und es wurde vom Gutachtergremium positiv beurteilt. In der derzeit laufenden Qualifizierungsphase wird der eingereichte Förderantrag geprüft. Von der zweiten Gutachtersitzung Ende Juli erwarten wir uns richtungsweisende Entscheidungen.

Sie kennen unsere Pläne das Rathaus, das Gymnasium, die Schule an der Ems, die Emssporthalle, die Martinischule, die Lutherschule und die Bücherei mit Wärme zu versorgen. Allein die energetische Sanierung des Rathauses kostet acht Millionen Euro."

„Warum erzählen Sie mir das? Die wirtschaftlichen Fakten sind mir bestens bekannt. Nochmals, was wollen Sie von mir?", unterbrach ihn der vermeintliche Vertreter der Volkesstimme wirsch.

Ohne auf seine Frage einzugehen, sprach der Bürgermeister unbeeindruckt weiter: „Ich weiß, dass Ihnen, genau wie mir, das Gemeinwohl unserer Stadt am Herzen liegt. Sie engagieren sich vielseitig, um den Lebensraum der Menschen zu schützen, indem Sie sich für das Emsvorlandes mit ganzer Kraft einsetzen.

Mittlerweile habe ich gelernt, was ein FFH-Gebiet ist. Spezielle europäische Schutzgebiete in Natur- und

Landschaftsschutz, die nach der Fauna-Flora-Habitat-Richtlinie ausgewiesen werden und dem Schutz von Pflanzen (Flora), Tieren (Fauna) und Lebensraumtypen (Habitaten) dienen."

Wenn er ein aufmunterndes Lob für seine fachübergreifenden Kenntnisse erwartet hat, wurde er bitter enttäuscht. Sein Besuch sah ihn zunehmend genervt an.

Bevor er Zeit hatte, seine Eingangsfrage zu wiederholen, sprach der Bürgermeister schnell weiter: „Bei mir steht das Wohl der Grevener Bürger im Vordergrund. Dazu gehört, dass ich ständig versuche, mit den vorhandenen Mitteln viele positive Vorhaben einzubringen. Wenn wir das Projekt Erdwärmeverbund Emsaue umsetzen, sparen wir durch die Kostenübernahme der EU viele Millionen. Darüber hinaus leisten wir einen Beitrag zur Förderung erneuerbarer Energie. Ich nehme an, auch aus Ihrer Sicht ein beachtliches Ergebnis."

„So, Herr Sauer. Es reicht! Wenn Sie mir nur vorbeten, was ich ohnehin schon weiß, gehe ich jetzt." Otto Vogel war offensichtlich nicht mehr gewillt, der Werbeveranstaltung des Bürgermeisters länger beizuwohnen.

„Das wäre ausgesprochen schade, wenn Sie jetzt gehen", sagte Walter Sauer gefährlich leise.

Der Gast nahm das Signal wahr und sah den Bürgermeister irritiert an.

„Ich kämpfe für unsere Bürger, nicht um persönliche Vorteile. Ich akzeptiere, dass Sie sich für den Schutz des Emsvorlandes einsetzen, genau wie ich.

Wenn Sie jedoch, und dieser Eindruck drängt sich mir immer stärker auf, nur der Befriedigung Ihrer egoistischen, ideologischen Denkweise folgen, werde ich dem nicht weiter tatenlos zusehen, Herr Vogel.

Sie scheuen nicht davor zurück, meine Person zu verunglimpfen. Darüber wurde ich mehrfach von verschiedener Seite informiert. Mir liegt fern, Ihnen zu drohen. Sie sollten wissen, dass ich über Mittel und Wege verfüge, Ihnen adäquat auf diesem niedrigen Niveau entgegenzutreten.

Angesichts Ihrer anhaltenden Engstirnigkeit, sehe ich mich dazu gezwungen", auch der Bürgermeister legte seine anfängliche Freundlichkeit ab.

„Was bedeutet das? Sie drohen mir? Eine Unverschämtheit!" Otto Vogel sprang auf.

„Setzen Sie sich!", sagte Walter Sauer mit scharfem Ton.

Otto Vogel war sichtlich von dem rauen Umgangston überrascht und setzte sich tatsächlich wieder hin.

„Zwingen Sie mich nicht, Dinge an die Öffentlichkeit zu bringen, die dort nichts zu suchen haben."

Was meint der Bürgermeister? Spinnt der?

Plötzlich fiel ihm das Foto ein, dass er vor einigen Tagen erhalten hat. War das Foto in die Hände seines Kontrahenten geraten?

„Was genau meinen Sie damit?", forschend sah er Walter Sauer an.

„Ich denke, Sie wissen, wovon ich rede. Tiefergehende Details zu erörtern, halte ich für unangebracht. Verstehen Sie mich nicht falsch. Ich erwarte nichts von Ihnen, was gegen Recht und Ordnung verstößt. Ich fordere Sie nur dazu auf, dass Sie das Gemeinwohl im Blick behalten und sich entsprechend verhalten.

Sie wissen genau, dass die untere Landschaftsbehörde bei der Umsetzung des Erdwärmeprojektes kompromissbereit ist. Es sei denn, die Behörde müsste nicht befürchten, mit Klagen von ihrer Seite überzogen zu werden. Mehr erwarte ich gar nicht von Ihnen. Ansonsten bin ich unverändert bereit, gemeinsam mit der Bürgerinitiative nach zielführenden Lösungen für unsere Stadt zu suchen."

Otto Vogel war völlig verwirrt von der harten Gangart des Bürgermeisters.

So hatte er ihn bisher nie erlebt.

Was denkt sich der Kerl bloß?

Was würde die Veröffentlichung des Fotos für ihn bedeuten?

Eine einzige Katastrophe!

Ist der Bürgermeister so dreist, ihn in der Öffentlichkeit bloßzustellen? Oder pokerte der Bürgermeister? Ohne überhaupt kompromittierende Unterlagen zu besitzen?

Otto Vogel konnte in dieser Frage kein Risiko eingehen.

Beide sahen sich mit festem Blick an. Es sah so aus, als könne jeder in den Augen des anderen seine Gedanken lesen.

Es war alles gesagt. Weitere Details waren für keinen von Interesse.

Beide erhoben sich und gaben sich versöhnlich die Hand.

Der Deal wurde per Handschlag besiegelt.

„Ach übrigens", sagte der Bürgermeister, der seinen Besuch zur Tür begleitete und ihm – scheinbar freundschaftlich – eine Hand auf die Schulter legte.

„Es würde allen Mitgliedern des Projektes eine große Freude sein, wenn Sie am nächsten Treffen teilnehmen könnten. Gemeinschaftlich sind wir in der Lage, für die Standortprobleme der Skulpturen unter Einbeziehung des FFH-Gebietes eine Lösung zu finden. Ich denke, es würde den Bürgern gefallen, wenn zum Beispiel die Fische näher an die Ems rückten."

Otto Vogel verstand den plumpen Hinweis.

Seine Clubbesuche forderten einen hohen Preis und er musste heute eine beschämende Niederlage einstecken.

Kleber wirkte deplatziert.

Er stand mit seinem eleganten Anzug, weißem Hemd und einer modernen Krawatte inmitten einer verrauchten Kneipe im Stil der 1960er Jahren.

Mit Männern an den Tischen, von denen der Großteil vermutlich zu seiner Klientel gehörte.

Als er den nur schwach ausgeleuchteten Raum betrat, verstummten die Gespräche. Die Männer sahen ihn mit glimmenden Zigaretten im Mundwinkel und finsterem Blick schweigend an.

So stand er, wie in einem Dreigroschen Western, sekundenlang mitten im Raum. Niemand rührte sich nur einen Millimeter, nicht einmal die Spielkarten in den Händen der Männer bewegten sich.

Die illustre Männerrunde war offensichtlich nicht auf späte Besucher eingestellt.

„Wo finde ich Luigi?"

Kleber bediente sich automatisch einer ortsüblich legeren Ausdrucksweise.

Die Szenerie änderte sich nicht, so, als sei Kleber irrtümlich in einem Wachsfigurenkabinett gelandet.

Am vorderen Tisch wies ein Mann mit einer kurzen Kopfbewegung Kleber an, in den hinteren Teil des Raumes durchzugehen. Langsam bewegte er sich zwischen den Tischen hindurch, auf denen Karten und stapelweise Geldscheine lagen.

An einem der hinteren Tische musterte ihn ein Mann auffallend intensiv. Er besaß ein markantes Gesicht, einen Dreitagebart, schwarzes Haar. Die ersten Knöpfe von seinem Hemd waren geöffnet, so dass eine dicke Goldkette, eingebettet in schwarze Brusthaare, zu sehen war.

Ein Casting-Agent, auf der Suche nach einem Mafiosi-Typ, wäre begeistert.

„Was willst du?", fragte der Mafiosi emotionslos.

„Können wir irgendwo ungestört reden?"

„Das sind meine Freunde."

Seine sogenannten Freunde legten langsam die Karten auf den Tisch und wandten sich dem Besucher zu, um nur keines seiner Worte zu verpassen. Kleber fühlte sich eingekreist wie in einer Wagenburg.

Zwei der Freunde ließen ihre Hände wie beiläufig in ihren tiefen Hosentaschen verschwinden, wo sie, möglichst lässig, verweilten.

„Ich werde dir nächste Woche das Geld bringen, dass dir Hajo Schulze Lohoff schuldet. Du lässt Ihn ab sofort in Ruhe. Verstanden?"

Einige Männer rückten nervös mit den Stühlen herum. Derartig ruppige Ansagen von Fremden kamen in der mediterranen Männerrunde weniger positiv an.

Der Mafiosi-Darsteller verzog angesäuert die Mundwinkel. Dann änderte sich seine Gesichtsmimik und man erkannte förmlich, wie er nachdachte.

Nach einer Weile sagte er: „Ich kenne dich. Du bist ein Bulle!"

Die Taschenspieler-Jungs erhoben sich langsam von ihren Stühlen, ohne die Hände aus ihren Taschen zu nehmen.

„Wie hoch sind seine Schulden?"

Die Augen des südländischen Mittfünfzigers ruhten unverändert auf Kleber.

Ein bisschen frech, der Bulle. In seinem Geschäftsmodell war allerdings nicht vorgesehen, ohne Not in den Focus der Polizei zu geraten. Das war extrem hinderlich für das Geschäft. Es wäre aber auch ein Jammer, einen regelmäßig zahlenden Kunden zu verlieren. Ein Dilemma.

„Ich sage es nur ein einziges Mal. Ich will deine Visage oder die deiner Freunde, nicht mehr im Umfeld meiner Familie sehen.

Solltet ihr Taschenspieler uns näher als 500 Meter kommen, werdet ihr mehr Zeit in meinem Büro verbringen, als euch lieb ist. Sollten wir jemals wieder von euch zu hören bekommen oder wir belästigt werden oder merkwürdige Dinge passieren, angefangen von zerstochenen Reifen, brennenden Häusern oder Autos oder was immer zu euren Geschäftsgepflogenheiten gehört, dann werde ich euch so viel Feuer unter dem Arsch machen, dass die Makkaroni in euren Gedärmen wieder aufkochen. Habe ich mich verständlich ausgedrückt, ihr sizilianischen Gastarbeiter-Banditen?", stellte Kleber souverän seine Sicht der Dinge dar.

Betont lässig zog er den Ärmel der Anzugjacke gerade, obwohl dieser tadellos saß.

Der Mafiosi verzog keine Miene und starrte Kleber unverändert an.

Er ließ sich in den Stuhl zurückfallen, verschränkte seine Arme vor der Brust, ohne den Blick vom Polizisten abzulassen. Die Zeit schien stehen zu bleiben, niemand störte die knisternde Atmosphäre durch ein unbedachtes Geräusch.

Schließlich beugte sich der Mafiosi vor, griff nach einem Bierdeckel, auf den er etwas schrieb. Anschließend schob er den Untersetzer über den Tisch in Richtung des Besuchers.

Kleber schlenderte gelassen einen Schritt vor und nahm den Deckel an sich.

Hajo hatte bei der Darstellung seiner finanziellen Außenstände nicht untertrieben.

Kleber drehte sich um und verließ kommentarlos die Spelunke im Herzen von Münster.

Ob der Spieleabend ohne Stimmungsverlust fortgesetzt wurde, blieb unklar.

Donnerstag, 8. März 2018

Der Bungalow war eines Bauamtsleiters würdig.

Antike Ziegelsteine verliehen dem Flachbau eine alt-holländische Atmosphäre und bildeten zu den modernen bodentiefen Fenstern im Landhausstil einen gelungenen Kontrast. Die vor dem Haus verlegten bunten Pflastersteine im Used-Look passten perfekt zu dem Gebäude. Der akkurat gepflegte Rasen rundete die harmonische Gestaltung des Wohnhauses ab. Das Objekt strahlte Eleganz und Luxus aus, ohne dabei overdressed zu wirken.

„Hallo Frau Bäumer, wir hatten vorhin telefoniert."

„Ja, kommen Sie bitte herein. Darf ich Ihnen einen Kaffee oder Cappuccino anbieten?"

„Sehr gerne einen Cappuccino, wenn es nicht zu viel Mühe macht."

Kleber setze sich in die elegante Sitzecke des Wohnzimmers, sah hinaus in einen phantastisch angelegten Garten im japanischen Stil.

Kleber hatte einmal gelesen, dass die Herstellung dieser Miniaturlandschaft nicht nur handwerkliches Geschick erfordert, sondern zudem Kenntnisse der japanischen Philosophie und Geschichte verlangt, um den Garten mit der Umgebung harmonieren zu lassen. Die liebevoll und geschickt arrangierten Details von den exotischen Blumen und Sträuchern bis zu den japanischen Stilelementen und der Minibrücke über einem kleinen Teich, faszinierten ihn.

Die Frau des Hauses servierte den Kaffee und nahm ihm gegenüber Platz. Nur widerwillig löste er den Blick von der unvergleichlichen Pracht.

„Offen gestanden, weiß ich nicht was Sie von mir wollen. Ich habe Ihnen alles gesagt", sagte sie freundlich, aber reserviert.

„Frau Bäumer, wir haben zwei Mordfälle aufzuklären. Wir sind auf der Suche nach dem kleinsten Hinweis."

Anschließend schilderte er ausführlich, auf welch brutale Weise die beiden Frauen zu Tode gekommen waren. Dabei erzählte er besonders intensiv von den brutalen Einzelheiten der hinterlistigen Tat. Die letzten Momente ihres Lebens stellte er schonungslos dar. Detaillierter, als es erforderlich gewesen wäre.

Er skizzierte einen Täter, der mit äußerster Gewalt vorgegangen war. Grausam, kaltblütig, gefühllos.

„Ich bin seit viele Jahre Polizist, aber immer wieder erschrocken, welche Bestien sich hinter der bürgerlichen Fassade verstecken", beendete Kleber seine angsteinflößende Täterbeschreibung.

Frau Bäumer saß regungslos neben ihm und hörte sich die Ausführungen kommentarlos an. Ihre Mimik verriet, dass seine Beschreibung eines Monsters nicht spurlos an ihr vorüberging. Sie sah starr in das grüne Paradies hinaus, ohne davon wirklich Notiz zu nehmen. So, als flögen ihre Gedanken weit über den Garten hinweg.

Geduldig wartete Kleber, dabei genoss er den exzellenten italienischen Kaffee sowie den einmaligen Ausblick.

Nach einer Weile fuhr Kleber fort: „Derzeit wissen wir nicht, wer der oder die Täter sind. Ich muss Ihnen leider mitteilen, dass ihr Mann, obwohl Sie Ihm Alibis gegeben haben, tatverdächtig ist. Selbst wenn er die Morde nicht eigenhändig ausgeübt hat, ist nicht auszuschließen, dass jemand in seinem Auftrag handelte.

Ich bitte Sie nochmals, zu überlegen, ob Ihnen an ihrem Mann in letzter Zeit irgendetwas Besonderes aufgefallen ist.

War er anders als sonst? Jeder noch so kleine Hinweis ist wichtig für uns, Frau Bäumer."

Die attraktive Frau sah irgendwie traurig und müde aus. Ihr zielloser Blick in den Garten verlieh ihr etwas Melancholisches. Sie schwieg lange.

„Ich bin untröstlich, aber ich kann Ihnen leider nicht weiterhelfen", antwortete sie leise.

Kleber hatte die Saat des Zweifels ausgebracht, mehr gab es für den Moment nicht zu tun.

Kleber war auf dem Rückweg nach Münster, als Ramona anrief. „Hallo Kurt, bist du noch in Greven?"

„Just auf dem Rückweg. Was gibt es?"

„Wir haben heute anonym ein Foto zugeschickt bekommen, was dich interessieren wird", sagte Ramona geheimnisvoll.

„Jetzt mach es nicht so spannend. Wir sind nicht bei einer heiteren Quizshow."

„Ich schicke dir das Foto auf dein Handy. Dann wirst du sehen, wovon ich spreche."

Kleber war auf der Aldruperstraße unterwegs und hielt an einer Parkbucht. Auf der gegenüberliegenden Straßenseite sah er durch die Bäume hindurch zwei bunt gekleidete Männer, die irgendetwas durch das Gelände schoben. Lissy hatte zuletzt das Thema Golfen in die Diskussion gebracht. Es wäre ein geeigneter Sport für sie beide, behauptete sie. Kleber war grundsätzlich interessiert, sah aber das Problem, das er für einen derartig zeitintensiven Sport keine Freiräume hat.

Den Mann auf dem Foto erkannte er sofort.

Was soll das? Warum schickt uns ausgerechnet jetzt jemand dieses Foto? Hängt das mit den Morden zusammen?

„Was wollen Sie jetzt schon wieder?", fragte der Lehrer irritiert. Ohne weitere Worte zu verlieren, marschierte er den bekannten Weg in Richtung Raucherterrasse.

Zufällig erwischte Kleber wieder eine große Pause. Dadurch war es nicht erforderlich, den Lehrer aus dem Unterricht herauszuholen.

Schade. Das hätte ihm durchaus Spaß bereitet.

Die Situation im Lehrerzimmer hatte sich seit gestern nicht verändert. Warum auch? Er hoffte für die armen Schüler, dass es sich in dem Raum lediglich um ein organisiertes Chaos handelt.

Ansonsten wären die Schüler verloren.

Otto Vogel verzog sich umgehend in die äußerste Ecke der Terrasse. Offensichtlich bemüht, keinem Raucher die Chance zu geben, das Gespräch mit zu verfolgen.

„Werden Sie erpresst, Herr Vogel?", Kleber verzichtete auf einleitende Worte. Der Lehrer sah in irritiert an.

„Nein! Wie kommen Sie darauf?", sagte er mit angstverzerrtem Gesicht. Sein Entsetzen erschien glaubhaft. Es dauerte nur wenige Sekunden, dann fiel seine Maske.

„Haben Sie etwa auch dieses Foto erhalten?"

„Ja."

„Ich habe keine Ahnung, was dahinter steckt. Mir wurde letzten Samstag ein Foto zugeschickt, kommentarlos. Danach habe ich von dem Absender nichts mehr gehört. Keine Erpressung, kein Hinweis, warum ich das Foto überhaupt erhalten habe. Es ist ein völliges Rätsel für mich", sagte Otto Vogel sichtlich betroffen.

„Ich dachte zunächst, dass sich ein Schüler einen Scherz erlaubt hat und sich das Foto über die sozialen

Netzwerke verteilt, damit sich anschließend die gesamte Schule über mich lustig macht.

Aber nein, nichts passierte."

„Haben Sie für Freitag, den 23. Februar zwischen 17 und 20 Uhr und dem anschließenden Sonntag zwischen sieben und acht Uhr ein Alibi?"

Die Souveränität des Lehrers schmolz dahin wie Eis in der Sonne. Er sah den Kommissar mit einem forschenden Blick an.

Zögerlich sagte er leise: „Stehe ich etwa unter Verdacht?"

Er dachte kurz nach. „Am Freitagabend war ich Zuhause. Am Sonntag, da schlafen wir gerne länger. Wenn es unbedingt sein muss, fragen Sie meine Frau. Sie wird Ihnen alles bestätigen."

„Frau Silberwald wurde brutal an den Fischen aufgehängt. Hatten Sie mit der Künstlerin mehr zu tun, als Sie mir bisher erzählten? Gab es Streit wegen des Kunstprojekts?"

„Nein, das sagte ich bereits. Es gab Meinungsverschiedenheiten, mehr nicht. Deswegen wird niemand ermordet. Mit Frau Silberwald hatte ich lediglich während der Projektarbeit Kontakt. Ansonsten hatte ich mit ihr nichts zu schaffen."

„Haben Sie eine Ahnung, ob es Probleme zwischen Frau Silberwald und dem Verwalter Bokelmann oder dem Leiter des Bauamtes Bäumer gegeben hat?"

„Nein, davon weiß ich nichts. Sie erzählte mir beiläufig, dass sie vor vielen Jahren, als sie noch im Architektenbüro arbeitete, Streit mit dem Bäumer wegen einer Baugenehmigung hatte. Und der Verwalter Bokelmann ist offenbar jedem in der Stadt bekannt. Den kannte sie natürlich auch, der stolzierte wegen seiner Projekte täglich in dem Architektenbüro ein und aus.

Streit gab es zwischen den beiden nicht, meinte sie. Mehr erwähnte sie nicht."

Ihre gemeinsam verbrachte Mittagspause in einem Hinterzimmer eines Landgasthofes verband ihn mit der Künstlerin auch noch nach langer Zeit.

Ermittlungstechnisch erschien ihm dieser Hinweis allerdings nicht erwähnenswert.

In diesem Moment ertönte der Pausengong.

„Herr Vogel, wir werden ihr Alibi überprüfen. Haben Sie mir sonst noch etwas zu sagen? Dann bitte jetzt!"

„Ich habe Ihnen alles gesagt. So, ich muss los in die Klasse."

Hoffentlich ging es in den Klassenräumen geordneter zu.

„Ramona, lass bitte Claus Bokelmann und Christian Bäumer morgen früh zum Verhör antanzen. Wenn einer aufmuckt, darfst du gerne die grüne Minna bemühen. Ich hatte soeben ein äußerst aufschlussreiches Gespräch", sagte Kleber geheimnisvoll.

Grußlos stürmten sie an ihrem Geschäftspartner vorbei.

„Was wollt ihr denn schon wieder?", vom Hausherren verhallte unbeachtet.

„Ihr habt doch gesagt, mit der Rückzahlung hätte ich Zeit. In drei Tagen ist das nicht zu schaffen", sagte Hajo im Rückblick auf den Besuch der beiden vor wenigen Tagen.

Einen weiteren Grund für das heutige Erscheinen konnte er sich beim besten Willen nicht vorstellen.

„Wie konntest du nur so blöd sein, dem Bullen von unserem Grundstücksdeal zu erzählen! Bist du denn von allen guten Geistern verlassen? Claus war nur mit

Mühe davon abzuhalten, seine Schlägertruppe gleich auf dich zu hetzen", schrie Christian Bäumer wutschnaubend.

Wie zur Bestätigung sprang Claus Bokelmann einen Schritt vorwärts und packte den Geschäftspartner – ob er aktuell noch ein Geschäftsfreund war, blieb abzuwarten – am Kragen.

„Wegen dir hängt der Bulle wie eine Klette an mir, du Idiot!"

Drohend bauten sich die beiden Besucher vor dem Hausherrn auf.

Hajo Schulze Lohoff hatte unverändert keinen blassen Schimmer, was sie von ihm wollten: „Ich schwöre euch, ich weiß nicht, wovon ihr redet. Warum sollte ich einen Polizisten in unsere Geschäfte einweihen? Welchen Grund hätte ich dafür?"

„Nur wir drei kennen den Grundstücksdeal, niemand sonst. Da wir es nicht waren, bleibst nur du übrig. Also, warum? Verarsch uns nicht, Hajo!"

„Ich weiß es doch nicht, ehrlich! Ich müsst mir glauben!"

Allmählich reifte eine Idee in ihm. Natürlich ist er nicht zur Polizei gegangen, um sie zu verpfeifen. Er hat die prekäre Situation nur mit seiner Schwester und dem Schwager besprochen.

Dass Kurt nebenbei Polizist ist, hatte er völlig ausgeblendet.

Er konnte doch nicht ahnen, dass er die beiden wegen der Mordfälle gleich ins Visier nimmt. Wie es aussah, hat die Beseitigung des einen Problems, ein nicht minderschweres Beben ausgelöst.

„So, jetzt ist Schluss mit dem Affentheater!", sagte Claus Bokelmann und sprintete zur Haustür hinaus. Nach wenigen Minuten kam er in Begleitung zweier finsteren Gestalten zurück.

„Ihr prügelt jetzt die Wahrheit aus dem Kerl raus, aber lasst Ihn möglichst am Leben. Vielleicht brauchen wir Ihn anschließend noch", sagte der ansonsten so friedlich erscheinende Immobilienmakler.

„Mein rumänisches Sicherheitspersonal ist durchaus versiert und hat erste Erfahrung im kleinen Folter-Einmaleins gesammelt. Ich habe den Eindruck, sie sind recht geschickt und lernwillig."

Hajo Schulze Lohoff riss vor Angst die Augen weit auf.

„Das könnt ihr nicht machen! Ok, ok, ich sage euch, wie es war, aber lass die Folterknechte bloß nicht auf mich los. Bitte!"

Er berichtete von dem Gespräch mit seiner Schwester und ihrem Mann.

Als er fertig war, sah er verängstigt in die Gesichter seiner Partner. Als wahre Freunde würde er sie aktuell nicht bezeichnen.

War damit das Unheil abgewendet oder ging es jetzt erst richtig los? Er wusste es nicht.

Er hatte sie nicht absichtlich verraten, war aber dennoch für ihre Probleme mit der Polizei verantwortlich.

Ob sie so fein differenzieren würden?

„Ihr dürft Ihm ein bisschen weh tun, aber nicht zu heftig", sagte Claus Bokelmann und sah dabei forschend den Leiter des Bauamtes an.

„Meine beiden Mitarbeiter werden dir solange Gesellschaft leisten, bis wir den Eindruck haben, dass unsere Schwierigkeiten behoben sind. Sie bleiben hier und passen auf dich auf. Du wirst nicht telefonieren, verstanden?

Wir werden überlegen, wie es mit dir weitergeht."

Die beiden Besucher verließen das Haus. Der Hausherr blieb alleine mit den Sicherheitsfachkräften zurück.

Was genau war die Definition von „ein bisschen weh tun?"

Er wusste es nicht, würde es aber herausfinden.

„Fehlt nur Pumpe. Kommt der heute?", wollte Double-Doc wissen, als er fragend in die Runde sah. Die zurückhaltenden Reaktionen waren wenig aufschlussreich.

In diesem Augenblick donnerte ein gelber Blitz an der Kneipe vorbei, bevor er scharf abbremste und mit knurrendem Motor in die Seitenstraße direkt hinter der Kneipe einbog. Die Frage war beantwortet.

Der Ferrarifahrer öffnete schwungvoll die Tür, orderte per Kopfnicken in Richtung Tresen ein Kaltgetränk, um sich kurz danach laut in den letzten freien Stuhl des Stammtisches fallen zu lassen.

„Sorry, aber das Geschäft hat Vorrang, Freunde!"

„Immer kommst du als Letzter, das ist auffällig. Ich glaube, du stellst nur sicher, dass wir ausreichend Gelegenheit haben, dein Postauto gebührend zu bewundern", sagte Hühner-Harry grinsend.

„Blödsinn! Ich hoffe, du hast die Zeit genutzt, um das Neuste von deinem Hühnerhof zu berichten. Du weißt, ich interessiere mich nicht so brennend für die Federfüßler. Ich mag sie eher knusprig gebraten. Wobei an den Zwerg-Brahmas nicht wirklich viel dran, das musst du zugeben, Hühner-Harry."

„Na wenigstens hast du dir den Namen meiner Rassetiere gemerkt, du Flegel. Aber ich habe seit einigen Monaten ein neues Pferd im Stall. Ich nehme an, der Name Orientalische Roller sagt dir nichts, oder sehe ich das falsch, Pumpe?"

„Doch, ich glaube, die kenne ich. Ist das nicht diese neue Spezialität an der Döner-Bude? Angeblich sind die lecker. Aber was hast du damit zu schaffen?"

„Pumpe, du bist ein hoffnungsloser Fall. Das sind ganz spezielle Tauben. Sie steigen in große Höhe auf und stürzen dann nach unten, indem sie sich mit ausgebreiteten Flügeln und gestrecktem Körper um ihre eigene Längsachse drehen. Es sind wahre Flugkünstler!"

„Hühner-Harry, kannst du dir nicht ein Hobby aussuchen, wie jeder normale Mensch? Kegeln, Kickern, Briefmarken sammeln oder Pornofilme kucken, halt was alle machen?"

„Woin mia uns 'etz gegenseitig unsa Hobbis eazähln, oda woin mia Kardn schbuin?", fragte Toni genervt. „I bin ned vo Minga noch Grevn zong, damit i ma eia Gschwätz üba Federviehzeig ohear. Do häd i ebenso in Bayern bleim könna."

Anton war ein ins Münsterland ausgewanderter Münchner, der sich, was nicht jeder verstand, pudelwohl in Greven fühlte. Was er leider nicht vermag abzulegen, war sein alpenländischer Dialekt.

„Is scho recht", sagte Robby, der einen Bauernhof in Greven besaß und gerne Urlaub in Bayern macht.

Wizard wurde angesichts der vielen Spieler in zwei Gruppen gespielt, so dass sich alle gemeinsam unterhielten, wenn es zu einer Unterbrechung in beiden Spielrunden kam.

Das bestellen einer neuen Runde Bier inklusive Grappa durch Pumpe, war eine von allen durchaus gern gesehene Spielunterbrechung.

„Was sagt ihr denn, zu dieser Sauerei, die gestern in der Zeitung stand? Da hat doch einer seinen Sondermüll dreist vergraben, um Geld zu sparen.

Es ist doch unfassbar, wie skrupellos Gefahren für die gesamte Bevölkerung billigend in Kauf genommen werden. Wenn die den Burschen finden, würde ich ihn erst einmal eine Nacht in seine eigene Brühe stecken. Und das wäre immer noch zu wenig, für die Umweltsau", regte sich Piet Brömmelkamp auf, ein Reiseveranstalter aus Greven.

„Für uns ist es vorteilhaft, dass wir unsere Reisen in Skandinavien anbieten, nur vereinzelt im Raum Greven. Ansonsten könnten wir den Laden zumachen. Wer macht schon gerne Urlaub auf einer Sondermülldeponie?"

„Ich begreife gar nicht, warum diese wilde Deponie bisher keinem aufgefallen ist. Vor Baubeginn wird doch ein Bodengutachten erstellt, spätestens da wären die schmierigen Fässer aufgefallen", erwiderte Pumpe, dem als Chef einer Spezialmaschinenfirma, eine gewisse Fachkompetenz stillschweigend unterstellt wurde.

„Wenn da mal bloß nicht unsere Oberen aus dem Rathaus gepennt haben oder schlimmer, davon wussten oder gar hofften, dass die Ölfässer unentdeckt blieben."

Claus Bokelmann hielt sich in diesem Thema lieber zurück.

„So blöd ist doch keiner. Nein, nein, das glaube ich nicht. Den Beamtentypen traue ich einiges zu, aber so etwas nicht", nahm Robby das Rathauspersonal in Schutz.

„Das waren Halunken, denen das Risiko, Mensch und Umwelt zu gefährden, völlig egal ist."

„Aber gehen wir nicht alle egoistisch, geradezu sorglos mit der Umwelt um?", sagte Double-Doc ungewohnt nachdenklich, der als promovierter Physiker und

Chemiker gerne mal kleine Fachvorträge in die Diskussion einstreute.

„Viele fahren einen SUV und fliegen dreimal im Jahr in Urlaub. Aber ausgerechnet dieser Personenkreis regt sich am meisten darüber auf, dass die Politik zu wenig für den Klimaschutz unternimmt.

In der Öffentlichkeit werden Diesel-Fahrverbote auf einzelnen Straßen diskutiert oder die Grenzwerte für Stickstoffdioxid.

Welch blinder kurzfristiger Aktionismus!

Experten sind sich einig, dass die Feinstaubbelastung deutlich schädlich ist. Wer redet darüber? Niemand! Die Menschen verbinden Feinstaub nicht mit ihrem Alltag. Sie spüren ihn nicht auf der Haut, schmecken ihn nicht beim Atmen, sehen ihn nicht, wenn sie in den Himmel schauen. Sie halten das Problem für erledigt.

Ein großer Irrtum!

Wer ist wohl der größte Verursacher von Feinstaub? Die Landwirtschaft! Bei der Tierhaltung entsteht, Ammoniak, ein Gas, das wie Stickoxid in der Atmosphäre reagiert und sich zu Staubkörperchen formt. Alles rund um die Landwirtschaft wird von den Politikern totgeschwiegen, genau wie der Skandal um Glyphosat.

Was unternimmt die Deutsche Umwelthilfe dagegen? Nichts! Die verklagt lieber die Automobilindustrie, weil da mehr Geld zu holen ist. Vom Bauernverband lassen sie die Finger. Zu einflussreich, zu heikel, keine Chance Geld abzuzocken. Die verlogenen Pharisäer.

Viel dramatischer sind die gesundheitlichen Schäden, verursacht durch den Ultrafeinstaub. Die kleinsten Teilchen stammen aus Verbrennungsprozessen der Flugzeugturbinen. Je heißer die Verbrennung, desto kleiner die Partikel. Sie sind so winzig und leicht, dass bisherige Verfahren sie gar nicht registrieren.

Und wer ist da ganz weit vorne? Richtig, die Flugzeugbranche, die bisher vergleichsweise glimpflich in der Diskussion wegkommt, weil deren Beitrag zur Umweltverschmutzung nicht einmal vernünftig gemessen werden kann.

Die Politik sollte harte Auflagen für die Landwirtschaft erlassen. Das Verbrennen von Holz im Kamin am besten ganz verbieten, sich endlich mit dem Ausbau des öffentlichen Nahverkehrs beschäftigen und den Antrieb von Autos und Bussen endlich stärker durch Elektromotoren forcieren.

Und was passiert? Nichts! Über die Unfähigkeit unserer Politiker habe ich mich bereits letzte Woche ausgelassen.

So, ich habe fertig!"

„Weil ihr mir so brav zugehört habt, gibt es als Entschädigung eine Runde", sagte Double-Doc und gab in Richtung Zapfstelle entsprechende Handzeichen.

Toni mischte die Karten, so laut er konnte. Der Wahlgrevener spielte lieber, hielt aber wenig von politischen Diskussionen. Aber es half nichts. Das Thema hatte großes Interesse in der Runde gefunden, außer bei Toni.

„Ich habe gehört, dass die Diskussion um den Feinstaub gar nicht erst hochkommt in der EU, weil die Grenzwerte so hoch sind, dass sich alle Messung im grünen Bereich bewegen.

Würden Grenzwerte zugrunde gelegt, die vom WHO empfohlen werden, wäre nahezu alle Messung im roten Bereich und die Bevölkerung würde endlich aufwachen.

Das ist ein permanentes Problem in der EU, immer einen Mittelweg zu suchen. Die Länder mit wenig Feinstaub wie Schweden und Dänemark plädieren für niedrige Grenzwerte, Staaten mit viel Feinstaub wie

Polen und Tschechien für hohe Werte. Das Ergebnis ist ein Kompromiss, der sich weniger am medizinisch Ratsamen als am politisch Durchsetzbaren orientiert", ergänzte Claus Bokelmann, der sich offensichtlich ebenfalls mit den feinen Staubkörpern in der Luft auseinandergesetzt hatte.

„Wie sieht die Lösung aus?", frage Robby in die Runde.

„Es drängen immer mehr Menschen in die Großstädte, damit ist eine stärkere Belastung der Bewohner durch Lärm, Feinstaub, Stickstoffdioxid oder was weiß ich für Giften unausweichlich.

Wenn es nicht gelingt, das Verkehrsaufkommen drastisch durch neue Mobilitätskonzepte zu reduzieren, wird das Gesundheitsrisiko weiter steigen. Da hilft es wenig, wenn alle vom Diesel auf einen Benziner umsteigen."

„Ich fürchte, der Menschheit ist nicht zu helfen, Robby", sagte Pumpe nahezu leidenschaftslos.

„Menschen sind egoistisch, Politiker sehen nur das Wohl der Partei. Der maximal Denkhorizont beträgt vier Jahre, bis zur nächsten Wahl.

Nationalistische Strömungen werden in allen EU-Ländern stärker, das NATO-Bündnis droht zu zerfallen. Die UN-Klimakonferenz spricht Empfehlungen aus, an die sich kaum jemand hält.

Wer soll da bei globalen Risiken, zum Beispiel der Erderwärmung, das Zepter in die Hand nehmen?

Der kollektive Wille zur Bekämpfung wird immer schwächer, dafür nimmt die Spaltung zu. Nüchtern betrachtet ist die Menschheit am Ende!"

„Jetzt übertreibst du maßlos, Pumpe. Seit 70 Jahren leben wir in Europa in Frieden. Das ist doch ein großer Erfolg der EU oder findest du nicht?", fragte Piet.

„Ja, für ein geschichtlich betrachtet kleines Zeitfenster, hast du recht. Wenn die Erderhitzung so weitergeht, werden wir in Europa Siedlungsbewegungen erleben, gegen die sich die aktuelle Aufnahme von Kriegsflüchtlingen wie eine Kennenlernrunde in einer Schulklasse anfühlt.

Es werden nicht nur Flüchtlinge aus afrikanischen Ländern kommen, in denen man keine Lebensmittel mehr anbauen kann, sondern auch aus Regionen, deren Küsten unter Wasser stehen. Die öffentliche Ordnung wird zusammenbrechen.

Ich glaube, das möchte ich nicht miterleben."

„Pumpe, du bist doch ein hoffnungsloser Pessimist", erwiderte Piet mit einem Lächeln.

„Problematische Situationen gab es in der Vergangenheit schon immer, für die jeweils Lösungen gefunden wurden. So wird es auch künftig sein, bleib gelassen!"

„Piet, es geht nicht darum, was ich mir wünsche, sondern wie Europa seine Zukunft gestaltet. Was hat die EU durch alle Krisen geführt?

Ich verrate es euch. Die EU ist auf Vertrauen zwischen den Staaten aufgebaut. Alle halten sich im Großen und Ganzen an die Regeln.

Die Rechtspopulisten sind nicht bereit, Nachteile in Kauf zu nehmen. Sie erheben für sich den Anspruch, jederzeit NEIN zu sagen. Die Amis zeigen, wo es langgeht. Sie sind aus allen Verträgen ausgestiegen, die ihnen nicht passen. Das zerstört Vertrauen, die Grundlage jeder Zusammenarbeit.

Da den Populisten jedoch die Kultur des Kompromisses fremd ist, sind die Konflikte vorprogrammiert. Das Europa der Populisten wird ein instabileres Europa sein, geprägt von missmutigen, argwöhnischen, aggressiven und eigensüchtigen Nationalstaaten.

Wie soll ich angesichts dieser zu erwartenden Perspektive meine fröhliche Grundeinstellung behalten?"

„Und i mog no ealebn, dass mia heid no weida Kardn schbuin. Gäd des, ihr Philosophn?", fragte Toni ein wenig genervt.

Die Runde stimmte ihm einhellig zu, man genehmigte sich einen kräftigen Schluck Bier. Frisch gestärkt legte der Herrenclub los, unbeeindruckt von der soeben festgestellten negativen Perspektive der Menschheit.

Alle freuten sich auf eine weitere Wizardrunde, insbesondere Toni.

Der restliche Abend verlief gewohnheitsgemäß in großer Harmonie.

Die Entscheidungen mit weltumfassender Tragweite wurden erst einmal vertagt.

Freitag, 9. März 2018

Der Chef sah wieder perfekt aus: Anzug, Krawatte und das Haar saß. Die Schuhe blitzblank.

Wegen ihr musste er nicht wie ein Dressman rumlaufen, schlichte sportliche Eleganz hätte gereicht. Andererseits gestand sie sich ein, dass es ihr schmeichelte, dass ihr Chef großen Wert auf sein Äußeres legt. Unterschwellig empfand sie es sogar als persönliche Wertschätzung.

„Herr Bokelmann, Sie reiten sich sukzessive in den Mittelpunkt unserer Ermittlungen, ist Ihnen das klar? Zuerst leugnen Sie das Verhältnis zu Laura Brause, Sie sagen uns nichts über Ihren Deal Mieterlass gegen Sex und dass Sie kurz vor der Ermordung von Laura Brause in deren Wohnung waren und sie würgten, hielten Sie ebenfalls für nicht erwähnenswert.

Jetzt erfahre ich, dass Sie uns bezüglich Ihres Verhältnisses zur Frau Silberwald ebenfalls angelogen haben. Sie kannten die Künstlerin seit vielen Jahren!"

Der Verwalter saß eingesunken vor dem Verhörtisch, auf dem seine Hände wie zum Gebet gefaltet ruhten.

„Ich wollte in die beiden Morde nicht reingezogen werden, ehrlich, Herr Kommissar. Ich habe nicht geschwiegen, um Spuren zu verwischen, sondern weil ich Sorge hatte, ins Gerede zu kommen. Greven ist eine kleine Stadt, manche sagen ein Dorf. Jeder kennt jeden und Gerüchte machen schnell die Runde. Das wäre extrem schädlich für mein Geschäft. Ich wollte nur den Tratsch verhindern, aber bezogen auf die Morde habe ich nichts zu verbergen. Auch wenn das aus Ihrer Sicht den Anschein hat. Mit der Silberwald hatte ich beruflich Kontakt, als sie seinerzeit in dem Architekturbüro arbeitete. Das ist Jahre her. Nachdem sie gekündigt hatte, traf ich sie erst wieder, als das Projekt der Kunstmeile entlang der Ems ins Leben gerufen wurde."

„Für den Moment haben wir keine weiteren Fragen an Sie. Man, man, Herr Bokelmann! Durch ihr Verhalten haben Sie sich knietief in den Schlamassel reingeritten. Sie halten sich zu unserer Verfügung und verlassen nicht die Stadt, ist das klar?"

Die Erleichterung über das zunächst milde Ende des Verhörs war dem Verwalter anzusehen. Beschwingt stand er auf und verließ den Raum.

Der zweite Tatverdächtige betrat den Raum.

Entgegen seiner sonstigen Gewohnheit setzte sich Christian Bäumer wortlos an den Tisch und starrte die Polizisten trotzig an.

„Das wir Sie dringend der Tat verdächtigen, haben wir bereits vor einigen Tagen gesagt. Erst verschweigen Sie uns Ihre Erpressung, dann finden wir selbst heraus, dass Sie von Ihrer eigenen Mitarbeiterin erpresst wurden. Dann wird bei Bauarbeiten eine wilde Deponie entdeckt, bei der viele Spuren ebenfalls in Ihre Richtung weisen."

Kleber hielt es für entbehrlich, auf die entsprechende familieninterne Informationsquelle im Detail einzugehen.

„Bezüglich Frau Silberwald haben Sie uns angelogen. Sie kannten sie viele Jahre. Es gab seinerzeit sogar einen heftigen Streit zwischen Ihnen, als Frau Silberwald herausfand, dass Sie Ihre Position im Rathaus dazu missbrauchten, sich ein Nachbargrundstück der Stadt einzuverleiben. Der Anlass für Ihre Erpressung waren Unregelmäßigkeiten im Amt. Die gegen Sie erhobenen Vorwürfe erscheinen mir vor diesem Hintergrund durchaus nachvollziehbar. Sie haben uns bewusst angelogen!

Was sagen Sie dazu, Herr Bäumer?"

Der Beschuldigte verzog keine Miene. Regungslos sah er den Kommissar an.

„Nichts. Zu diesen wilden Behauptungen werde ich mich nicht äußern. Darf ich gehen?", sagte der Befragte emotionslos.

„Sie können gehen. Denken Sie daran, sich zu unserer Verfügung zu halten und die Stadt nicht zu verlassen."

Beide nippten an ihrem Kaffee und inspizierten ihr Ermittlerboard.

Der Luigi-Effekt fehlte in der Dokumentation und war gedanklich den Ermittlungsansätzen hinzuzufügen.

Von einem Notizblatt mit der Aufschrift „Zusammenhang mit der wilden Deponie" wiesen mit Fragezeichen versehene Pfeile auf Christian Bäumer, Claus Bokelmann und Laura Brause. Ohne weitere Anmerkungen.

„Otto Vogel käme, wenn überhaupt, für den Mord an Sieglinde Silberwald in Frage. Was sollte sein Motiv sein? Die Fotos wurden verschickt, da war sie bereits tot. Mit dieser Aktion hatte er nichts zu tun. Wo ist das Motiv? Schließlich lag er im Clinch mit der Stadtverwaltung, nicht mit der Künstlerin.

Laura Brause kannte er nicht. Außerdem gibt ihm seine Frau für beide Tatzeiten ein Alibi. Kurt, der ist nach meiner Auffassung aus dem Rennen", fasste Ramona die Fakten für einen der Verdächtigen zusammen.

„Unseren ersten Kandidaten, Sebastian Bauernfeind, hat Schröder nochmal persönlich ins Kreuzfeuer genommen. Da ist nichts Neues herausgekommen. Der kommt ebenfalls nicht in Frage", setzte die Assistentin ihre Analyse fort.

Als Kleber nichts sagte, fuhr sie weiter fort: „Der Bürgermeister und der Kollege von Laura Brause, dieser Rosenbaum, geben nichts her, die fallen auch raus." Ramona hörte sich zunehmend frustrierter an.

Kleber sagte kein Wort, gab ihr aber durch dauerhaftes Kopfnicken zu verstehen, dass er ihre Ausführungen in allen Punkten teilt.

„Da bleiben nur Christian Bäumer und Claus Bokelmann übrig. Dass beide verschwiegen haben, Frau Silberwald seit langer Zeit zu kennen, macht sie nicht sympathischer, aber auch nicht automatisch tatverdächtig.

Für das Opfer Brause hätten beide ein Motiv. Die Silberwald hatte vor Jahren einen heftigen Streit mit dem Bäumer, während der Verwalter unverändert kein Motiv hat. Der Bäumer hingegen schon.

Hat die Silberwald den Bäumer eventuell auch erpresst mit ihrem Wissen?

Das Aufkochen der damaligen Grundstücksgeschichte hätte dem Bäumer schwer zugesetzt, selbst nach so vielen Jahren. War es eine späte Rache, als ihr Bäumer nicht die erhoffte Unterstützung bei ihrer künstlerischen Tätigkeit gewährte?

Aber warum starben die Frauen fast zeitgleich? Eine Verbindung zwischen den Opfern war nicht nachzuweisen.

Die beiden lassen keine Chance aus, sich verdächtig zu machen, aber wirkliche Fortschritte ergeben sich nach dem neusten Verhör nicht. Zudem erhalten beide für die Tatzeiten Alibis von ihren Frauen."

„Leider korrekt, Ramona", sagte Kleber anerkennend.

„Ich habe bezüglich der DNA-Probe vom Bokelmann nochmal mit Richie telefoniert, Ramona. Die Spuren am Hals von Laura Brause stammen eindeutig von ihm. Der

Rückschluss, dass er damit für die tödlichen Würgemale am Hals von Laura Brause verantwortlich ist, ist nach seiner Auffassung nicht begründet. Theoretisch könnte das Opfer auch von der Person erwürgt worden sein, von der wir den genetischen Fingerabdruck auf der Innenseite der Schenkel gefunden haben.

Aber vielleicht wurde sie auch von einem Dritten umgebracht, den wir gar nicht auf dem Schirm haben. Das bedeutet, selbst wenn wir Christian Bäumer zu einer DNA-Probe zwingen, hätten wir keinen eindeutigen Beweis, ob einer von den beiden Laura Brause erwürgt hat.

Einmal unterstellt, es wären die Spuren von Christian Bäumer am Körper von Laura Brause.

Alles läuft auf einen Indizienprozess hinaus.

Welches Ergebnis dabei rauskommt, wissen nicht einmal die Götter. Wenn wir schon nicht den Mörder von Frau Brause ermitteln, welche Chance hat das Gericht, den Tatverdächtigen zu überführen?

Zwei Wochen nach den Morden stehen wir ohne Beweise da. Kein Zeuge, kein Geständnis, unklare Motivlage", Kleber saß aufrecht auf dem Stuhl und analysierte gewohnt sachlich. Die Körperhaltung ließ keinen Rückschluss auf seine innere Verfassung zu. Lediglich ein Blick in die Augen zeigte Ramona, wie ratlos er war. Dafür arbeiteten beide lange genug zusammen, um sich von Äußerlichkeiten nicht täuschen zu lassen.

„Mein Appell an das Gewissen von Frau Bäumer ist wahrscheinlich ins Leere gelaufen, einen Versuch war es dennoch wert", sagte Kleber.

Plötzlich haute er mit der flachen Hand krachend auf den Tisch. Ramona zuckte erschrocken zusammen.

„Es ist zum Verzweifeln! Entschuldige meine heftige Reaktion. Aber wir kommen nicht vom Fleck. So kann es nicht weitergehen!"

„Tja, Gewaltausbrüche sind ebenfalls nur bedingt hilfreich", antwortete seine Assistentin cool. Nüchtern und sachlich fuhr sie mit der Analyse fort: „Brauchbare Hinweise aus der Öffentlichkeit haben wir bis heute nicht erhalten. Mit jedem Tag sinkt die Chance, dass wir weitere verwertbare Tipps bekommen. Haben wir womöglich etwas Wichtiges übersehen?", vollendete Ramona die Bestandsaufnahme.

„Wir müssen alles nochmal durchgehen, von Anfang an. Für den Nachmittag habe ich das gesamte Team zusammengerufen. Wir müssen etwas übersehen haben. Es gibt keinen perfekten Mord! Alles muss erneut auf den Prüfstand", es hörte sich wie ein verzweifelter Aufruf an.

Das war es letztlich auch, gestand er sich widerwillig ein.

Vor allem mussten sie geschickt ihr Luigi-Wissen in die Ermittlungen einbauen.

Samstag, 10. März 2018

Der nächste Marathonlauf muss warten.
Den für heute geplanten Lauf in Hamburg hatte er vor ein paar Tagen vorsorglich abgesagt.
Heute war er ungewohnt früh aufgestanden. Er lief sich den Frust von der Seele, der tonnenschwer auf ihm lastete. So lief er seinen persönlichen Marathon in den kühlen Morgenstunden in vertrauter Umgebung. Er war völlig kaputt, fühlte sich aber herrlich, als er die letzten Meter zum Haus lief.
Seine Frau saß auf der Terrasse und las ein Buch. Eingehüllt in eine dicke Jacke. Ein Hauch von Frühling lag in der Luft. Alles um ihn herum wirkte sanft und friedlich. Er hatte das Gefühl, nichts und niemand könnte diese Eintracht zerstören. Ein schöner Traum, für den einen kurzen Moment.
Für heute Nachmittag wurden angenehme 20 Grad vorhergesagt, bevor heftiger Regen ab Montag für Ernüchterung sorgen würde.
„Das wird das perfekte Wetter für den Marathon. Hätte ich doch starten sollen?", sagte er gutgelaunt und versuchte, seine Frau liebevoll in den Arm zu nehmen.
Die körperliche Anstrengung hatte ihm sichtlich gutgetan. Dem schwitzigen Hemd ihres Mannes zu nahe zu kommen, fand sie allerdings weniger reizvoll. Sie begnügte sich für den Moment mit einem angedeuteten Kuss auf seine Wange.
„Jetzt warte doch ab, was heute noch alles passiert! Ramona rief an, du sollst unbedingt um 14 Uhr im Präsidium erscheinen. Sie gab sich ein wenig geheimnisvoll, war aber allerbester Laune.
Genaueres sagte sie nicht."

Hatte sie eine Nachtschicht eingelegt und eine heiße Spur aufgetan?

Kleber packte plötzlich eine innere Unruhe. Er griff zu seinem Handy, legte es aber nach einigen Sekunden wieder zurück. Nach vielen erfolglosen Tagen wollte er die aufkommende Hoffnung möglichst lange auskosten.

Als Kleber den Verhörraum betrat, saß dort ein junges Paar.

„Hallo Kurt! Das sind Frau und Herr Täuber. Sie sind soeben erst gekommen", sagte Ramona und bat die Besucher mit ihren Ausführungen zu beginnen.

Die junge Frau ergriff umgehend das Wort: „Wir sind vor zwei Wochen nach Gran Canaria geflogen. Das war am 23. Februar. Wir hatten am Vorabend die Koffer am FMO aufgegeben, somit mussten wir am Freitag nur noch einchecken. Das ist super bequem. Wir hatten mit der Lufthansa einen Zubringerflug nach Frankfurt gebucht, von da…", sie wurde von ihrem Mann sanft unterbrochen. „Schatz, ich glaube, der Kommissar interessiert sich weniger für unsere Reisepläne."

Dankbar sah ihn Kleber an.

„Dann sag du doch wie es war", kam die schnippische Antwort. Es war zu befürchten, dass Frau Täuber fortan schweigen würde.

„Wie meine Frau schon sagte, sind wir Freitagabend mit dem Auto zum Flughafen gefahren. Die Abfahrtszeit von unserer Wohnung konnten wir leicht auf die Abflugzeit abgestimmt. Bis zum Flughafen sind es ja nur fünf Minuten. Es war exakt 19.30h, als wir losfuhren.

Genau in diesem Moment sahen wir einen Mann aus dem gegenüberliegenden Haus kommen. Meine Frau sagte sofort: Da ist dieser fiese Grabscher aus dem Bauamt! Wir hatten aber keine Zeit, daher habe ich Ihn mir nicht vorgeknöpft, was zunächst mein spontaner

Gedanke war. Zähneknirschend fuhren wir daher tatenlos an ihm vorbei. Als wir gestern nach Hause kamen, klingelten wir bei unserer Nachbarin, die in den zwei Wochen auf die Wohnung aufgepasst hat. Es sei alles in bester Ordnung, sagte sie. Aber gegenüber sei ein Mord passiert und die Polizei sucht nach Zeugen.

Da fiel uns der Grabscher wieder ein.

Also riefen wir heute Morgen bei der Polizei an. In den zwei Wochen hatten wir keine Zeitung gelesen, dadurch bekamen wir von den Morden absolut nichts mit."

Klebers Herz drohte zu zerbersten!

Konnte das wahr sein? Oder träumt er?

Ramona öffnete eine Mappe und holte ein Foto hervor, dass sie über den Tisch schob.

„Ist das der Mann, den Sie gesehen haben?"

„Das ist er! Hundertprozentig. Das ist dieser Bäumer vom Bauamt, der mir beim Kopieren an den Hintern gefasst hat. Ohne Vorwarnung. Ich kopierte gerade etwas, niemand stand hinter mir. Plötzlich tauchte er auf, wie aus dem Nichts und…", ihr Mann legte ihr sanft die Hand auf den Arm.

„Ok, ich verstehe. Das interessiert wieder keinen", und schwieg.

Demonstrativ kreuzte sie die Arme vor der Brust.

„Ja, ich erkenne Ihn ebenfalls. Ich sah mir seine Visage genau an, da ich nach unserem Urlaub ein ernstes Wörtchen mit ihm zu reden hatte. Das habe ich meiner Frau im Urlaub versprochen, der sollte sie nicht nochmal ungestraft betatschen."

Seine sah ihn liebevoll an.

Ihr Mann würde dafür sorgen, dass sie künftig niemand mehr im Rathaus belästigt.

„Ist Ihnen sonst etwas aufgefallen?", hakte Kleber nach.

„Nein, nicht dass ich mich erinnere. Wir sind dann an ihm vorbeigefahren. Das war`s."

Plötzlich verzog Frau Täuber ihre Augenbrauen, so, als würde sie intensiv nachdenken.

„Bevor wir den Bäumer überholten, lief auf der anderen Straßenseite eine Joggerin, die hatte ich total vergessen. Ich habe sie nicht so genau gesehen, wahrscheinlich würde ich sie nicht wiedererkennen. Das wird Ihnen wenig helfen, oder?", Frau Täuber nahm wieder rege an dem Gespräch teil, nachdem ihr Mann ihr so viel Wertschätzung entgegengebracht hatte.

„Können Sie sich erinnern, was die Frau für Kleidung trug? War sie groß oder klein? Dunkle oder helle Haare? Versuchen Sie bitte, sich zu erinnern, das wäre sehr wichtig für uns", fragte Ramona aufgeregt.

„Nein, ich fürchte, da kann ich Ihnen nicht helfen. Es war eine zierliche Frau mit einer dunklen Jacke. Mehr weiß ich nicht mehr."

„Welche Farbe hatte denn ihre Hose?", fragte Kleber so beiläufig, wie nur möglich.

Frau Täuber dachte nach, ihre Stirn legte sich in Falten. Sie gibt wirklich alles.

„Ach, ja. Sie trug eine Hose, die sie schlanker aussehen ließ, als sie ohnehin schon war. Damals dachte ich, wie kann man nur eine längsgestreifte Hose anziehen. Dann auch noch Schwarz-Pink-Gestreift! Das sah für ihr Alter wirklich sehr...", wieder wurde sie durch Handauflegung in ihren Ausführungen gebremst. Sie war mittlerweile Milde gestimmt und nahm es gelassen hin.

Ramona schlug die Mappe auf und suchte offensichtlich gezielt nach einer Unterlage. Als sie fand, was sie suchte, deckte sie den oberen Teil des Bildes ab, so dass nur der untere Teil zu sehen war. Diese Unterlage schob Ramona über den Tisch.

„War es so eine Hose?"

Frau Täuber warf ein Blick darauf und sagte, ohne zu zögern: „Genau! So sah die Hose aus. Dann kennen sie ja offenbar die Frau, die ich gesehen habe. Wer war sie denn, können sie mir mehr über sie sagen und...", eine erneute Handauflegung stoppt ihren Redeschwall.

„Ramona, nimm bitte die Aussagen zu Protokoll. Ich komme sofort zurück", sagte Kleber und verließ den Raum.

Auf der Toilette öffnete er im Waschraum ein Fenster.

Er holte tief Luft und schrie aus voller Leibeskraft in den münsteraner Shoppingnachmittag hinaus:

Yeahh! Yeahh! Yeahh!

Sekundenlang hielt er den Ton.

Jonny Weissmüller wäre stolz gewesen.

Der Frust der letzten zwei Wochen fiel von ihm ab, ein tiefes Glücksgefühl überwältigte ihn.

Er freute sich wie ein Kind.

Christian Bäumer erschien in Begleitung.

„Guten Tag, Herr Bäumer. Kaffee?", fragte Kleber. Offenkundig bester Laune. Wenngleich er sich bemühte, nicht überheblich zu erscheinen.

„Dass Sie Ihren Anwalt gleich mitbringen, begrüße ich ausdrücklich. Das beschleunigt das gesamte Verfahren."

„Was werfen Sie meinem Mandanten vor? Herr Bäumer, ich halte es für das Beste, Sie sagen nicht aus. Ich reiche sofort Beschwerde ein, dann werden wir...", jetzt war es an Kleber, den redseligen Juristen auszubremsen.

Scheinbar beschwichtigend hob er die Hand: „Das ist kein Problem. Hören Sie zu, was ich Ihnen zu sagen habe, Herr Bäumer."

Anschließend las er das soeben verfasste Protokoll von dem jungen Paar vor. Danach sah er Christian Bäumer mit ausdrucksloser Miene an.

War es Freude, dem arroganten Bauamtsleiter das Handwerk gelegt zu haben? Vergeltung war es ebenfalls nicht, er hatte ihm persönlich ja nichts angetan. War es Befriedigung, den Täter überführt zu haben?

Plötzlich fiel ihm sein verstorbener Vater ein, der Finanzbeamter in Bochum war und nahezu jeden Abend den Kindern predigte, dass alles seine Ordnung hat. Er, als kleiner Finanzbeamter, setzte sich täglich für eine gerechtere Welt ein. Niemand nahm es wahr, keiner dankte es ihm. Schon gar nicht die Steuersünder, die von ihm Post erhielten. Rechtschaffend und gerechtigkeitsliebend, so war sein Vater. Und ich bin genauso, dachte Kleber voller Stolz.

„Das sind doch Lügner! Muss ich mir das gefallen lassen?", Christian Bäumer sah seinen Anwalt an. Kleber glaubte, einen flehentlichen Blick wahrzunehmen.

„Ich denke, wir haben genug gehört. Wir werden...", erneut gab Kleber ein unmissverständliches Handzeichen. Christian Bäumer redete heftig auf den Anwalt ein. Worte wie „jetzt weisen Sie ihn endlich in seine Schranken" waren zu hören. Kleber ließ die beiden Verunsicherten in Ruhe diskutieren.

Dann sagte er gelassen und frei von Häme: „Sie werden jetzt dem Haftrichter vorgeführt. Bitte begleiten Sie

Herrn Bäumer", Kleber wies auf einen Polizeibeamten, der im hinteren Teil des Raumes wartete.

„Dem werde ich was erzählen, Herr Bäumer, machen Sie sich keine Sorgen. Wir gehen", sagte der Rechtsanwalt und erhob sich erbost.

„Herr Bäumer, erlauben Sie mir, Ihnen einen Rat zu geben?", sagte Kleber, als der Bauamtsleiter an ihm vorbeiging.

Christian Bäumer sah ihn mit angsterfüllten Augen an, erwiderte jedoch nichts.

„Eine Aussage zur Sache wendet keine U-Haft ab, egal, was Sie zu den Tatvorwürfen sagen. Der Haftrichter erlässt den Haftbefehl wegen Mordes, der auf meinen Aussagen beruht. Es lohnt sich nicht, zu versuchen, sich freizusprechen. Ein fähiger Anwalt wüsste das", sagte Kleber mit einem kurzen Blick auf den Juristen. Damit hatte er sich schon weit genug aus dem Fenster gelehnt.

Zuweilen nervten ihn Rechtsanwälte mit deren Überheblichkeit. In jeder Berufsgruppe gibt es kluge, umsichtige Menschen, unabhängig vom Bildungsniveau. Zur Wahrheit gehört, dass es unter gebildeten, intelligenten Menschen Idioten gibt, die sich hinter ihren scheinbar geschliffenen Formulierungen verstecken.

Sonntag, 11. März 2018

„Was wollen Sie? Haben Sie nicht schon genug Unheil angerichtet", sagte Frau Bäumer, als sie sah, wer vor ihr stand.

„Frau Bäumer, wir wissen, wie schwer die Situation für Sie ist. Bitte glauben Sie mir. Es wäre wichtig, wenn wir uns kurz unterhalten könnten", sagte Ramona. Kleber hielt sich dezent im Hintergrund.

Sie machte einen zornigen, wütenden Eindruck, gleichzeitig signalisierte die Körpersprache Angst und Verunsicherung. Der Verlust von Vertrautem, Verzweiflung über das Geschehene sowie Angst vor der Zukunft, fochten einen Kampf aus.

Das war nicht zu übersehen.

Nach einer Weile trat sie wortlos nach hinten, ließ die Tür weit offenstehen und schritt voran ins Haus.

Heute würde es wohl keinen leckeren Cappuccino geben, dachte Kleber mit Bedauern.

„Frau Bäumer, danke, dass Sie sich Zeit für uns nehmen. Wir werden uns kurzfassen", begann Ramona. Alle drei standen im Wohnzimmer. Es war nicht die Zeit, sich in die gemütliche Sitzecke zu begeben, um den einmaligen Ausblick in den japanischen Garten zu genießen.

„Der Haftrichter hat für Ihren Mann wegen dringendem Tatverdacht Untersuchungshaft angeordnet. Es gibt Zeugen, die gesehen haben, wie ihr Mann am Freitag, den 23. Februar um 19.30 Uhr das Haus von Frau Brause verließ. Dies war exakt der Todeszeitpunkt von Frau Brause. Außerdem existieren DNA-Spuren von Ihrem Mann an dem Opfer.

Sie hatten uns gegenüber ausgesagt, dass ihr Mann zu dieser Zeit bei Ihnen war. Frau Bäumer, das ist aufgrund der Zeugenaussage schlicht unmöglich.

In dem Mordprozess wird der Richter Sie als Zeuge vernehmen. Bleiben Sie vor Gericht bei Ihrer Aussage, wird der Richter entscheiden, wem er Glauben schenkt.

Falls er glaubt, dass Sie lügen, wovon auszugehen ist, wird er gegen Sie strafrechtlich ermitteln und es drohen Ihnen empfindliche Freiheitsstrafen.

Frau Bäumer, lassen Sie sich juristisch beraten, bevor Sie einen schwerwiegenden Fehler begehen.

Ihr Mann wird auch im zweiten Mordfall auf der Anklagebank sitzen. Nach unseren Ermittlungen wurde Frau Silberwald aus niederen Beweggründen von ihrem Mann ermordet. Aus hemmungsloser Eigensucht. Nach unseren Erkenntnissen starb sie, weil sie zur falschen Zeit am falschen Ort war.

Sie joggte am Haus von Frau Brause vorbei, als sie ihren Mann zufällig aus dem Haus kommen sah. Um zu verhindern, dass sie gegen ihn aussagt, erwürgte er sie am Sonntagmorgen brutal mit einer Drahtschlinge", gab Ramona der Frau des Angeklagten Einblick in den Ermittlungsstand.

Frau Bäumer stand unverändert schweigend da, ihren Blick zu Boden gerichtet.

„Frau Bäumer, es sind unvorstellbar grausame Taten, die ihrem Mann vorgeworfen werden. Niemand vermag nachzuvollziehen, welche Qualen die armen Frauen durchlebten. Wenn ich das sagen darf, denken Sie bitte auch an sich. Dass Sie Ihrem Mann bisher alle erdenkliche Unterstützung gegeben haben, ehrt Sie und ich habe tiefen Respekt davor.

Ob ihr Mann, angesichts der brutalen Morde, Ihre uneingeschränkte Loyalität verdient, entscheiden Sie ganz alleine für sich", sagte Ramona, die durch ihre Körperhaltung signalisierte, dass sie mit ihren Ausführungen am Ende war. Sie schwieg und starrte in den Garten.

Die Frau des Hauses und die Polizisten standen schweigend in dem großen Wohnzimmer. Es war nicht mal zu erahnen, was in der Frau des Angeklagten vor sich ging.

Ob, wie bei dem letzten Moment vor einem Unfall, das gesamte Leben in Bruchteilen von Sekunden an dem Betroffenen vorbeirauscht? Hatte sie in diesem Augenblick ähnliche Gedanken?

Die Situation hatte etwas Gebrechliches, Hilfloses.

Ein mitleiderregender Anblick.

Klebers Blick ruhte auf der Frau des Angeklagten. Als sie ihren Kopf ein wenig anhob, kreuzten sich ihre Blicke für einen kurzen Moment. Kleber war ein erfahrener Ermittler, dennoch war es schwer zu ertragen, das Leid von Angehörigen zu sehen, das ihnen von ihren „Liebsten" zugefügt wurde.

„Frau Bäumer, wenn Sie Fragen haben, stehen wir Ihnen gerne zur Verfügung", sagte Kleber leise und einfühlsam. Er hatte die Ausführungen von Ramona bisher schweigend verfolgt.

„Im Mordfall der erwürgten Künstlerin wird es auf einen Indizienprozess hinauslaufen. Ihr Alibi, das Sie Ihrem Mann für Sonntagmorgen gegeben haben, wiegt schwer. Es bleibt ein Rest Unsicherheit, wie das Verfahren ausgehen wird. Stellen Sie sich die Frage, ob Sie Ihren Mann auch für diese Tat schuldig halten. Falls ja, ob Sie Ihn weiterhin schützen."

Damit unterstellte Kleber, dass auch das zweite Alibi von ihr gelogen war.

„Wenn Sie Zweifel haben, ob ihr Mann tatsächlich die Morde begangen hat, können Sie dazu beitragen, die letzten Bedenken auszuräumen. Bei Frau Brause haben wir unter den Fingernägeln Spuren einer braunen Lederjacke gefunden. In ihrem Todeskampf hat sie sich verteidigt, vergeblich.

Wenn wir die Lederjacke finden, lässt sich fehlerfrei feststellen, ob der Träger der Jacke der Mörder war oder nicht. Diese Untersuchung würde die letzten Zweifel beseitigen", sagte Kleber.

Er drehte sich in Richtung Eingangstür. Das Gespräch war beendet.

Ramona folgte ihm nur zögerlich, da sie registrierte, dass Frau Bäumer keine Anstalten machte, sich zu rühren. Als sie auf ihre Verabschiedung nicht reagierte, blieben die Polizisten unschlüssig im Flur stehen.

Die Frau des Täters durchlitt den schlimmsten Moment in ihrem Leben, unfähig, die Umwelt wahrzunehmen. Dazu bedurfte es keiner hellseherischen Fähigkeiten. Mit gesenktem Kopf und hängenden Armen stand sie schweigend da. Kraftlos, resigniert, mitleiderregend. Ramona und Kleber verließen das Haus und zogen die Hauseingangstür leise hinter sich zu.

Es war alles gesagt.

„Ich freue mich, dass ihr da seid! Es wurde mal wieder Zeit, dass wir uns sehen", begrüßte Lissy ihre Gäste. Sie nahm zunächst Ramona und danach Timm lächelnd in den Arm.

Seit einigen Jahren trafen sie sich regelmäßig und es entwickelte sich eine echte Freundschaft zwischen ihnen. Kurt Kleber empfing beide ebenso freundlich, seine Begrüßung hielt an Innigkeit jedoch nicht mal annäherungsweise mit.

„Vielen Dank für die Einladung. Wir haben euch eine Kleinigkeit mitgebracht", sagte Ramona und übergab der Gastgeberin statt Blumen, ein Päckchen. „Das wäre nicht nötig gewesen, Ramona! Ihr wisst, wir freuen uns auf unseren gemeinsamen Kurzurlaub auf Sylt und auf einen angenehmen Abend", sagte Kleber zu seiner Assistentin und nahm ihr das Geschenk ab.

„Hoffentlich gefällt es euch. Es ist, wie soll ich sagen, unter Umständen etwas gewagt", sagte Timm und sah Lissy fragend an. Eine nicht vorgetäuschte Verunsicherung war unverkennbar.

„Jetzt legt erst einmal ab und kommt ins Wohnzimmer", sagte Kleber, als er ins Haus vorausging.

Bei einem Glas Sekt standen sie länger zusammen und genossen die unvergleichliche Aussicht auf den See.

„Ihr habt es so schön hier, Kurt. Es wäre nicht gelogen, wenn ich sage, dass wir euch alleine wegen des Ausblicks besuchen kommen", sagte sie und grinste über beide Wangen.

„In letzter Zeit hatte ich mit Ramona äußerst interessante Gespräche, die mich seit einigen Tagen ziemlich beschäftigen", sagte Kleber in die Runde. „Timm, du hast offenbar ein Spezialthema für dich entdeckt. Sei doch so nett und erzähle uns, wie du auf die außergewöhnliche Geschichte gestoßen bist."

„Das war purer Zufall. Ich kam mit einer komplexen Programmierung nicht voran, da habe ich aus lauter Frust ziellos im Internet gesurft.

Dabei bin ich auf die Geschichte des Homo sapiens gestoßen, den weisen Menschen.

Das war vom ersten Moment an superspannend.

Das Thema hat mich nicht mehr losgelassen und ich habe stundenlang das Leben unserer Vorfahren studiert. Was ist von diesem Überflieger der Evolution letztlich übriggeblieben?

Der Homo sapiens machte sich die Welt untertan. Trotz unserer erstaunlichen Leistungen haben wir nach wie vor keine Ahnung, wohin wir eigentlich streben, und sind so unzufrieden wie eh und je. Wir sind Selfmade-Götter, die nur den Gesetzen der Physik folgen und niemandem Rechenschaft schuldig sind. So richten wir unter unseren Mitlebewesen und der Umwelt Chaos und Vernichtung an. Interessieren uns nur für unsere eigene Annehmlichkeit und unsere Unterhaltung und finden doch nie Zufriedenheit", sagte Timm nachdenklich.

„Wir haben ein komfortables Leben, wir leiden weder Hunger noch Not. Timm, du hast völlig recht, letztlich behandeln wir unsere Erde verantwortungslos. Wir zerstören die Umwelt.

Tiere rotten wir aus oder quälen sie, bevor wir sie essen.

3,5 Milliarden Menschen steht kein sauberes Wasser zur Verfügung, während sich die Industrienationen im Wohlstand wälzen.

Wir sehen die Nachrichten im Fernsehen, sind für einen Moment betroffen, um kurze Zeit später wieder in unseren Alltag abzutauchen. Ich gestehe, dass ich persönlich leider nicht besser bin. Es steht mir überhaupt nicht zu, mich als Moralapostel aufzuführen.

So, setzt euch bitte an den Tisch, das Essen ist in fünf Minuten fertig. Hoffentlich habe ich euch nicht den Appetit verdorben", versuchte Lissy wieder Leichtigkeit in die Diskussion zu bringen, nachdem sie kurz zuvor noch für nachdenkliche Blicke in der Runde gesorgt hatte.

Alle setzten sich schweigend an den Tisch. Es schien, als prüfte jeder, welche Rolle er persönlich in diesem globalen Drama einnimmt.

„Vor einigen Jahren wanderte ich mit einem Freund an der Küste Nordspanien bis nach Kantabrien zu dem Ort Santillana del Mar", brachte Timm ein neues Thema ein. „Dort haben wir die Höhlenmalereien von Altamira bestaunt. Die Zeichnungen wildlebender Tiere an der Höhlendecke sind über 18.000 Jahre alt. Ein sagenhaftes Erlebnis. Ich habe mir dort die Frage gestellt, warum machten sich Menschen die Arbeit, Tiere an die Decke zu malen?

Bestimmt nicht aus Langeweile. Und dass es die Arbeit eines Verrückten war, ist ebenfalls unwahrscheinlich. Also, warum? Vielleicht ging es gar nicht darum, Zeichnungen zu schaffen, die gesehen werden wollten. War es möglich, dass eine Art Jagdmagie dahintersteckte und die Menschen damals glaubten, durch die Malerei eine mystische Einflussnahme auf die abgebildeten Tiere auszuüben? War es quasi der Versuch, auf magische Art den Jagderfolg zu begünstigen? Oder war die Abbildung des Tieres selbst eine kultische Handlung, die für sich selbst einen Wert besaß? Oder war es eine Art Wiedergutmachung für die getöteten Tiere und baten sie die Geister damit um Vergebung?

Ich war mir bei der Besichtigung der Malereien recht sicher, dass wir die wahren Beweggründe nicht kennen und diese jenseits unserer Vorstellungskraft liegen", sagte Timm. Als das Abendessen von Lissy aufgetragen wurde, verstummte die Diskussion und jeder freute sich auf das kulinarische Vergnügen.

Während des Essens läutete Klebers Handy. Ein Blick auf das Display genügte: „Sorry, da muss ich ran", sagte Kleber und erhob sich vom Tisch.

Als er zurückkam, grinste er breit über das ganze Gesicht. „Das war Schröder. Er gratuliert zu dem grandiosen Erfolg.

Auch im Namen des Polizeipräsidenten, der mit seiner Arbeit sehr zufrieden war, also mit der des Oberstaatsanwaltes. Offensichtlich ist ihm erst ein Tag später eingefallen, dass er den Fall nicht alleine gelöst hat. Ramona, die Glückwünsche soll ich selbstverständlich auch an dich weiterleiten. Ramona, sehr gute Arbeit. Weiter so!"

„Hast du Ihm nicht gesagt, dass der Fall nur mit einer gehörigen Portion Zufall gelöst wurde? Eher nicht. Gegenüber dem Polizeipräsidenten wird Schröder vergessen haben, darauf hinzuweisen", sagte Ramona mit verschmitztem Lächeln.

Nach dem Essen zogen sie sich in die gemütliche Sitzecke zurück und genossen einen Cappuccino.

„So, jetzt bin ich total neugierig, was ihr uns mitgebracht habt", sagte Lissy und öffnete das Päckchen. Als sie das Geschenk vor sich liegen hatte, bekam sie glänzende Augen, sprang auf und nahm Ramona stürmisch in die Arme.

„Das ist lieb von euch, vielen herzlichen Dank! Ich danke dir ebenfalls, Timm. Jacky ist so lebensecht getroffen, so sieht sie in Wirklichkeit aus. Wie habt ihr das angestellt? Du kennst Jacky doch gar nicht?"

„Eine Freundin von mir hat das Bild gemalt nach einer Vorlage, die mir Kurt geschickt hatte. Ich freue mich, dass es euch gefällt. Wir wussten nicht, was wir euch schenken sollen und wie wir unseren Dank zum Ausdruck bringen, dass wir Ostern in eurem Haus auf

Sylt verbringen dürfen", sagte Ramona sichtlich erleichtert. Das Geschenk war ein voller Erfolg, stellte sie zufrieden fest.

„Wir freuen uns riesig auf erholsame Tage mit euch. Wir erörtern dann die Evolutionstheorie auf Sylt in aller Ruhe weiter. Timm, ich habe dadurch einige Tage Zeit gewonnen, mich in die Materie einzuarbeiten", sagte Kleber mit Blick auf Ramonas Freund.

Erneut klingelte ein Handy, diesmal bei Lissy. „Es ist Hajo, entschuldigt mich bitte." Als sie zurückkam, sah sie nachdenklich ihren Mann an.

„Ich habe Hajo die letzten Tage nicht erreicht. Jetzt erzählt er mir, der Akku war leer. Da stimmt doch etwas nicht. Ich glaube, er steckt schon wieder in Problemen, Kurt. Aber egal, heute Abend belasten wir uns nicht damit. Ich werde Ihn morgen besuchen und Ihn ein bisschen bemuttern.

Beim Fahrradfahren hat er sich die Rippen geprellt und einen Finger hat er sich auch gebrochen. Unglaublich!"

Nicht zu glauben, dachte Kurt ebenfalls.

Die Evolution wurde an diesem Abend noch facettenreich erörtert.

Besonders kontrovers wurde über den Einfluss steinzeitlicher Mythen auf unsere heutige Sexualität diskutiert, über die Timm bestens informiert war.

Timm erzählte, dass nach den Mythen der Urvölker ein Kind nicht durch die Spermazelle eines einzelnen Mannes gezeugt wird, sondern aus der Ansammlung von Spermien im Bauch der Frau. Eine gute Mutter musste darauf achten, mit möglichst vielen Männern zu schlafen, damit ihr Kind die Qualität des erfolgreichsten Jägers, des mutigsten Kriegers, des besten Geschichtenerzählers und des attraktivsten Liebhabers mitbekam.

Vertreter dieser Theorie der „Ur-Kommune" behaupten, dass Untreue in der Ehe und hohe Scheidungsraten zustande kommen, da wir entgegen unserer eigentlichen Natur in Kleinfamilien und monogame Beziehungen gesperrt würden. Diese Lebensform sei schlicht unvereinbar mit unserer biologischen Software.

Angesichts der Vielfalt in der evolutionären Entwicklung werden wohl beide Lebensformen existiert haben.

„Lissy, zu welcher Fraktion fühlst du dich zugehörig?", wollte Kurt Kleber wissen.

„Deine Frage verwirrt mich.

Ich dachte, das Thema hätten wir geklärt!"

Timm, den Ramonas Einstellung ebenfalls interessiert hätte, verbiss sich die Frage, als er bemerkte, wie seine Freundin der Frau des Kommissars mit heftigem Kopfnicken zustimmte.

„Prima, dass du Zeit für mich hast, mein Lieber", sagte Walter Sauer zu seinem Freund.

Der Bürgermeister war heute ungewohnt mies drauf. Seine Frau hatte ihn nachdenklich angesehen, als er ihr spät abends sagte, er müsse nochmal vor die Tür. Zu einer Zeit, zu der er sich normalerweise nicht mehr aus der Sofaecke heraus bewegt. Als sie realisierte, dass ihr Mann irgendwie anders, seltsam missgestimmt war, lächelte sie ihm aufmunternd zu, als er die Wohnung verließ.

„Was ist denn los, Walter? Du klangst so merkwürdig am Telefon", sagte Claus Bokelmann und prostete ihm zu. „Ich muss mir mal alles von der Seele reden. Wer wäre dafür besser geeignet als du, Claus", sagte der

Bürgermeister voller Dankbarkeit zu seinem alten Schulfreund.

„Die Dinge laufen nicht, wie sie sollen. Ich bin gerne Bürgermeister und ich freue mich, wenn ich Gutes und Sinnvolles für die Bürger und die Stadt erreiche. Dafür lebe und kämpfte ich mit meinen Leuten, Tag für Tag. Ich setze mich für jede Idee ein, die uns weiterbringt und Greven attraktiver macht. Daraus habe ich all die Jahre meine Kraft gezogen, selbst gegen die größten Widerstände anzukämpfen.

Aber ich spüre immer deutlicher, dass mich die ewigen Rangeleien mit den Besserwissern enorm viel Kraft kosten und ich mich nicht mehr schnell genug regeneriere. Diese wenig zielführenden Diskussionen bringen mich schlicht und ergreifend um.

Jetzt hatte ich endlich einen konstruktiven Termin mit dem Projektteam, bei dem der Vogel erstmals keinen Blödsinn von sich gab, schon steht sein Ersatz-Nörgler auf der Matte.

Ich beschäftige mich seit längerer Zeit mit dem Ziel, möglichst viele unserer Fahrzeuge auf E-Autos und den öffentlichen Verkehr auf E-Busse umzustellen. Das wir vernünftige Alternativen zu den Verbrennungsmotoren brauchen, ist klar. Wir benötigen jedoch verlässliche Fahrzeuge im Dauerbetrieb.

Es wäre grob fahrlässig, vorschnelle Entscheidungen zu treffen und hinterher bricht der Nahverkehr zusammen.

Von den gewaltigen Problemen, rund um die Herstellung leistungsstarker Batterien und deren Ökobilanz, ganz zu schweigen.

Dass die benötigten Stoffe in Entwicklungsländern unter katastrophalen Bedingungen geborgen und unsere hochgelobte E-Mobilität auf dem Rücken der dort lebenden Bevölkerung aufgebaut wird, interessiert die Besserwisser nicht.

Des Weiteren kostet die Umstellung viel Geld, sehr viel Geld. Das wir nicht haben und uns erst beschaffen müssen.

Weil ich verantwortungsvoll und mit Augenmaß die Umstrukturierung angehe, werde ich öffentlich als Vertreter der Verbrennungsmotoren angegriffen und verunglimpft. Von diesen Opportunisten.

Eine Frechheit! Claus, ich habe keine Lust mehr auf Duelle mit Hohlköpfen!"

Beide waren ein wenig erschrocken, wie weit er soeben in seiner Generalabrechnung ausgeholt hat.

„Ach, ja, nicht zu vergessen die zahlreichen Bedenkenträger zum Emsprojekt, die alles zu wissen glauben, sich aber in Sicherheit wiegen, weil sie nichts entscheiden und im Zweifel nichts verantworten. Sich dann auch noch unverfroren als Interessensvertreter der Bürger von Greven aufspielen.

Claus, es ist unerträglich. Diese unseriös geführten Diskussionen in der Öffentlichkeit kann ich nicht gewinnen, ohne mich auf deren Niveau herabzulassen."

Aufmerksam hörte Claus Bokelmann zu und nickte zwischendurch zustimmend. Bemerkungen seinerseits waren nicht erforderlich, schon gar nicht gewünscht.

Schweigend tranken sie ihr Bier. Jeder hing seinen Gedanken nach.

„Du bist der Erste, der es erfährt, Claus. Ich habe mich entschlossen, nicht mehr als Bürgermeister zu kandidieren. Für mich ist Schluss!

Ich werde mir einen Hund zulegen, mit dem ich demnächst meine Runden am Kanal drehe", Walter Sauer hatte die Katze – besser gesagt den Hund - aus dem Sack gelassen.

„Walter, meinst du nicht, dass du vorschnell reagierst? Wichtige Entscheidungen solltest du erst mal überschlafen."

„Was meinst du denn, wie viele Nächte mich diese Entscheidung schon wachhält? Etliche! Nein, ich habe es mir reiflich überlegt. Die Würfel sind gefallen. Dann noch die unglaublichen Vorgänge im Bauamt.

Nein, es wird mir zu viel."

Claus Bokelmann kannte seinen Freund zu lange, um zu versuchen, ihn umzustimmen.

„Was für einen Hund planst du dir denn zulegen?"

„Ich war letztens in einem Tierheim in Münster. Da gibt es unfassbar viele Hunde, die auf ein neues Zuhause warten. Ich habe schon einen Favoriten, einen Rauhaarteckel, fände ich super. Mal sehen, ob das klappt. Letztlich entscheidet das Herz."

Nach einer weiteren Runde Bier sah Walter Sauer seinen Freund aufmerksam an. „Sag mal, ist bei dir alles ok? Irgendwie gefällst du mir heute gar nicht. Oder habe ich dich mit meiner Lebensbeichte depressiv gestimmt?"

Sein Freund hatte schon genug um die Ohren, da wollte er ihn nicht auch noch mit seinem Geplänkel mit der Polizei belasten.

„Nein, nein, alles ok. Dabei habe ich eigentlich eine gute Nachricht für dich, als Bürgermeister. Mein rumänisches Sicherheitspersonal hat sich entschieden, wieder in die Heimat zurückzuziehen, um dort den Menschen das Leben zu verschönern. Du siehst, allmählich werde ich seriös."

„Danke, das ist anständig von dir.
Wenigstens ein Problem weniger."

Montag, 12. März 2018

Ramona fand erneut, dass ihr Chef eine fabelhafte Figur abgab.

Perfekte gekleidet, sicheres Auftreten, und nebenbei auch noch ein sehr attraktiver Mann. Die Blicke der weiblichen Kollegen bestätigten Ramona, dass sie mit ihrer Wahrnehmung nicht alleine dastand.

„Guten Morgen, zusammen", eröffnete er das Montagsmeeting.

„In den beiden Mordfällen in Greven gab es am Wochenende einen Durchbruch, nachdem es lange Zeit nicht so rosig aussah", sagte er strahlend.

„Christian Bäumer, der Leiter des Bauamtes Greven, sitzt seit Samstag in Untersuchungshaft.

Er verließ am Freitag, den 23. Februar um 19.30 Uhr das Haus von Frau Brause, dabei wurde er von zwei Zeugen gesehen und eindeutig identifiziert. Das Ehepaar machte zwei Wochen Urlaub auf den Kanaren und ist erst letzten Freitag zurückgekommen. Als sie von dem Mord hörten, meldeten sie sich am Samstag bei der Polizei.

Die Zeugen sagten weiterhin aus, dass sie eine Joggerin gesehen haben, die exakt zu der Zeit an dem Haus von Frau Brause vorbeilief, als Herr Bäumer das Haus verließ.

Frau Silberwald, das zweite Opfer, und Herr Bäumer kannten sich schon längere Zeit, obwohl er es mehrmals leugnete. Fakt aber ist, dass Herr Bäumer durch die Ermordung von Frau Silberwald verhindern wollte, dass sie als Zeugin gegen ihn aussagt. Die Zeugen konnten die auffällige Jogginghose von Frau

Silberwald eindeutig identifizieren. Exakt die Laufhose, die Frau Silberwald am Tag ihrer Ermordung trug.

Die DNA von Herrn Bäumer wurde zwischenzeitlich an den Beinen von Frau Brause nachgewiesen.

Frau Bäumer gibt ihrem Mann für beide Tatzeiten ein Alibi. Herr Bäumer wird für die Morde an Frau Brause und Frau Silberwald angeklagt. Es wird in dem Verfahren zu klären sein, wie die Alibis durch seine Frau zu bewerten sind.

Des Weiteren können wir nachweisen, dass uns Herr Bäumer bewusst verschwiegen hat, dass er Frau Silberwald sehr wohl seit vielen Jahren kannte. Das Architekturbüro, in dem Frau Silberwald seinerzeit als Architektin arbeitete, wurde beauftragt, ein Bungalow für das Ehepaar Bäumer zu bauen. Der Bauherr plante einen riesigen japanischen Garten. Für die Umsetzung seiner Pläne ließ er die Doppelgarage kurzerhand auf dem angrenzenden Grundstück errichten, das der Stadt Greven gehört. Es war ein nutzloses, nicht weiter verwertbarer Streifen in Handtuchgröße, das er, in heimlicher Abstimmung mit den Verantwortlichen im Bauamt, für seine Zwecke nutzte.

Als Frau Silberwald nach Baufertigstellung von dem illegalen Deal erfuhr, beabsichtigte sie die Überbauung zur Anzeige zu bringen. Ihr Chef, der mit Christian Bäumer im gleichen Kegelclub war, hielt sie nur mit Mühe davon ab.

Als einige Tage später Herr Bäumer im Büro erschien, kam es zu einem lautstarken Wortgefecht zwischen den beiden. Wie wir vom Chef des Architekturbüros zwischenzeitlich erfahren haben, wurde Christian Bäumer laut gegenüber Frau Silberwald und beschimpfte sie auf das Übelste.

Blöde Kuh war noch das Harmloseste.

Christian Bäumer musste davon ausgehen, als Frau Silberwald ihn beim Verlassen des Tatortes erkannte, dass sie keine Gelegenheit auslassen würde, sich an ihm zu rächen. Das war ihr Todesurteil. Über die Gründe, warum er Frau Silberwald so umständlich auf dem Emsdeich ermordete, können wir nur spekulieren. Vermutlich wollte er den Verdacht auf die Künstler lenken oder auf die Beteiligten der Bürgerinitiative. Wir wissen es nicht. Für uns sind die beiden Mordfälle geklärt." Kleber war die Erleichterung anzumerken, die Fälle erfolgreich beendet zu haben.

In diesem Moment wurde die Tür zum Besprechungsraum geöffnet und ein Kollege gab Kleber ein Handzeichen. Dies war ungewöhnlich. Irgend was Wichtiges war offensichtlich passiert. Kleber tauschte kurz ein paar Worte aus, und gab seinerseits Ramona zu verstehen, ihm zu folgen.

„Entschuldigt uns, wir müssen dringend zu einem Verhör. Besprecht die weiteren Fälle zunächst ohne uns. Wir kommen so schnell wie möglich zurück", sagte er, ohne auf den Anlass der Störung einzugehen.

„Guten Tag, Frau Bäumer", sagte Kleber zur Begrüßung. Die Frau des Angeklagten saß zusammengesunken vor dem Verhörtisch, sie wirkte müde und abgespannt. Tief in Gedanken versunken schien sie alles um sich herum nicht wahrzunehmen. Sie sah nicht auf, als die Polizisten eintraten.

Sie saß regungslos da, in sich zusammengesunken.

Auf dem Tisch lagen zwei braune Lederjacken.

Beide Polizisten kannten den Grund für ihr Erscheinen und warteten geduldig, ohne sie zu bedrängen.

Ohne ihre Körperhaltung zu verändern, sprach sie leise, es war eher ein Flüstern: „Christian war ein wunderbarer Mann, ich habe Ihn vergöttert. Alles habe ich für Ihn getan, wirklich alles. Seine Affären nahm ich anfangs nicht ernst. Aber er veränderte sich immer mehr zum Nachteil. Er interessierte sich nur für seinen Beruf und die Liebschaften. Zuletzt verheimlichte er seine Beziehungen nicht einmal vor mir. Ohne Kommentar kam er spät in der Nacht nach Hause oder auch gar nicht. Ich hoffte immer, er würde irgendwann genug von seinen Seitensprüngen haben und zu mir zurückkehren."

Die Frau des Verdächtigen fing leise an zu weinen. Bedauerte sie die vielen Jahre des vergeblichen Wartens auf die Heimkehr ihres Mannes? War es die jahrelang erduldete Demütigung durch ihren Mann? Angst vor der ungewissen Zukunft? Oder war es der Verlust eines geliebten Menschen, der ihre Zuwendung mit den Füßen getreten hatte?

Nachdem sie sich wieder gefangen hatte, fuhr sie weiter fort: „Als er eine Affäre mit seiner eigenen Mitarbeiterin anfing, hatte ich Ihn endgültig verloren.

Als er die Alibis von mir verlangte, gab ich erneut nach. Tief im Herzen wusste ich, dass es vorbei war. Als Sie bei mir waren und ich von den abscheulichen Morden hörte, brach meine Welt endgültig zusammen, die ich mit letzter Kraft versuchte zusammenzuhalten.

Ich habe gestern beschlossen, die Scheidung einzureichen. Ich starte in ein neues Leben, ohne meinen Mann.

In dem Gerichtsverfahren werde ich die Wahrheit sagen. Mein Mann war weder am Freitagabend noch Sonntagmorgen bei mir.

Somit kann ich Ihm auch keine Alibis geben.

Ich bedauere aufrichtig, Herr Kleber, dass ich Sie angelogen haben. Bitte verzeihen Sie mir." Gleichzeitig sah sie Ramona an, die Entschuldigung galt auch ihr.

Frau Bäumer stand auf und verließ wortlos den Raum. Beide Polizisten saßen regungslos am Vernehmungstisch und sahen ihr nach.

Kleber bemerkte, wie Ramona leise anfing zu schluchzen und sich ihre Schultern leicht auf und ab bewegten. Vorsichtig legte er seinen Arm um ihre Schulter und drückte sie sanft an sich, während sie ihren Kopf auf seine Schulter fallen ließ.

Hemmungslos ließ sie ihren Tränen freien Lauf.

Das Schicksal dieser stolzen Frau berührte sie zutiefst.

Ermittlungstechnisch war der Fall abgeschlossen.

Die Frau des Täters hatte jedoch noch einen langen und beschwerlichen Weg vor sich.

Mutig hatte sie die erforderliche Entscheidung hinausgezögert, so lange, bis es keinen Ausweg mehr gab. Auch wenn die Trennung unausweichlich war, wird es sie viel Kraft kosten, die seelischen Wunden und Narben zu verarbeiten.

Kleber war sehr zuversichtlich, dass sie das in absehbarer Zeit schafft. Sie hatte unter Beweis gestellt, wie couragiert und starke sie ist.

Sie wird in der Lage sein, ihrem Leben eine positive Richtung zu geben.

Irgendwann.

Im Gegensatz zu den vielen Jahren zuvor.

Geflüster einer Kleinstadt

Das Leben und der Tratsch nahmen in der beschaulichen Kleinstadt, gelegen an der Ems, seinen gewohnten Trott. Wie sollte es sonst auch anders sein.

Die Sanierung des Baugrundstückes war weniger aufwendig als befürchtet. Die Fässer enthielten keine giftigen Substanzen und wurden problemlos von einer Spezialfirma entsorgt. Bodenverschmutzungen konnten nicht festgestellt werden. Auch nicht bei den angrenzenden Grundstücken. Die Baumaßnahmen wurden bereits nach wenigen Tagen wieder aufgenommen.

Man hörte davon, dass ein an das Baugebiet angrenzendes Grundstück zu einem unvorstellbar hohen Preis an die Stadt verkauft wurde. Des Weiteren wurde behauptet, dass der Verwalter Bokelmann bei dem Versuch scheiterte, einen Teil des Grundstückes von dem Neubaugebiet zu erwerben. Angeblich wegen persönlicher Differenzen mit dem Veräußerer.

Irgendwie erstaunte es niemanden, dass für den zweiten Bauabschnitt die Firma Kiffermann den Zuschlag erhielt.

Mit der Trockenlegung des neuen Baugebietes wurde ein Grevener Unternehmen beauftragt, spezialisiert auf Pumpentechnik. Man hörte davon, dass sich der Firmenchef einen neuen Ferrari bestellt haben soll. Allerdings in Rot.

Ein Fördermitglied des Emsdeichprojektes wusste zu berichten, dass der neue Sponsor, Hajo Schulze Lohoff, eine Therapie zur Bekämpfung seiner Spielsucht begonnen haben soll. Bei allen Spielbanken bundesweit hatte er sich selbst ein Eintrittsverbot auferlegt.

Die Bürgerinitiative zeigt sich erstaunlich kooperativ und brachte sich konstruktiv in das Erdwärmeprojekt ein. Der Bürgermeister sah der weiteren Projektumsetzung erwartungsvoll entgegen.

Es wurde gemunkelt, dass der Bürgermeister, der Verwalter Claus Bokelmann, der Journalist Henning Peche und der neue Leiter des Bauamtes, Guido Rosenbaum, angeblich eine illustre Doppelkopfrunde ins Leben gerufen haben.

Der neue Leiter des Bauamtes unternahm bei den Kollegen den zum Scheitern verurteilten Versuch, seinen Namenszusatz „Glücksrad" ad acta zu legen. Dieser sei, nach seiner Auffassung, mit der ihm übertragenen leitenden Funktion unvereinbar.

Besucher des Bauamtes behaupteten, dass sich die Stimmungslage in der Baubehörde angeblich deutlich gebessert haben soll.

Die Stadt plante für das nächste Jahr eine Jugendfreizeit in Schweden. Einvernehmlich wurde der Reiseveranstalter Brömmelkamp mit der Organisation beauftragt.

Der Bürgermeister hatte wieder mehr Zeit sich mit Kraft und Hingabe, seinem Lieblingsprojekt zuzuwenden. Für die Erweiterung des Skulpturenweges erntete er allseits großes Lob. Sogar über die Grenzen von Greven hinaus.

Es wurde ein neues Café eröffnet, indem schweigsame Männer den ganzen Tag an Tischen saßen und Karten spielten. Man hörte, dem Rauchverbot wurde in diesen Räumen keine große Bedeutung beigemessen.

Frau Bäumer verkaufte ihr Haus und zog nach Madeira, um dort ein neues, unbeschwertes Leben zu beginnen. Der Käufer ihres Hauses suchte nach einem eleganten Weg, wie er die Doppelgarage in den japanischen Garten integrieren kann. Unterstützung vom Bauamt, so hörte man, sei nicht zu erwarten.

Das Haus der Künstlerin Silberwald wurde vom Vermieter umfangreich renoviert. Nachbarn berichteten, dass die Entfernung diverser Gegenstände aus dem Garten extrem kostspielig war. Insbesondere die Entsorgung eines unförmigen Felsbrockens.

Zwei finster aussehende, dunkelhaarige Männer vom Balkan verschwanden aus dem öffentlichen Stadtbild, ohne dass sie wirklich vermisst wurden.

Schüler glaubten, erkannt zu haben, dass ihr Lehrer, Herr Otto Vogel, spürbar umgänglicher geworden war. Ohne ersichtlichen Grund.

Man hörte, dass der Freund der ermordeten Laura Brause, gemeinsam mit einem Freund, in Marokko ein Restaurant eröffnet haben soll. Angeblich mit großem Erfolg.

Es hieß, dass der Hausmeister des Verwalters Bokelmann seinen Typberater gewechselt haben soll. Anstelle der typischen Fußbekleidung trug er normale Straßenschuhe und einen Anzug. Angeblich strahlte er dadurch mehr Souveränität aus.

Christian Bäumer, wegen zweifachen Mordes angeklagt, belastete in der Verhandlung angeblich den Schwager des ermittelnden Kommissars schwer. Man habe gehört, dass der Oberstaatsanwalt und der Kommissar in einem vertraulichen Gespräch erörtert haben, wie das Thema Befangenheit im Amt und deren Meldepflicht gegenüber Vorgesetzten idealerweise gehandhabt werden sollte.

Der Golfer, genannt Robby, wusste im Wizardclub zu berichten, dass auf dem Golfplatz in Greven ein Kommissar aus Münster zusammen mit seiner Frau, an einem Schnupperkurs teilgenommen haben.

Der Bürgermeister wurde neuerdings häufiger mit seinem Hund entlang des Kanals gesichtet, den er aus einem Tierheim befreit hatte.

Man hörte, dass dieser allerdings deutlich bewegungsfreudiger sei, als ihm lieb war.